Anton Quintana
Auf der Suche nach Padjelanta

Der Autor:

Anton Quintana, Sohn einer Spanierin und eines Holländers, wuchs in einem Waisenhaus in Holland auf. Einige Jahre verbrachte er als Vagabund in Spanien. Mit 22 Jahren kehrte er nach Holland zurück und wurde berühmter Autor von Hörspielen und Fernsehspielen. Außer dem vorliegenden Titel verfaßte Anton Quintana das Jugendbuch ›Der Paviankönig‹ (dtv junior 70139), das den niederländischen Jugendbuchpreis, den Goldenen Griffel, erhielt und in der Auswahlliste zum Deutschen Jugendliteraturpreis stand.

Anton Quintana

Auf der Suche nach Padjelanta

Aus dem Niederländischen von Mirjam Pressler

Deutscher
Taschenbuch
Verlag

dtv

Mit zwei Karten von Renate Knoth-Bernier

Titel der niederländischen Originalausgabe: ›Padjelanta‹, erschienen 1984 bei B. V. Uitgeversmaatschappij Elsevier, Amsterdam/Brüssel

Von Anton Quintana ist außerdem bei dtv junior lieferbar: Der Paviankönig, Band 70139

Ungekürzte Ausgabe
1. Auflage Januar 1989
Deutscher Taschenbuch Verlag GmbH & Co. KG, München

ISBN 3-7915-1662-0
Umschlaggestaltung: Celestino Piatti
Umschlagbild: Ulla Margarethe Braun
Gesetzt aus der Aldus 10/11'
Gesamtherstellung: Kösel, Kempten
Printed in Germany · ISBN 3-423-70156-0
1 2 3 4 5 6 · 94 93 92 90 89

1

Schwerfällig holperte der Bus aus Kvikkjokk über den gefrorenen Weg zu seiner letzten Haltestelle. Nur ein Fahrgast war bis zum Ende mitgefahren. Ein Junge mit Stiefeln, Jeans und Lederjacke. Als er ausstieg, den Rucksack über einer Schulter, teilte ihm der Busfahrer mit, er fahre in einer Stunde zurück.

»Auf mich brauchen Sie nicht zu warten«, sagte Bo.

Der Busfahrer schaute ihn ungläubig an.

»Was willst du hier denn machen?«

»Mich umschauen«, sagte Bo. »Da irgendwo.« Er machte eine unbestimmte Handbewegung zur Tundra hin.

Der Busfahrer schüttelte den Kopf. »Weiter oben liegt der Schnee so hoch.« Er hielt seine Hand in Brusthöhe. Bo nickte. Er wandte sein Gesicht zu der weißen Ebene und lächelte.

»Und wo willst du schlafen?« fragte der Busfahrer.

»Mal sehen«, sagte der Junge.

Sie liefen durch eine Art Schneetunnel zu einer großen Blockhütte hinüber, die nicht nur ein Wohnhaus, sondern gleichzeitig auch Laden und Wartesaal für Fahrgäste war. Während sie auf der hölzernen Veranda den Schnee von den Schuhen stampften, kam der Ladenbesitzer heraus.

»Endlich«, sagte er und nahm dem Busfahrer das Bündel Zeitungen und Briefe aus der Hand.

Sie folgten ihm ins Haus. Dort stand ein rotglühender Ofen.

»Ihr wollt doch bestimmt Kaffee?«

»Gern«, sagte Bo.

Der Busfahrer schob einen Stuhl zum Ofen und gähnte.

»Das letzte Stück fahre ich jede Woche für nichts und wieder nichts.«

»Diesmal hast du doch einen Fahrgast mitgebracht«, sagte der Ladenbesitzer. Er lachte Bo zu, während er den Kaffee einschenkte. »Ein Camper, was? Du bist zu früh gekommen. Es ist noch lange nicht Frühling. Und mit

Skifahren ist es auch nichts mehr, jetzt, wo es jeden Tag anfangen kann zu tauen.«

»Und wenn wir das hinter uns haben, kommen die Mücken«, sagte der Busfahrer. »Was für ein Land!« Er wandte sich mürrisch an Bo. »Du weißt wahrscheinlich nicht, auf was du dich einläßt. Wer will denn schon im Matsch zelten.«

»Der Kaffee ist gut«, sagte der Junge. Er zog sich auch einen Stuhl zum Ofen. »Ich hab gehört, daß hier und da Hütten stehen. Und daß man da schlafen kann, wenn es sich ergibt.«

»Wenn es dir gelingt, sie zu finden. Kannst du Kartenlesen und mit einem Kompaß umgehen?«

Bo nickte.

»Aber trotzdem ist es verboten, alleine loszuziehen.«

»Verboten ist es nicht«, sagte Bo. »Es wird nur davon abgeraten.«

Der Busfahrer schaute ihn mißmutig an. »Das hat schon seinen Grund. Wenn es da draußen erst mal anfängt zu spuken, kannst du sehen, wo du bleibst.«

»Deshalb habe ich ja nach den Hütten gefragt.«

»Und wer sagt, daß du dich nicht verirrst? Stell dir nur mal vor, du brichst dir ein Bein oder so was. Wie willst du dann jemals zurückkommen? Nein, Junge, du bist wirklich aufgeschmissen, so ganz allein.«

Verärgert drehte sich der Busfahrer wieder zum Ofen. Der Ladenbesitzer betrachtete Bo neugierig. »Es ist wahr«, sagte er freundlich. »Bis es aufgehört hat zu tauen, wirst du da draußen keinem Menschen begegnen.«

»Mir gerade recht«, sagte Bo.

Der Ladenbesitzer brach in Lachen aus.

»Hast du denn so einen Abscheu vor Menschen?«

»Nein, das nicht. Aber ich kann ruhig eine Zeitlang auf sie verzichten.«

In diesem Augenblick ging die Tür auf, und der kleinste Mann, den Bo je gesehen hatte, schlurfte herein. Er war bestimmt nicht mal eineinhalb Meter groß. Die beiden

Fische, die er schleppte, waren fast so groß wie er und schleiften mit den Schwänzen über den Boden.

Mit einer Was-sagst-du-dazu-Bewegung legte das Männchen die beiden riesigen Hechte vor den Ladenbesitzer hin. Bo hatte schon früher Lappen in traditioneller Kleidung gesehen. Doch dieser Mann sah aus wie eine Parodie, wie die Karikatur eines Lappen. Er trug die Lappenmütze mit den vier Zipfeln, die jede in eine andere Windrichtung zeigen sollten. Bei diesem Mann hingen sie weit über die Ohren, und er sah aus wie ein Hofnarr. Er hatte eine ausgebeulte Pelzjacke an, unter der er wahrscheinlich alle möglichen Sachen mitschleppte. Dadurch wirkte sein Oberkörper viel zu dick gegen die mageren Beine, die in einer Hose aus gegerbtem Rentierfell steckten. Am erstaunlichsten war sein Gesicht. Ein runzliger Vogelkopf mit Augen, die so schwarz waren wie Moosbeeren.

Lange, fettig-graue Haare quollen unter seiner Mütze hervor. Dieser Lappe war nicht nur klein, sondern hatte auch eine Fratze wie ein Kobold, wie ein Troll.

Der Ladenbesitzer stand auf. Er nahm die Hechte und verschwand hinter einer Tür. Etwas später kam er mit einem Korb und einer Plastiktüte zurück. Er stellte den Korb auf den Boden und zog als erstes eine Flasche heraus. Die zeigte er dem Lappen. Der kleine Mann nickte gierig. Die Flasche verschwand in die Plastiktüte. Tabak, Zucker und ein paar Lebensmittel folgten. Damit war der Kauf abgeschlossen.

Der Lappe nahm die Plastiktüte unter den Arm und schlurfte zur Tür. Bei Bo blieb er stehen. »Foto machen?« fragte er.

Bo schüttelte den Kopf. Der Lappe glaubte ihm nicht. Er stellte die Tüte ab und klappte seine Pelzjacke auf. Sicher um zu zeigen, daß er echte Lappenkleidung trug, einen blauen Kolt mit roten Bändern. »Schöne Fotos machen«, drängte er. »Nicht teuer.«

»Ich mache keine Fotos«, sagte Bo kurz.

Der Lappe richtete sich stolz auf seinen mißgestalteten,

krummen Beinen auf. Er lachte. Sein fast zahnloser Mund wurde zu einem Loch in dem Gesicht.

»Alle Touristen wollen Fotos«, sagte er selbstsicher.

»Ich bin kein Tourist«, sagte Bo verärgert. Er war enttäuscht. Die Lappen, die an den Tankstellen entlang der Straße ihr Lager aufschlugen, um Rentierfelle und Gebrauchsgegenstände zu verkaufen und sich fotografieren zu lassen, waren in seinen Augen keine richtigen Lappen. Ebensowenig war das bewohnte, industrialisierte Lappland das richtige Lappland für ihn. Darum hatte er die dichter bevölkerte Gegend hinter sich gelassen, war tief in das Land gefahren, wo es noch wild und leer war. Dort würden die Lappen seine einzigen Nachbarn sein. Nicht diese »Ansichtskarten-Lappen«, die er schon auf dem Bahnsteig in Jokkmokk gesehen hatte, wo sie herumstanden und handelten, sondern Rentierhirten, Fischer und Jäger, die nichts von Touristen wollten.

Und nun? Hier stand ein Lappe vor ihm, der direkt aus der Wildnis hereingestapft sein mußte. Und auch er versuchte sofort, dadurch etwas zu verdienen, daß er sich fotografieren ließ.

Gab es das echte Lappland denn nicht mehr?

Als der Lappe sah, daß Bo keine Anstalten traf, einen Fotoapparat zu nehmen, zuckte er mit den Schultern. Mit seiner Tüte unter dem Arm ging er hinaus. Bo schaute ihm enttäuscht nach.

»Das war vernünftig, daß du nicht drauf eingegangen bist«, sagte der Ladenbesitzer.

»Wieso?«

»Oh, der ist verrückt. Der hätte dir mit Absicht alle Fotos verdorben. Das ist so ein Tick von ihm.«

»Die Fotos verdorben?«

»Ja. Er hätte eine Fratze geschnitten, die Zunge rausgestreckt oder was weiß ich. Er ist ein Touristenhasser, der Beatnik.«

Bo stand auf und ging zur Tür. Als er sie aufstieß, sah er den kleinen Lappen gerade zwischen den Birken in einem eigenartigen Zuckeltrab verschwinden. Wie ein Fußballspieler, der mit dem Ball dribbelt. Einen Augenblick später war die weiße Landschaft wieder still und leer, als wäre der Lappe mit seinen Fischen nie dagewesen. Bo ging zurück ins Haus.

»Wie, haben Sie gesagt, heißt der Lappe?«

»Sein wirklicher Name ist Vasko und noch etwas. Aber wir nennen ihn Beatnik. Du weißt doch, was ein Beatnik ist? So einer mit langen Haaren. Und weil Vasko seine Haare einfach wachsen läßt, nennen wir ihn Beatnik.«

Der Busfahrer stand auf. »Bist du sicher, daß du nicht mit zurück willst?«

»Ganz sicher«, sagte Bo.

Der Ladenbesitzer fing an zu lachen. »Er würde dich am liebsten unter dem Arm mit zurückschleppen«, sagte er. »Vielleicht wäre es auch das beste. Wie alt bist du, wenn ich fragen darf?«

»Achtzehn«, sagte Bo.

Er schaute den Busfahrer an. Der schaute mürrisch zurück. Mit seinem langen, knochigen Körper schien Bo alles andere als ein Kind zu sein. Aber sein Gesicht war jung. Der Busfahrer brummte etwas und drehte ihm kopfschüttelnd den Rücken zu. Schwerfällig stapfte er zur Tür.

»Ich bin erst in der nächsten Woche wieder hier«, rief er über seine Schulter. »Sieh zu, daß du es solange aushältst.« Er verschwand.

Bo blieb schweigend am Ofen sitzen. Er hörte den Motor des Busses anspringen. Dann wurde das Brummen immer leiser. Die Stille der verschneiten Landschaft kehrte zurück.

»Du hättest wirklich lieber den Sommer abwarten sollen«, sagte der Ladenbesitzer.

»Ich brauche noch ein paar Sachen«, sagte Bo.

»Komm mit in den Laden.«

Dort bekam Bo zum erstenmal eine Vorstellung von der Landschaft, die ihn erwartete. Nie hätte er an eine Schneebrille gedacht. Und dann die verschiedenen Mittel gegen Mücken!

Der Ladenbesitzer war erstaunt, daß Bo kein Zelt dabei hatte. »Worin willst du übernachten?«

»Ich habe einen Schlafsack, das reicht, denke ich.«

»Und wenn es schneit? Oder regnet?«

»Ich kann aus meinem Poncho ein halbes Zelt machen. Ich muß nur schauen, daß die offene Seite im Windschatten liegt.«

»Hast du eine warme, windfeste Jacke?«

»Einen Armeeparka. Den hab ich im Rucksack.«

»Zeig mir mal deine Karte. Oh, die ist wirklich gut. Schau, die nächste Hütte ist hier, an der Nordseite dieses Berges. Wenn es anfängt zu tauen, bist du dort besser aufgehoben als in der Ebene. Ob du die Hütte findest?«

»Ich glaube schon. Das kann nicht so schwierig sein.«

»Sobald die Sonne untergeht, mußt du ein großes Feuer anmachen. Hast du ein Beil?«

»Nein. Haben Sie eins für mich?«

Der Ladenbesitzer legte ein kleines Handbeil zu den Dingen, die Bo schon ausgesucht hatte. Dazu kamen die Lebensmittel: alle möglichen Trockengemüse, Nudeln, Milchpulver, Pfannkuchenmehl, Haferflocken, Streichhölzer, Tee, Kaffee, Salz und Zucker. Der Stapel wuchs und wuchs.

»Hören wir auf«, sagte Bo. »Das kann ich gar nicht alles tragen.«

»Ein Paket Trockenerbsen würde ich noch mitnehmen. Sie quellen im Wasser auf und sind eine echte Winterkost.«

»Also gut, noch ein Kilo. Den Rucksack kriege ich doch nie wieder hoch!«

Der Ladenbesitzer grinste schlau. »Du kannst ja die eine Hälfte hier lassen und sie in der nächsten Woche abholen.«

»Nein«, sagte Bo. »Vorläufig komme ich nicht zurück.«

Er bezahlte und verstaute alles in seinem Rucksack. Er hievte das schwere Ding auf die Schultern und ging mit einem lässigen Gruß hinaus. Erst als er sicher war, daß ihn der Ladenbesitzer nicht mehr sehen konnte, setzte er den bleischweren Rucksack auf einem zusammengeschaufelten Schneehaufen ab.

Er drehte sich um. Die Blockhütte stand halb verborgen hinter einer Schneemauer. Dann schaute er zu dem weißen, leeren Land hin, das kalt und gleichgültig auf ihn wartete.

»Ich komme schon«, sagte er.

2

Bo rechnete damit, daß er die Berghütte vor dem Einsetzen des Tauwetters erreichen würde. Aber er war noch keinen halben Tag unterwegs, als er von einem eisigen Platzregen überfallen wurde. Danach war das Tauwetter nicht mehr aufzuhalten. Überall unter den dicken Schneeplatten gluk-kerte das abfließende Wasser. In der Ebene vereinigten sich die Bäche zu einem tosenden Fluß. Birken und Fichten wurden mitgerissen oder ragten nur noch mit ihren Spitzen aus dem strudelnden Wasser.

Bo mußte sich mühsam einen Weg über den schmelzenden Schnee suchen. Obwohl die Oberfläche noch hart zu sein schien, sackte er immer wieder bis an die Hüften ein. Sobald es trocken wurde, machte er mit einem Schuß Petroleum aus seinem Primuskocher ein großes Feuer. Er hängte seine Kleider zum Trocknen auf und setzte sich ans Feuer. Er schlief ein. Als er aufwachte, hatte sich der Wind heimtückisch gedreht und wehte Funken auf seine knochentrockene Hose. Die Brandlöcher in den Hosenbeinen hatten ihn geweckt.

Den Rest des Tages verbrachte er damit, über die Tundra zu starren. Sein Lappland-Abenteuer hatte wirklich nicht besonders glücklich begonnen. Trotzdem dachte er keinen Augenblick daran zurückzugehen. Er kochte sich ein warmes Essen, stopfte die getrockneten Sachen in seinen Rucksack und machte sich abends wieder auf den Weg. In der Nacht überfroren die Schneefelder wieder, und wirklich dunkel wurde es um diese Zeit über dem Polarkreis nicht mehr. Jeder Schritt bedeutete einen Schritt tiefer in die

Wildnis hinein. Niemand würde ihm helfen, wenn er diesen Schritt, aus welchen Gründen auch immer, nicht zurückgehen könnte. Der Gedanke machte ihm angst, aber gleichzeitig fühlte er sich wirklich frei. Vielleicht konnte man das eine nicht ohne das andere haben.

Schon kurz nach drei ging die Sonne wieder auf. Bo mußte seine Schneebrille aufsetzen. Das blendende Weiß um ihn herum tat seinen Augen weh. Aber wie makellos der Schnee auch aussah, sobald Bo nur einen Fuß hineinsetzte, versank er im dicken Schneematsch. Mit dem schweren Rucksack auf dem Rücken gab Bo es bald auf, von einem trockenen Fleck zum nächsten zu springen, er watete.

Gegen Mittag erreichte er einen Fluß. Aus dünnen Birken flocht er eine Art Leiter, die er quer über den wilden Strom fallen ließ. Als er gerade in der Mitte war, wurde die Leiter fast weggespült, aber mit einem wahnwitzigen Spurt schaffte er es noch. Er durfte gar nicht daran denken, was sonst mit ihm passiert wäre.

Als er sicher am anderen Ufer war, kroch er sofort in seinen Schlafsack. Den ganzen Nachmittag über heulte der Wind und tobte der Fluß. Aber Bo war so müde, daß er trotzdem gut schlief. Spät am Abend begann er mit dem Aufstieg zur Hütte. Unterwegs nahm der Wind immer mehr zu. Er riß ihn fast auseinander.

Hundemüde vom Wind und dem Gewicht des Rucksacks ruhte er sich hinter einem Windschutz aus aufgestapelten Steinen aus. Noch immer war nichts zu sehen als weiße, leere Wildnis. Zu seiner Beruhigung überprüfte er die Route mit Karte und Kompaß. Warum sah er die Hütte noch nicht?

In dieser Höhe war kein Brennholz mehr zu finden. Er mußte weiter, ob er wollte oder nicht. Ein Schneegestöber nahm ihm die Sicht. Er trieb sich selbst vorwärts, immer in der Hoffnung, hinter dem nächsten Hang, dem nächsten Buckel endlich die Hütte zu sehen. Noch nie hatte er so gefroren, noch nie war er so erschöpft gewesen. Sein Rükken fühlte sich wie durchgebrochen an.

Es begann zu dämmern, und die Temperatur fiel so schnell, daß an Ausruhen nicht mehr zu denken war. Manchmal mußte er zähneklappernd und gebückt eine Windböe abwarten, bis er wieder etwas sehen konnte. Wie dicker Nebel stob der Schnee um ihn herum. Langsam bekam Bo Angst. Wenn er sich nun verlaufen hatte ... Er verstand es nicht. Keine Spur von der Hütte, obwohl er längst die angegebene Strecke zurückgelegt hatte. Der Wind blies jetzt so stark, daß er sich immer wieder umdrehen mußte, um atmen zu können. Dabei entdeckte er weiter unten am weißen Hang, verborgen vom letzten Fichtenwäldchen, einen dunklen Würfel.

Was war das? Ein Felsbrocken? Angestrengt starrte er hinunter. Die Hütte. Es war die Hütte! Auf einmal fühlte er seine Müdigkeit nicht mehr. Strauchelnd und fallend schleppte er sich den Hügel hinunter. Die Tür war von einer Schneewehe versperrt. Bo grub sich wie ein Maulwurf durch den Schnee und gelangte schließlich ins Hütteninnere. Das erste, was er sah, war der Stapel Brennholz neben dem Ofen. Trockenes Holz! Jemand mußte es geschlagen und bereitgelegt haben für den nächsten Gast, der vielleicht spät und durchnäßt ankommen würde.

Bo war selten so gerührt gewesen. Erst später stellte er fest, daß es so in Lappland üblich war. Schnell machte er den Ofen an. Dann zog er sich zitternd und mit letzter Kraft die nassen Sachen aus. Er war viel zu erschöpft, um an Essen zu denken, er kroch in seinen Schlafsack und schlief fast sofort ein. Fast sofort, denn einen Augenblick noch horchte er auf den Wind, der über dem Dach tobte und sich unheilvoll anhörte. Steine hagelten gegen die Holzwände. Die Hütte stöhnte förmlich. Bo hätte keine Stunde länger draußen sein dürfen.

Als Bo aufwachte, stürmte es immer noch. Vor den kleinen Fenstern stob der Schnee vorbei. Alle Muskeln taten Bo weh, und er fühlte sich ganz hohl vor Hunger. Er heizte so stark ein, daß er nackt Pfannkuchen backen konnte. Während er aß, schaute er hinaus. Die Bergspitze war nicht zu sehen. Niedrige Wolken jagten über die leere Landschaft, und während er zuschaute, war ihm, als ob die Hütte sich bewegte.

Später zog er sich dick an und wagte sich hinaus, um Holz zu holen, der Ofen fraß die Scheite förmlich. Gut zwei Stunden lang arbeitete er angestrengt. Er legte einen kleinen Vorrat an und schleppte ihn zur Hütte. Ab und zu schaute er sich ungläubig um. Die zähen Tannen bogen sich krachend bis fast zum Boden, und er konnte seine eigenen Beilschläge kaum hören.

Und der Sturm nahm immer noch zu. Solche Windgeräusche hätte er nie für möglich gehalten. Manchmal schien jemand wimmernd auf dem Dach herumzulaufen, dann wieder schlugen riesige Fäuste gegen die Wände.

Außer Kochen und Holzhacken gab es nichts zu tun. Er hatte nichts zu lesen dabei. Es war ihm nicht in den Sinn gekommen, daß er auch einmal tagelang eingeschlossen sein könnte. Jetzt saß er stundenlang am Fenster. Es war keine ganz und gar verlorene Zeit, er dachte viel nach.

Er hatte große Fehler gemacht. Die Leiter über dem Fluß, die beinahe weggespült worden wäre ... Die Hütte, die er fast verfehlt hätte ... So etwas durfte nicht noch einmal passieren. Er war allein, ganz auf sich angewiesen. Wenn er etwas falsch machte, würde ihn niemand zurückhalten, auch wenn er sein Leben in Gefahr brachte. Die Wildnis war vollkommen gleichgültig, die ließ ihn machen, was er wollte. Und selbst wenn er sich richtig verhielt ... Die Bergwand schien starr und leblos, doch plötzlich sah er ein vollständiges Schneebrett, bestimmt hundert Quadratmeter groß, einfach wegsacken. Es geschah in einem einzigen Augenblick. Durch den Lärm des Windes hörte er noch nicht einmal den Aufprall der Schneemassen. Wenn er nicht gerade hingeschaut hätte, hätte er es nicht gemerkt. Die Landschaft schien unverändert zu sein. Es war nur eine Kleinigkeit, als hätte man eine Falte in einem Laken glattgestrichen. Pech für ihn, wenn er zufällig auf dem Schneebrett gestanden hätte.

Als der Sturm Tag um Tag weiter anhielt, bekam Bo allmählich schlechte Laune. Die Tage waren grau, die Nächte waren grau, und die Zeit schien stillzustehen. Wenn er Holz schlagen ging, stand er mit dem Kopf in niedrigen Wolken. Manchmal riß der Himmel auf, dann konnte man einen Augenblick lang überraschend weit sehen. Es war ein seltsames Gefühl, als stünde er auf dem Dach der Welt. Aber immer wieder kamen neue Wolken angerollt. Solange der Sturm anhielt, war er in der Berghütte gefangen.

Am achten Tag wachte Bo mit einem gewissen Alarmgefühl auf. Irgend etwas war los. Dann erst merkte er, daß es still war. Windstill.

Eine halbe Stunde später hatte er sein Zeug zusammengesucht. Vielleicht war es nicht vernünftig, jetzt schon wegzugehen. In der Tundra mußte das Tauwetter noch in vollem Gang sein. Aber er hatte mehr als genug vom Warten.

Die Sonne schien. Und überall sah er Wolken von Mükken. So viele Mücken hatte er noch nie gesehen. Von einem Tag auf den anderen mußten sie alle zum Vorschein gekommen sein. Und je weiter er abstieg, um so schlimmer wurde es. Er schmierte sich Hände und Gesicht mit Mückenöl ein und dachte an den griesgrämigen Busfahrer. Erst das Tauwetter, und wenn das vorbei ist, kommen die Mücken. Was für ein Land!

Bo wollte nicht oben auf dem Hang bleiben, er wollte hinunter in die Tundra. Dort war der leere Raum, von dem er in Stockholm geträumt hatte. Und dort hoffte er, Lappen mit ihren Rentieren zu treffen, die letzten Naturmenschen Europas. Er glaubte, die »echten« Lappen hätten noch etwas, was den sogenannten zivilisierten Menschen längst verlorengegangen war. Etwas Wichtiges, obwohl er nicht wußte, was es war. Schon immer hatte er die Lappen geheimnisvoll gefunden, seit er als Kind über sie gelesen hatte.

Nach zwei Tagen war das Mückenöl aufgebraucht. Er hatte den unvermeidlichen Augenblick kommen sehen. Die Lappen brauchten kein Mückenöl. Und wenn er in der Tundra leben wollte wie ein Lappe . . .

Bo fühlte, wie seine Augenlider unter den ersten Mükkenstichen anschwollen.

Sein Poncho schützte ihn noch etwas, aber jetzt, da die Sonne schien, wurde es ihm stickig warm darin. Diese Mücken! Sie schwirrten aus dem aufgeweichten Moos unter seinen Füßen hoch, bis sie wie ein roter Nebel um ihn surrten. Wieder lief er mit dem Kopf in Wolken. Sie jagten ihm Angst ein. Er konnte ihnen nicht entkommen. Nach allen Seiten dehnte sich die offene Tundra. Sein zukünftiger Lebensraum bot keinerlei Schutz gegen die fliegenden Legionen. Stehenbleiben bedeutete eine Qual, aber mit einknickenden Beinen weiterzugehen war noch schlimmer. Manchmal drehte er fast durch, warf seinen Rucksack zu Boden, rannte herum und schlug um sich, bis er völlig erschöpft war. Aber die Mücken wurde er nicht los, sie fanden seinen Schweiß offenbar besonders anziehend. Den ganzen Tag atmete Bo Mücken ein und aus, manchmal hustete er, bis ihm schlecht wurde. Und um das Unglück noch größer zu machen, schien die Tundra immer unbegehbarer zu werden. Kilometerweit sumpfiges Moos, in dem er bis zu den Knien einsank, bevor seine Stiefel auf dem immer zugefrorenen Grund Halt fanden. Es war, als ginge er auf einem riesigen, saugenden Schwamm.

Tief in sich fühlte Bo Panik. Dieser Alptraum konnte nicht wahr sein. Zum erstenmal war er so mutlos, daß er das Abenteuer bereute. Aber er war mittendrin, und auch wenn er sich umdrehte und zurückginge, würde ihn das nicht von dieser Qual erlösen. Also schleppte er sich in einer Art Wahnsinn weiter, blind für die Weite, die er so sehnsüchtig gesucht hatte. Er verwünschte die Tundra und die Tagträume, die ihn hierher getrieben hatten. Ihm fiel nicht einmal auf, daß der Boden unter seinen Füßen fester wurde, daß er wiederholt über trockene Moospolster und Steine stolperte. Dann spürte er auf einmal den kühlen Wind, der die Mücken verjagte, und merkte, daß er, ohne es zu wissen, die Hügelkuppe erstiegen hatte. Er ließ sich auf den Boden fallen, ohne seinen Rucksack abzunehmen, und blieb eine Zeitlang so liegen, während der Wind sein erhitztes Gesicht abkühlte. Über sich sah er den unwahrscheinlich blauen Himmel. Nach einiger Zeit nahm er den Rucksack ab und kroch zu einem der vielen spiegelnden Tümpel, um sich das brennende Gesicht mit Eiswasser zu waschen. Seine Augenlider waren so dick, daß er nur noch durch einen Spalt schauen konnte. Um das Petroleum für nasse Tage zu sparen, suchte er Holz für ein Feuer und bereitete sich zum erstenmal seit zwei Tagen ein warmes Essen. Das Tageslicht war so hell, daß er die Flammen nicht sehen konnte. Nur der Rauch und das Gebrutzel im Topf zeigten, daß sie da waren. Die Sonne schien ihm angenehm warm ins Gesicht, und der Wind spielte mit seinen Haaren. Jetzt, wo er die Mücken los war, war alles wieder gut und die Verzweiflung des vergangenen Tages vergessen. Zuerst nahm er nur die beeindrukkende Leere wahr, eine monotone Welt aus Braun und Grüngelb. Dann entdeckte er, daß silberne Birken und sonnenbeschienene Schneereste das düstere Bild aufhellten. Tiefgrüne Fichten säumten die niedrigen Hügel. Die überall verstreuten Granitbrocken funkelten schwarz, soweit sie nicht von den phantastischsten pastellfarbenen Moosen bedeckt waren.

Mehr als genug Farbschattierungen, wenn man erst einmal genau hinsah. Aber sie gingen ineinander über und verloren sich vor seinen Augen. Es gab einfach zu viel zu sehen in diesem Land ohne Mauern. Sein Blick wurde immer weiter gezogen, bis er keine Einzelheiten mehr aufnehmen konnte, und dann wurde es wieder eine monotone, braune Welt.

Aber dieses Licht! Bei diesem Licht spielten die weißen Wolken Pingpong in den Pfützen, die wie Scherben eines großen Spiegels überall verstreut waren. Wohin er sah, glitzerte es, bis hin zu den fernen weißen Bergen, die jetzt niedrig und unbedeutend aussahen.

In der Ferne sah er einen Fluß. An seinen beiden Ufern erstreckte sich die Tundra, aber wenn er dem Hügelkamm folgte, könnte er wohl die größte Strecke auf trockenem Boden zurücklegen.

Nachdem er eine Nacht ungestört geschlafen hatte, machte er sich auf den Weg. Das Bellen von zwei Füchsen hatte ihn geweckt. Entzückt von ihrem eigenen Spiegelbild zogen sie von Pfütze zu Pfütze.

Er fand eine Stelle, wo er den tosenden Fluß überqueren konnte. Dort lagen so viele große Felsbrocken im Wasser, daß er es wagte, von Stein zu Stein zu springen. Schon bald begann er, vor Anstrengung zu schwitzen, immer wieder fand er nur mit Mühe das Gleichgewicht wieder. Nicht ohne Angst schaute er in das strudelnde Wasser. Es war viel schwieriger, als er gedacht hatte, der Rucksack war so schwer, als wäre er mit Steinen gefüllt, und die Felsen waren schlüpfrig. Immer länger zögerte er vor dem nächsten Sprung.

Während er mitten in dem brausenden Fluß stand und nach dem nächsten Stein Ausschau hielt, wurde seine Aufmerksamkeit von einem seltsamen Krachen und Grollen auf der anderen Seite des Flusses abgelenkt. Er blieb stehen und starrte hinüber. Was war das?

Auf dem Hügel bewegte sich etwas. Riesig und formlos bewegte es sich. Bo fühlte, wie der Schweiß auf seinem Körper kalt wurde. Was er die ganze Zeit für dichten Pflanzenbewuchs gehalten hatte, war lebendig. Wie eine große dunkle Regenwolke bewegte es sich langsam vorwärts. Auf einmal erkannte er, was es war. Rentiere. Als er erst einmal verstanden hatte, daß es sich um eine dicht zusammengetriebene Rentierherde handelte, die dauernd in Bewegung war, hörte er auch das dünne Glockengeläut, das ferne Rufen von Hirten, das Hundegebell.

Er schüttelte das beklemmende Gefühl ab und sprang mühsam weiter, von einem glatten Stein zum anderen. Endlich hatte er es geschafft.

Hinter sich hörte er ein Lachen. Ein seltsames, schrilles Lachen, wie von einem Irren. Bo drehte sich mit einem Ruck um und sah gerade in das Gesicht eines grinsenden Zwergs. Der Beatnik. Er stand am anderen Ufer in der Sonne. Trotz der Entfernung konnte Bo das Gesicht besser sehen als in der Blockhütte, so verblüffend hell war das Licht. Jede Falte in der runzligen gelben Haut war klar zu erkennen. Bo sah den Spott in den tiefliegenden Augen, die etwas schräg in diesem Gesicht standen. In einem Gesicht, das nichts Menschliches hatte, das eher aussah wie eine groteske Nachbildung, die die Lachmuskeln reizte, einem gleichzeitig aber auch Angst einjagte, so daß man vergaß zu lachen. Bo starrte den Beatnik an, und die gemeinen Glitzeraugen, fast verborgen hinter den faltigen Augenlidern, starrten zurück.

»He, Tourist!«

Woher dieser Mann so plötzlich gekommen war, war Bo ein Rätsel. Verwirrt hörte er die seltsame, sich überschlagende Stimme: »Foto machen?«

Unwillkürlich schüttelte Bo heftig den Kopf. Er fühlte einen solchen Abscheu vor diesem verrückten Lappen, daß es ihn graute. Am liebsten würde er sich schweigend umdrehen, aber das Gesicht hielt seinen Blick fest. Er konnte seine Augen nicht davon lösen. Scheußliche Masken fielen ihm ein, die er im Museum für Völkerkunde gesehen hatte. Teufelsmasken. Das Gesicht des alten Lappen sah aus wie eine Maske, die im Lauf der Jahrhunderte verwittert und zersprungen war. Primitiv, barbarisch. Und es wurde von einem Lachen verzerrt, das wirklich teuflisch war.

Der Wind bewegte seine grauen, zusammengeklebten Haare unter der Mütze mit den schlaffen vier Zipfeln kaum, trotzdem waren seine Haare das einzig Menschliche an ihm.

»Schöne Fotos! Nicht teuer!«

»Hau ab!« schrie Bo über den Fluß.

Der Lappe schüttelte den Kopf und gackerte hinterhältig. Sein Mund stand weit offen, so daß die braunen Zahnstummel gut sichtbar waren. Er fand den Touristen lächerlich, das merkte man. Bo wollte sich schon umdrehen, als der alte Mann etwas tat, was ihn völlig überraschte. Auf seinen krummen Beinen machte er sich daran, den Fluß zu überqueren. Und wie!

Der Beatnik sprang und glitt über den wilden Strom wie eine Wasserspinne. Seine kurzen Beine schienen auf einmal lang zu sein, und seine Füße fanden verblüffend schnell und sicher die runden, glatten Steine. Sobald er stehenblieb, kauerte er sich mit einer fließenden Bewegung zusammen, ganz selbstverständlich folgte dieses Kauern dem letzten Sprung. Katzen und Affen bewegten sich so.

Bo betrachtete den Mann plötzlich mit anderen Augen. Verrückt oder nicht, hier war er in seinem Element.

Der Beatnik stand schon neben ihm, bevor Bo sich von seiner Überraschung erholt hatte. Eben hatte er noch zusammengekauert in dem rasenden Strom gehockt und mit zusammengekniffenen Augen nach dem nächsten Stein gespäht, und nun stand er schon neben ihm.

»Kein Foto?«

Bo seufzte und schüttelte den Kopf. Der Lappe drehte sich grinsend um und schlurfte zu den Birken hinüber. Er bewegte sich auf dem unebenen, steinigen Boden so behende, daß Bo sich steif und ungeschickt vorkam. Einmal schaute sich der Beatnik mit einem schiefen Lachen um und rief etwas, das Bo nicht verstehen konnte. Dann war er zwischen den weißen Stämmen verschwunden.

Genau wie beim letztenmal schien er sich in der Landschaft aufzulösen.

3

Bo befand sich auf halber Höhe des Hangs. Er hoffte, er könnte noch vor Einbruch der Nacht den hohen, felsigen Hügel überqueren und auf der anderen Seite die Rentierhirten treffen. Die Herde war hinter den dicht wachsenden Zwergbirken verschwunden, aber immer wieder begegnete Bo einem Nachzügler. Schwerfällige Hirsche mit dickem Fell und wiegendem Gang. Ihre Geweihe waren noch nicht ausgewachsen und hingen voller Hautfetzen. Ihre Hufe wirkten im Gegensatz zum Körper unwahrscheinlich groß und sahen aus wie Schneeschuhe. Aber die Tiere waren ziemlich scheu und ließen ihn nicht in ihre Nähe.

Hoch über seinem Kopf segelten Krähen in Windströmungen, die er hier unten nicht fühlte. Wirkliche Luftakrobaten, die es wissen wollten. Ausgelassen kreischten sie mit rauhen Stimmen, während sie ihre Show abzogen.

Und noch etwas hörte Bo, ein ständiges Geräusch weiter oben auf dem Hügel. Er hatte es die ganze Zeit für einen kleinen Wasserfall gehalten, aber nun wurde das Geräusch stärker. Es schien schnell näher zu kommen.

Endlich machte er sich die Mühe, lange und genau nach oben zu spähen.

Noch ahnte er nichts Böses. Ein paar lose Steine rollten herunter, sprangen von Fels zu Fels und verschwanden in Tümpeln oder im Gebüsch. Bo erwartete, noch ein paar zurückgebliebene Rentiere zu sehen, aber der ganze Hang bewegte sich.

Einen Moment lang schaute er dumm nach oben. Das ferne Rattern, Krachen und Grollen wurde immer lauter und unheimlicher.

Dann sah er plötzlich die Gefahr kommen. Die Rentiere waren auf dem Rückweg, alle, und sie waren nicht mehr träge, sondern sehr aufgeregt. Mit verblüffender Geschwindigkeit kamen sie auf ihn zu. Er verstand nicht warum. Etwas mußte sie erschreckt haben. Jedenfalls war das keine Frage, über die er jetzt nachdenken durfte. Er mußte machen, daß er den Hügel herunterkam, wenn er nicht zertrampelt werden wollte.

Die große Herde war unaufhaltsam in Bewegung. Über das anschwellende Geräusch hinweg hörte Bo in der Ferne eine unverständliche Stimme. Und dann erschien oben auf dem Hügel, auf dem kahlen Felsen hinter den Geweihen, hinter dem Strom dunkler Leiber, eine braune Gestalt. Auf einmal verstand Bo alles. Das mußte ein Bär sein. Kein Wunder, daß die Rentiere so erschrocken waren. Nach einem ganzen Winter Fasten waren Bären im Frühjahr rasend vor Hunger.

Der Bär schrie mit langgedehnter, menschlicher Stimme. Es war alles so verwirrend, und Bo hatte keine Sekunde zu verlieren, aber während er sich umdrehte und losrannte, erinnerte er sich an die Pelzjacke des Beatnik.

Hatte der verrückte Lappe die Herde absichtlich aufgescheucht? Warum? Meistens hatte Bo durchaus Sinn für Komik, aber jetzt war er nur empört und wütend. Angstschweiß brach ihm aus.

Das mußte man sich vorstellen! Unter all den Hufen und grobknochigen Leibern zerschmettert zu werden, niedergetreten und zermalmt auf dem Hang zurückzubleiben! Und nur, weil dieser senile alte Mann einen Witz machte. Bo war, als hörte er auch jetzt das schrille Lachen. »Schönes Foto.«

Bo rannte wie in einem Alptraum, mit bleiernen Füßen. Der Boden schien nachzugeben und quälend unter ihm wegzusacken. Die Knackgeräusche unzähliger Gelenke hinter ihm übertönten nun sogar das Donnern der Hufe. Mechanisch setzte Bo einen Fuß vor den anderen. Unter den Steinbrocken, die mit rotem, braunem und grünem Moos bewachsen waren, kamen alle möglichen kleineren Tiere zum Vorschein. Magere Füchse mit flammenden Schwänzen, Wiesel, Lemminge. Alle flüchteten leichtfüßig den Hügel hinunter. Nur er, ein hölzerner Klotz, machte langsam einen Schritt nach dem anderen.

Zu Hunderten stürmten die Rentiere keuchend und grollend bergab. Dieser Beatnik war wirklich ein Stinker! Warum hatte er das getan? Ein Touristenhasser, hatte der Ladenbesitzer gesagt. Aber Haß mußte doch Grenzen haben. Oder nicht? Nein, nicht hier in der Wildnis. Nicht bei einem alten Mann mit so einem Gesicht! Bo sah die grinsende Teufelsmaske wieder vor sich. Sie tanzte vor seinen Augen, während er mit weichen Knien bergab rannte.

Aus Angst, in Panik zu geraten, schaute er sich nicht mehr um. Er machte immer größere Sprünge, fiel halb, aber die donnernden Hufe holten ihn ein. Rasend schnell strich der erste knochige Leib an ihm vorbei und drückte ihn zur Seite. Ein zweiter Leib, braun, mannshoch, schob sich an seiner anderen Seite vorbei, diesmal ohne ihn zu berühren. Aber er erschrak, machte schnell einen Schritt zur Seite und bekam einen Stoß in den Rücken, einen Stoß von der Seite, und fühlte heißen Atem an seinem Nacken. Immer mehr Schritte und Stöße folgten, bis er jedes Gefühl für die Richtung verloren hatte, und dabei stand ihm der große Zusammenstoß erst noch bevor. Mitten in dem Tumult fühlte Bo etwas, das sich nicht bewegte, etwas, das schwarz und hoch und steinhart war und stillstand wie ein Fels in der Brandung. Es *war* ein Fels, eine riesige Säule, die da sinnlos auf dem fast kahlen Hang stand und nichts zu tragen hatte, eine Laune der Natur. Bo umklammerte die Säule mit beiden Armen wie eine Rettungsboje. Und das war sie auch. Rentierleiber stürmten an ihm vorbei, dicht aneinandergedrückt, schienen sie kaum aus eigener Kraft zu rennen, sondern von der großen Masse geschoben zu werden. Wie eine breite, dunkle Lawine kamen sie angerollt. Aber der Fels stand. Nach Luft schnappend drückte sich Bo dagegen, während die Herde in geschlossener Formation an ihm vorbeidonnerte. Schnee, Staub, Zweige und Steine flogen herum. Von dem mannshohen Felsen gezwungen, teilte sich die Herde und wurde unmittelbar danach wieder ein Meer von Leibern.

Dann war auf einmal nur noch Staub um ihn herum. Bo hörte, wie das Krachen, Knacken und Grollen sich allmählich in der Tiefe verlor. Der Staub sank langsam nieder, und es wurde wieder hell. Bo zog sich hoch, wagte aber noch nicht, den Felsen loszulassen. Er schaute hinunter und sah, daß die Herde am Flußufer langsam zum Stehen kam. Die Hirten hatten bestimmt auch nichts für diesen Witz des Beatniks übrig. Sie mußten die Tiere wieder sammeln und den Hügel hinauftreiben. Oder würden die Rentiere von sich aus zurückgehen, so wie er, auf der Flucht vor den Mücken?

Wieviel Zeit war vergangen, bis Bo mit schmerzendem Körper die Spitze des Hügels erreichte? Von dem alten Lappen war keine Spur mehr zu sehen. Das hatte er auch nicht erwartet. So unverschämt konnte noch nicht einmal der Beatnik sein. Bo war nicht mehr wütend, aber die Sinnlosigkeit dieser Tat beschäftigte ihn. Er erinnerte sich an die Warnung, die er in der Berghütte vorgefunden hatte, ein Zettel auf der Innenseite der Tür mit der Aufforderung, die Hütte nicht zu verlassen, wenn eine Rentierherde vorbeikam. »Rentiere bekommen sehr schnell Angst, und die Herde verstreut sich, wenn Sie zu dicht herangehen.« Und nun hatte ein Lappe selbst die Tiere aufgescheucht!

Die Sonne sank tiefer, und Bo ging im Schatten. Hinter dem Hügel teilte sich der Fluß in drei Ströme, die alle drei in einen riesigen See mündeten. An seinem Ufer stand ein spitzes Zelt. Bo hatte solche Zelte schon früher gesehen. Entlang der Autostraße standen sie neben den Buden, in denen die Lappen Souvenirs anboten. Das hatte ihn geärgert, genauso wie ihn die Hotels geärgert hatten, die an der Straße zum Polarkreis standen, mit ihren Aushängeschildern »fließendes Wasser« und »Telefon«. Dafür war er nicht nach Lappland gekommen. Aber dieses Zelt stand mitten in der Wildnis, hierher kamen keine Touristen. Hier mußten »echte« Lappen wohnen. Lappen, die noch wie ihre Vorväter als Rentierhirten oder Fischer lebten. Hier waren die primitiven Naturmenschen, die er suchte.

Erwartungsvoll stieg Bo den Hang hinunter. Das Zelt spiegelte sich im See wider, in dem noch große Eisschollen trieben. Hinter dem Zelt stand ein hohes Gestell, an dem getrocknetes Rentierfleisch hing. Ein Stapel Brennholz lag auch da, und aus der offenen Zeltspitze stieg ein dünner Rauchfaden.

Das Zelttuch bestand aus Rentierfellen, die über kreisförmig aufgestellte Pfähle gespannt waren. Ein bellender Hund kam auf Bo zu, schnüffelte an seinen Stiefeln und verschwand schnell wieder. Bo nahm an, das Bellen des Hundes habe seine Ankunft angezeigt, und bückte sich vor dem Zelteingang, um hineinzuschauen.

In der Mitte des rauchigen Zelts saß ein Mann im Schneidersitz hinter dem niedrigen Feuer und betrachtete stirnrunzelnd eine Anzahl Metallteile, die er vor sich auf einem Rentierfell ausgebreitet hatte. Er war klein, aber so breit, daß er fast viereckig aussah, mit einem dunklen, fast mongolischen Gesicht. Seine Pelzkleidung war traditionell, und er trug Stiefel aus Rentierfell mit nach oben gebogenen Schuhspitzen.

Bo betrachtete ihn zufrieden. Endlich ein unverfälschter, altmodischer Lappe. Wenn man nur tief genug in die Wildnis zog, konnte man ihnen begegnen. Dafür war er nach Lappland gekommen, um unberührte Natur zu finden. Und dieses fremde, primitive Volk, das noch auf die alte Art und Weise lebte und nicht durch die vorwärtsdrängende Zivilisation verdorben war. Das Zelt, die Art, wie dieser Mann gekleidet war, und alles darum herum übertraf seine Erwartungen. Das alles gab es also noch.

Aber was hatten die Metallteile zu bedeuten, die der Mann so gebannt anstarrte? Bo hatte schon mal gehört, daß alte Lappen in ihrem Aberglauben bestimmten Metallen geheimnisvolle Kräfte zuschrieben. Versuchte der Mann, etwas aus diesen Teilen herauszulesen? Die Zukunft?

Der Lappe schaute bekümmert hoch.

»Da ist nichts zu machen«, sagte er in holprigem Schwedisch. »Ich werde mir einen neuen Vergaser kaufen müssen.«

4

Er heiße Ilja, erzählte der Lappe. Zusammen mit einem gewissen Per Laimo besäße er seit kurzem einen Zweizylinder-Außenbordmotor, ein schwedisches Fabrikat. Ob Bo etwas von Motoren verstünde?

Nein, das tat Bo nicht.

»Ich kann bezahlen.«

»Darum geht es nicht«, sagte Bo. »Ich verstehe nichts von technischen Dingen. Ich bin nie auf so einer Art Schule gewesen.«

Der Lappe seufzte. Seine Augen verschwanden in Falten. Er lachte. »Ich auch nicht«, sagte er.

»Ist es ein neuer Motor?« fragte Bo.

»Nein, das nicht. Wir haben ihn gebraucht gekauft. Vielleicht bin ich nicht richtig damit umgegangen.«

Wieder meinte Bo, etwas wie Ironie in der leisen Stimme wahrzunehmen. Es war schon möglich, daß irgendein schwedischer Händler den Lappen einen altersschwachen Motor angedreht hatte. Um Peinlichkeiten zu vermeiden, stellte Bo keine weiteren Fragen.

Er schaute sich neugierig im Zelt um. Der Boden war mit Birkenzweigen und Fellen bedeckt. An einem der gebogenen Zeltpfähle hing eine leere Wiege aus gegerbtem Rentierfell. Das alles sah gut aus. Aber in einer Ecke entdeckte Bo ein Transistorradio. Natürlich. Es gab ja auch schon Rundfunkprogramme extra für Lappen.

Ilja legte das Fell mit den Vergaserteilen sorgfältig zusammen und stand auf. Bo folgte ihm nach draußen. Gerade zog ein zweiter Lappe ein langes, schmales Boot ans Ufer. In dem Boot lag der unbrauchbare Außenbordmotor. Dieser Lappe war jung. Er hatte ein rundes Gesicht, fast ohne Falten, und lebhafte, neugierige Augen. Seine Kleider waren »modern«: eine schwarze Mütze, ein Wollpullover, Jeans – aber er trug Lappenstiefel mit nach oben gebogenen Spitzen. Seine braunen Haare waren so kurz geschnitten, daß er fast kahl aussah. Das mußte Per Laimo sein.

Er sprang erstaunlich gelenkig ans Ufer. Bos Anwesenheit schien ihn nicht zu überraschen. Nach einem kurzen Nicken begann er mit Ilja zu sprechen, wobei er ständig den Kopf schüttelte. Inzwischen sah Bo eine Frau aus dem Birkenwäldchen auftauchen, mit einem Baby auf dem Arm. Ein großer schwarzer Hund trottete neben ihr her. Die Frau lachte Bo an, bevor sie in das Zelt hineinging. Auch sie war klein, sie hatte kurze Beine und ein breites Gesicht und trug echte Lappentracht. Ihr Lachen machte ihr Gesicht schön, fand Bo.

Die beiden Männer gingen ins Zelt, und Bo blieb an der Zeltöffnung stehen. Er betrachtete die weiße Spitzenarbeit an ihrer Mütze, während sich die Frau über das Feuer beugte. Sie schürte die Glut und hängte einen schwarz verrußten Kessel über die Flammen. Dabei schien sie dem Gespräch der beiden Männer zuzuhören. Das Kind rollte krähend über die Rentierfelle. Es trug einen Krabbelanzug aus gelbbraunem Pelz. Der große schwarze Hund legte seinen Kopf auf die Vorderpfoten und beobachtete das Kind. Einmal, als es in die Richtung des Feuers rollte, stand der Hund auf und stupste das Baby wieder zu einem sicheren Platz im Zelt. Offensichtlich war die Kleine an diese Behandlung gewöhnt. Auch die Mutter schaute deshalb nicht hoch.

Aus einer Kiste, dem einzigen Möbelstück im Zelt, kam eine altmodische Kaffeemühle zum Vorschein. Während die Frau Kaffee mahlte, wandte Per Laimo sich an Bo. »Verstehst du vielleicht was von Motoren?« fragte er.

»Nein«, sagte Bo.

»Schade.«

Dieser »moderne« Lappe sprach hervorragend Schwedisch, und sein Blick war selbstsicher. Sein schlauer Augenaufschlag hatte etwas von einem vorwitzigen Jungen, während Ilja, der nicht viel älter sein konnte, dagegen aussah wie sein Vater.

»Willst du Kaffee?« fragte Ilja.

Ihm war natürlich nicht entgangen, wie Bo die Kaffeemühle betrachtet hatte. Bo nickte. Der andere Lappe begann, ihn auf eine scherzhafte Art auszuhorchen.

»Spielst du ganz allein ein bißchen Waldläufer?«

Bo zuckte mit den Schultern.

»Ich will mich hier nur mal umschauen, das ist alles.«

»Hier gibt's nicht viel zu sehen. Weiter oben ist es schöner. In *Padjelanta*.«

»Das ist gut möglich.«

»Willst du nicht dort rauf?«

»Noch nicht. Ich finde es hier auch sehr schön. Ich will eine Zeitlang bleiben.«

»Hier? In der Tundra?«

Ein ungläubiges Lachen. Bo warf einen Blick auf Ilja. Der wich ihm mit gleichgültigen Augen aus. Bo wandte sich wieder an den lachlustigen Per Laimo.

»Warum nicht? Ihr seid doch auch hier.«

»Wir müssen. Unsere Rentiere...«

Per Laimo rümpfte die Nase. Natürlich war das nicht ehrlich gemeint. Je mehr Rentiere ein Lappe besitzt, um so reicher ist er. Und am Hang hatte Bo bestimmt Tausende gesehen. Er wußte, daß zwei oder drei Familien auf der Wanderung ihre Herden gemeinsam führten, aber selbst für mehrere Familien waren es sehr viele Tiere. Diese Leute mußten reich sein, aber sie verhielten sich wie schlaue Kleinbauern. Sie stellten sich lieber arm.

Inzwischen war der Kaffee fertig. Bo schob sich neben Ilja und Per Laimo an die »Männerseite« des Feuers, gegenüber die Frau, die Stina hieß. Er lernte, daß der Zuckerklumpen nicht in den Kaffee getan wurde, sondern daß man ihn zwischen die Zähne klemmte und den Kaffee schlürfte. Bo erfuhr auch, daß Lappen gerne Salz in ihren Kaffee tun.

Dicht neben ihm hing die Wiege. Das Baby schlief noch nicht, es lag auf einer Unterlage aus getrocknetem Moos und gab leise, zufriedene Töne von sich. Gegen den Rauch und die Mücken war es mit einem Wolltuch zugedeckt. Als Bo eine Bewegung zur Wiege hin machte, begann der schwarze Hund drohend zu knurren.

»Das ist Großmütterchen Viri«, erklärte Ilja. »Sie ist zu alt, um noch bei der Herde zu wachen. Dafür bewacht sie jetzt unsere kleine Elsa. Tu doch mal, als wolltest du Elsa anfassen.«

Bo betrachtete den großen schwarzen Hund.

»Danke, das laß ich lieber.«

Alle lachten.

Dann tat Bo es doch, sehr langsam und demonstrativ. Und das Großmütterchen schloß sofort ihre langen Kiefer um sein Handgelenk, ohne ihm weh zu tun, und knurrte tief aus der Kehle.

»Großartig«, sagte Bo.

Vorsichtig befreite er seine Hand und versuchte, den Hund zu streicheln. Aber der wollte von seiner Annäherung nichts wissen und legte sich zwischen ihn und die Wiege.

Per Laimo hatte seine Stiefel ausgezogen, und Stina betrachtete sie kopfschüttelnd. Sie sagte etwas und bekam ein Lachen als Antwort. Bo verstand, daß Per Laimo auf dem langen Weg nach Padjelanta keine Frau dabei hatte.

Stina holte einen langen Strang Fäden hervor. »Rentiersehnen«, erklärte Per Laimo. Während Stina das eine Ende zwischen den Zähnen festhielt, zerzupfte sie den Strang zu dünnen Fasern. Ein paar davon flocht sie wieder zusammen. Dabei rollte sie den entstehenden Faden an ihrer runden Wange entlang, um die knotigen Stellen glattzustreichen. An ihrem Gürtel trug sie ein Messer und einen Nadelköcher aus Knochen. Nun machte sie sich daran, die aufgeplatzten Nähte der Stiefel zu reparieren.

»Rentiersehnen sind besser als Fischgarn«, sagte Per Laimo. »Wenn sie naß werden, quellen sie auf. Da kommt kein Wasser mehr durch.«

Er erklärte und redete offensichtlich gern. Ilja dagegen schien nicht sehr gesprächig zu sein. Trotzdem war Bo neugieriger auf das, was Ilja zu sagen hatte. Der hatte etwas im Gesicht, das ihn fesselte.

»Hast du noch andere Lappen in der Gegend gesehen?«

wollte Per Laimo wissen. »Wir warten auf jemand, der mit nach Padjelanta geht.«

»Nein«, sagte Bo. »Nur den Beatnik.«

»Wen?«

Bo hätte sich die Zunge abbeißen mögen. Aber vielleicht hatte ihn Per Laimo wirklich nicht verstanden.

»Vasko«, verbesserte sich Bo.

Nun drehte sich Ilja zu ihm um. Er war erstaunt. »Du kennst Vasko?«

»Ich glaube schon. Er hat sehr lange Haare und eine Mütze mit vier Zipfeln.«

»Das muß Vasko sein«, sagte Per Laimo.

»Ich habe ihn zuerst in Tarreluoppal gesehen und dann ganz hier in der Nähe, als er die Rentiere aufscheuchte.«

Und Bo erzählte, was ihm am Hang passiert war. Er versuchte, seine Geschichte nicht vorwurfsvoll klingen zu lassen. Trotzdem enttäuschte ihn die Reaktion der beiden. Sie schauten sich nur an und zuckten mit den Schultern.

»Er war wohl betrunken«, sagte Per Laimo endlich. »Aber er hat's bestimmt nicht böse gemeint, das kannst du mir glauben.«

»Vielleicht war er sauer auf mich, weil ich ihn nicht fotografieren wollte«, sagte Bo. »Er hat mich jedesmal gefragt, ob ich ein Foto von ihm machen will.«

Per Laimo fing an zu husten.

Auch Ilja bekam plötzlich Schwierigkeiten mit dem Rauch. Bo betrachtete die beiden Männer, die sich von ihm abwandten. Die lachten sich schief, da war er sicher. Aber er stellte sich dumm, um sie nicht in Verlegenheit zu bringen. Stina war neugierig geworden. Mit leiser Stimme übersetzte Ilja das Gespräch, und auf einmal konnte auch Stina den Rauch nicht mehr aushalten.

Danach fühlte sie sich Bo gegenüber offensichtlich ein wenig schuldbewußt, denn sie wurde plötzlich sehr gastfreundlich und bot ihm geräuchertes Rentierfleisch an. Bo fand das Fleisch ziemlich zäh. Es schmeckte ähnlich wie magerer roher Speck. Ilja hatte die gruselige Angewohnheit, ein Stück in den Mund zu nehmen und den Rest direkt vor den Lippen abzuschneiden. Er machte das schnell und ohne besondere Aufmerksamkeit, aber er schnitt sich nie. Inzwischen führte Per Laimo das Wort. Ob Bo Student sei, wollte er wisen.

»Warum?«

»Studenten für Pflanzen und Tiere kommen öfter in die Tundra«, erklärte Ilja. »Oder Knochensammler. Bist du so einer?«

»Nein, das bin ich auch nicht.«

»Aber ein Student bist du schon?«

»Ja«, gab Bo schroff zu.

»Was hast du denn studiert?«

»Volkswirtschaft.«

»Was ist das genau?«

»Das weiß ich auch immer noch nicht«, sagte Bo. »Das werde ich wohl nie herausbekommen.«

Ilja brach in Lachen aus. Bo fand den Augenblick günstig und verabschiedete sich. Er bedankte sich und verließ das Zelt. Die Nacht war grau. Bald würde die Sonne wieder aufgehen, ohne daß es wirklich dunkel gewesen war. Bo schulterte seinen Rucksack und machte sich auf die Suche nach einem günstigen Lagerplatz.

Nach seinem ersten Besuch ging Bo öfter in das Lappenlager. Das tägliche Leben dort fesselte ihn. Es war noch eine Familie dazugekommen, so daß nun drei große Zelte am Seeufer standen. Die Fröhlichkeit im Lager wirkte anstekkend. Es war deutlich zu spüren, wie froh alle waren, daß es Frühling geworden war. Oft saßen die Familien bis weit nach Mitternacht vor ihren Zelten und tranken Kaffee. Das Schlafen verschoben sie anscheinend auf die langen Winternächte. Manchmal saßen alle nur schweigend zusammen und horchten auf die Nachtigall.

Anfangs verstanden die Lappen überhaupt nicht, was Bo in der Tundra wollte. Sie nahmen an, er sammle irgend etwas. Vielleicht Schmetterlinge oder Blumen oder Knochen von Tieren, die vor langer Zeit gelebt hatten. Letzteres schien sie besonders zu erheitern. Es dauerte noch eine ganze Zeit, bis Bo dahinterkam, warum sie ausgerechnet die Idee vom Fossiliensammeln so lächerlich fanden.

5

So richtig aus vollem Herzen konnte Bo nicht über die Geschichte lachen, obwohl sie ein Witz war, jedenfalls in den Augen der Rentierhirten.

Von diesen Lappen konnte man kein Interesse an Naturgeschichte erwarten. Sie lebten mitten in der Natur, kannten jede Einzelheit. Aber kein Lehrer hatte ihnen jemals in einem Raum voller ausgestopfter Vögel und Skelette das Entstehen der Tierarten erklärt. Die Fremden, die herkamen und mit unendlicher Geduld alte Knochen aus dem Boden fummelten, fanden durch ihre Arbeit Antwort auf Fragen, die die Lappen nicht beschäftigten.

Sie kannten viele alte Geschichten, die oft eine gewisse Weisheit enthielten. In ein Stück Rentierhorn konnten sie geheimnisvolle symmetrische Zeichen schnitzen, Symbole von Leben und Tod und allem, was für den Menschen wichtig ist. Aber ihre Erkenntnisse waren natürlich begrenzt. Männer, die mühselig Knochen aus der Tundra gruben, um sie dann als Kostbarkeiten in ihr eigenes Land zu schleppen, solche Männer waren in den Augen der Lappen nicht ganz bei Trost. Über solche Dummköpfe konnten sie sich nur amüsieren. Wenn im Lager erzählt wurde, daß man wieder mal so einen Stocherer gesehen hatten, lachten alle.

Bo gelang es nicht, ihnen klarzumachen, wie wichtig die Arbeit dieser »Stocherer« war. Ohne ihre Arbeit würde die Menschheit immer noch an Meerjungfrauen, Seeungeheuer, Drachen und andere Fabeltiere glauben. Die ausgegrabenen Knochen hatten die Wahrheit ans Licht gebracht, die hinter solchen Fabeln steckte, so daß die Menschen jetzt wußten, wie der Dinosaurier, der Mastodon, der Iguanodon ungefähr ausgesehen haben mußten. Und das war nur möglich, weil Leute in harter Arbeit und unter schwierigen Umständen in Wüsten und Tundras geduldig Knochen für Knochen zusammengesucht hatten. Diese belächelten »Stocherer« waren zweifellos ernst zu nehmende Paläontologen gewesen.

Unter einmaligen Umständen konnte den Paläontologen die mühsame Arbeit des Ausgrabens und Rekonstruierens wohl auch einmal erspart bleiben ... Wenn sie den gut erhaltenen Kadaver eines Urtieres fanden, zum Beispiel in einer Eisschicht. In der Tundra konnte es passieren, daß Kadaver von Riesentieren gefunden wurden, die vielleicht schon seit zwanzigtausend Jahren ausgestorben waren.

Zum Beispiel Iljas Mammut.

Dieser ausgestorbene Verwandte des heutigen Elefanten zog während der Eiszeit über die nördlichen Ebenen von Amerika, Asien und Europa. Kein Urtier regte im Laufe von Jahrhunderten die Phantasie des Menschen so sehr an wie das Mammut. Seine Knochen, die man manchmal fand, hatte man früher als Überbleibsel von Riesen oder Drachen betrachtet. Seine elfenbeinernen Stoßzähne hatte man für das Horn des legendären Einhorns gehalten, seine Klauen für die des Vogels Greif, der halb Löwe, halb Adler gewesen war. Kein Wissenschaftler konnte die Herkunft der Zähne erklären. Bis im siebzehnten Jahrhundert ein Engländer einen riesigen Stoßzahn aus Rußland mitbrachte. Gelehrte beschäftigten sich mit dem Problem und schickten Forscher in die kalten Gegenden. Die Forscher befragten die Nomaden, und die Lappen Sibiriens wußten sofort eine Antwort.

»Die Zähne sind von einem *fun-shu.*«

»Einem was?«

»Eine riesengroße Maus, die sich unter der Erde versteckt. Es ist eine sehr dumme und faule Maus. Man sieht sie nie, weil sie in der Erde lebt.«

»Ach so«, sagten die verblüfften Forscher.

Auch Iljas Vorfahren wurden gefragt, auch sie wußten etwas.

»Das Innere der Erde wird von sehr großen Tieren bewohnt, die sich mühelos im Boden fortbewegen können. Aber sobald sie ans Tageslicht kommen, sterben sie.«

Damit hielten die Lappen die Funde riesiger Knochen und Stoßzähne für ausreichend erklärt. Aber die Gelehrten fragten sich, warum ausschließlich Fragmente von Skeletten und niemals Häute oder Fleischreste gefunden wurden. Wenn es sich um Tiere handelte, die sich nur zufällig an die Oberfläche gegraben hatten, warum wurde dann niemals der komplette Kadaver einer solchen Sich-verbergenden-Maus gefunden?

Das wußten die Lappen auch nicht.

Man hatte schlichtweg nicht vermutet, daß die Knochen und Zähne von Tieren stammten, die bereits vor zwanzigtausend Jahren gestorben waren. Aber es wurde weiter geforscht.

Dann stellte sich heraus, daß Lappen auch manchmal Häute fanden. Einmal sogar einen riesigen Kopf mit Fleisch, Haut und Haaren, leider in einem fortgeschrittenen Stadium der Verwesung. Der Gestank hatte die Lappen dazu gezwungen, ihr Sommerlager woanders aufzuschlagen. Also mußten die Gelehrten glauben, daß unbekannte riesige Tiere in der Tundra lebten. Die wildesten Gerüchte breiteten sich aus. Niemand kam auf die Idee, daß der Kopf vielleicht schon eine Ewigkeit eingefroren gewesen war und nun aus einer auftauenden Eisschicht auftauchte.

Kluge Köpfe meinten, es müsse sich hier um Elefanten handeln. Die elfenbeinernen Stoßzähne schienen keinen Zweifel daran zu lassen. Aber diese These wurde weggelacht. Elefanten in Eisfeldern! Unvorstellbar. Elefanten waren Pflanzenfresser, und in der Tundra gab es keine nennenswerte Vegetation. Nein, das war ausgeschlossen.

Dann berichtete ein Forscher von einem neuen Fund. Ein Hautfetzen, so groß, daß man mit ihm einen Hügel bedecken könnte. Bitte schön! Eine Haut mit langen, braunen Haaren, die Ziegenhaaren sehr ähnlich sahen. Aber es waren keine Ziegenhaare. Es mußte sich also um ein gigantisches Tier handeln, das bisher noch keiner kannte. Nach diesem Bericht stritten die Gelehrten wieder, und die Kirche beteiligte sich auch.

»Behemoth.«

»Sie meinen . . .?«

»Die Bibel spricht doch von einem riesigen Tier, das Behemoth genannt wird.«

»Ach, Sie meinen dieses Fabeltier, das in den arabischen Schriften Mehemuth genannt wird?«

»Ja, aber damit ist ein Elefant gemeint. Ein Riesenelefant. Wie erklären Sie sich dann die Ziegenhaare?«

»Ja, ein Elefant mit langen Haaren, das ist natürlich verrückt.«

»Ein dickes Fell gegen die Kälte. Man könnte wahrhaftig eine Theorie daran festmachen, ha ha ha.«

Erst gegen Ende des neunzehnten Jahrhunderts bekam das Mammut endlich seinen Platz im zoologischen System neben dem afrikanischen und dem indischen Elefanten. »Elephas primigenius« wurde es genannt. Und dann gingen die Paläontologen zielbewußt vor, um Beweise zu finden. Sie erschienen in der Tundra, von den Lappen verständnislos bestaunt. Sie kamen im Frühjahr und verschwanden, wenn es Winter wurde. Sie suchten ausgerechnet die unbegehbaren und von Mücken verseuchten Gebiete ab, die gerade aufgetauten Schneefelder. Kein Wunder, daß sie nach drei Monaten völlig erschöpft waren.

Und dann die Fragen, die diese Fremden stellten! Warum wollten sie das alles wissen? Das ganze Getue um ein Tier, das man nicht essen konnte und dessen Fell wertlos war! Ungesund war das Interesse außerdem. Jeder wußte ja, daß das Unterirdische eine abgeschlossene Welt war und für den Menschen nichts Gutes bringen konnte. Es war die Welt der Dämonen.

Zuweilen erschienen Berichte von vereinzelten und unvollständigen Funden in den Zeitungen. Aber niemals hörte man von einem vollständigen Mammutskelett.

Bis Ilja seine aufsehenerregende Entdeckung machte.

Wenigstens behauptete er es. Aber Bo wußte, daß es genausogut ein anderer Lappe gewesen sein konnte. Es würde ihn nicht überraschen, wenn Ilja bei einer anderen Gelegenheit erzählte, sein Vater habe diesen einzigartigen Fund gemacht oder ein Lappe eines anderen Stammes. Es lag ganz und gar an Iljas Stimmung, wie er eine Geschichte erzählte und wer der Held war.

Also gut. Ilja, als er noch ein junger Mann war, fand diesen großartigen Kadaver in der Tundra.

Nach zwanzigtausend Jahren gab Mutter Erde einen ihrer ausgestorbenen Giganten dem Tageslicht zurück. Und wie? Kein einziger Tag Graben war nötig, kein behutsames, beharrliches Buddeln. Die zufällige Verschiebung eines Eisfeldes, lange anhaltendes Tauwetter – und da erschien ein vollständiges, paläontologisches Arbeitsstück.

Vom Regen saubergewaschen, vom Wind abgestaubt, lag das komplette Mammut da und wartete auf den, der das Glück hatte, als erster vorbeizukommen.

Es hätte ein Paläontologe sein können. Der hätte sich zweifellos einen Namen damit gemacht.

Aber es war Ilja. Ein einfacher Rentierhirte war der ehrliche Finder. Als Ilja sich von seiner Überraschung erholt hatte, beschloß er, mit niemandem darüber zu reden und den Kadaver nicht zu berühren. Immerhin kam dieses unbekannte Tier aus der Unterwelt. Wer konnte wissen, was für teuflische Kräfte in ihm verborgen waren?

»Ich war damals noch ein bißchen abergläubisch«, sagte Ilja jetzt. Aber seine schwarzen, hinter den Lidfalten fast verborgenen Augen sahen überhaupt nicht beschämt aus. Eher fröhlich. Er verspottete seinen eigenen Aberglauben, aber den wissenschaftlichen Eifer der Fremden konnte er auch nicht ernst nehmen.

Die armen Paläontologen! Als Ilja ins Sommerlager zurückkehrte, traf er dort wieder ein paar dieser erschöpften

»Stocherer« an. Sie waren immer noch hartnäckig auf der Suche nach Zähnen und Knochen der Sich-verbergenden-Maus. Und Ilja war so klug, den Mund zu halten. Er dachte an die Dämonen der Unterwelt. Diese verrückten Fremden wußten nicht, was gut für sie war; sie könnten sich leicht selbst in Gefahr bringen.

Als der Winter kam, verschwanden die Paläontologen aus der Tundra.

Die Lappen blieben, denn diese eisige Welt war ihre Heimat. Jener Winter dauerte ungewöhnlich lang. Sie litten Hunger, denn wenn die Herde nicht herunterkommen sollte, durften sie nur eine bestimmte Anzahl von Tieren schlachten.

Da erinnerte sich Ilja an den riesigen Fleischhaufen in der Tundra. Kein rechtschaffener Lappe würde das Fleisch eines so geheimnisvollen Tieres essen wollen, aber wenn er den Mut aufbrachte, ein Stück herunterzuschneiden, könnte er es an seine Hunde verfüttern. Dann konnte er Rentierfleisch sparen. Ilja fiel es selbst jetzt noch schwer zu erzählen, was er getan hatte. Mit einem einfältigen Lächeln gab er zu, daß er sich mit einem weisen Mann beraten hatte. Dieser hatte ihm einen bestimmten Schutz mitgegeben, und Ilja war zu dem Platz gegangen, wo die Sich-verbergende-Maus lag. Mit viel Mühe gelang es ihm, einen ganzen Fuß abzuhacken und auf dem Schlitten zum Lager zu bringen.

Es war erstklassiges Fleisch, erzählte er jetzt, rot und blutig. In der größten Gefriertruhe der Welt war es zwanzigtausend Jahre lang für diese mageren Zeiten aufbewahrt worden. Man mußte es nur noch auftauen.

Zwei Wochen später ging Ilja wieder hin, um sich einen Fleischvorrat zu holen.

Zwei Nachbarn, die abgewartet hatten, ob ihm nichts passierte, beschlossen nun auch, den unterirdischen Geistern zu trotzen, und gingen mit ihm. Die Kunde verbreitete sich schnell im ganzen Winterlager, und immer mehr Lappen holten sich ihren Teil. Die sonst so mageren Hunde hatten noch nie so fette Zeiten erlebt. Es wurde sogar geflüstert, einige Hirten hätten der Versuchung nicht widerstehen können . . .

Mit der Ankunft des Frühjahrs kamen die »Stocherer« zurück in die Tundra. Weil die Sommersonne das Hundefutter nun sowieso verwesen lassen würde, erzählte Ilja den Fremden gut gelaunt, wo sie das Skelett einer Sich-verbergenden-Maus finden konnten. Schließlich hatte sich herausgestellt, daß die Dämonen gar nicht so schlimm waren.

Die armen Paläontologen konnten nicht fassen, daß die Lappen den größten paläontologischen Fund des Jahrhunderts in aller Gemütsruhe an ihre Hunde verfüttert hatten. Ihre Empörung weckte den Spott der Hirten. Die konnten nun einmal nicht einsehen, daß der gefrorene Fleischhaufen ein wissenschaftliches Wunder gewesen war.

Anstelle eines kompletten Tieres, das mit Haut und Haaren Jahrtausende überstanden hatte, fanden die Paläontologen nun ein beschädigtes Skelett vor. Trotzdem war es ein aufsehenerregender Fund. Rückgrat, Becken und Schulterblätter waren noch mit Gelenkbändern verbunden. Der Schädel war mit mumifizierter Haut bedeckt. Die Seite, auf der das Mammut lag, lieferte noch ein Stück langhaariges Fell, das nicht einmal von zehn Männern hochgehoben werden konnte. Schließlich fanden die Teile ihren Weg in verschiedene Museen. Und in der Tundra wurde am Feuer noch oft über die »verrückten Stocherer« gelacht.

Auch Bo mußte lachen, als er die Geschichte hörte, obwohl ihm die Paläontologen leid taten.

»Aber den Hunden ist es gutgegangen«, sagte Ilja.

6

An einem hellen, sonnigen Tag gab es nichts Schöneres als den Blick über den Virihaure. Dann war die Welt blau, so weit das Auge reichte. Blaugraues Wasser, dunkelblaue Hänge mit blauweißen Schneefeldern und ein tiefblauer Himmel. Blau von einem Horizont zum anderen, in hundert verschiedenen Blautönen.

Bo saß oft da und starrte zum anderen Ufer hinüber, das nur verschwommen zu sehen war. Dort wollte er sich auch einmal umschauen. Aber vorläufig war das Leben auf dieser Seite noch fesselnd genug. Er ließ häufig seinen Schlafsack, den Rucksack und das »Zelt« auf dem Hügel zurück, um herumzustreunen oder mit seiner Wurfangel zu fischen. Es war so schön überall, daß er kaum glauben konnte, nördlich des Polarkreises zu sein. Die zahllosen Blumen würden nur ein kurzes Leben haben, dafür aber niemals die Nacht kennenlernen. Klatschmohn und Hahnenfuß waren hier manchmal so groß neben Birken und Weiden, die oft nur Kniehöhe erreichten.

Der Boden fühlte sich elastisch und leicht schlammig an, wie Schaumgummi. Direkt unter dem Moos war die Erde aufgetaut, aber ein wenig tiefer war schon ewiger Frost. Das Schmelzwasser fand keinen Abfluß, deshalb entstanden überall spiegelnde Tümpel.

An den sanft abfallenden Hängen traf Bo oft Rentiere. Die trägen Tiere fanden nun mehr als genug Nahrung und setzten sich nur noch in Bewegung, um den Mücken auszuweichen. Dann zog sich die Herde auf die Schneefelder zurück, bis mit der untergehenden Sonne auch die Mückenschwärme für kurze Zeit verschwanden. Bo ging immer sehr vorsichtig an der Herde vorbei, um die Tiere nicht zu erschrecken. Und jedesmal mußte er dabei an den Beatnik denken.

Er wunderte sich immer noch, daß die Hirten kaum darauf reagiert hatten. Spielte es vielleicht keine Rolle, was dieser Mann tat? Stand der Beatnik außerhalb der Gesetze?

Ließen sie ihn einfach gewähren, weil er nicht ganz normal war? Die Hirten konnten sonst recht ungemütlich werden, wenn es um ihre Tiere ging.

Abwechselnd bewachten sie die Herde. Meistens saß der Hirte auf dem Boden, neben sich das Lasso. Oft war er in der Landschaft kaum zu erkennen.

Am Anfang war Bo das Leben eines Hirten ziemlich langweilig vorgekommen. Wenn sich die grasende Herde etwas weiter entfernt hatte, stand der Mann auf, folgte ihr mit trägen Schritten und setzte sich wieder hin.

Manchmal kam der Hirte plötzlich in Bewegung, zum Beispiel dann, wenn die Tiere eine Hügelkuppe erreichten. Langsam erst, dann immer schneller, rannte er im Zickzack den Hügel entlang und scheuchte die Herde auf. Er wollte die Tiere alle an einer Seite haben, damit kein einziges seiner Aufmerksamkeit entgehen konnte.

Der Hirte stieß dann hohe, kehlige Schreie aus, auf die die Rentiere sofort reagierten. Ihre gleitenden Bewegungen wurden schneller. Die Herde sammelte sich. War ein Tier störrisch, bekam es eine Sonderbehandlung. Der Hirte rannte zu ihm hin und schwang sein Lasso. Das genügte immer, denn die Tiere schienen einen gehörigen Respekt vor dem Lasso zu haben. Bo fand es beeindruckend, wie ein einziger Mann mit seinem Hund so viele Tiere zusammenhalten konnte.

Bo unterhielt sich gern mit den Hirten, wenn sie Schwedisch sprachen. Aber nur Ilja und Per Laimo konnten sich wirklich verständlich machen.

Mit Ilja redete Bo am liebsten. In seinen Augen war Ilja ein echter Lappe, Per Laimo war ihm zu modern. Außerdem hatte er das Gefühl, daß Ilja ihn mochte. Bo machte es nichts aus, daß er ihn manchmal aufzog, denn fast immer ging er auf Bos Fragen ganz ausführlich ein. Von Ilja erfuhr Bo am meisten über die Lappen und ihr Leben in der Tundra.

Wenn er mit diesem sanftmütigen Lappen allein auf dem Hügel war, hatte Bo genug Zeit, ihn auszufragen.

»Machen dir die Mücken nicht zu schaffen, Ilja?«

»Was soll ich dazu sagen? Die Mücken sind unsere Bundesgenossen, nicht wahr?«

»Schöne Bundesgenossen!«

»Ja, gegen die Touristen.«

»Ihr verdient aber nicht schlecht an den Touristen.«

»Das ist wahr. Aber sie sollen lieber auf der Straße bleiben, hier laufen sie uns nur vor den Füßen herum.«

»Es gibt genug Platz.«

»Sie machen die Tiere verrückt.«

»Und wenn es zufälligerweise ein Lappe macht?«

»Oh, ich meine nicht dich, wenn ich von Touristen rede.«

»Das mag sein.«

Der Lappe machte sich lustig, aber er sagte die Wahrheit. Es lag in seiner sanftmütigen Natur, auch Unangenehmes lächelnd zu erzählen. Rentiere brauchen Platz, doch die Weidegründe wurden ständig kleiner. Die besten Weiden waren schon verlorengegangen. Jahrhundertealte Wanderwege mußten geändert und neue Plätze zum Kalben gesucht werden. Manchmal erhielten die Hirten eine Entschädigung, aber sie würden nie von sich aus ihre alten Weideplätze für ein paar tausend Kronen hergeben.

Sogar hier wurde ihre Existenz bedroht. Eisenbahn und Autostraßen durchkreuzten die einst so unberührte Wildnis. Kraftwerke und Zechen arbeiteten auf vollen Touren, wo früher Rentiere ungestört gegrast hatten. Und jedes Jahr wurde der Strom der Touristen größer, die vom Land der Mitternachtssonne angezogen wurden. Das alles hinterließ Spuren in der einsamen Pracht der Tundra. Es war ein wildes und zugleich empfindsames Land. Eigentlich war es erstaunlich, daß Ilja noch Witze darüber machen konnte.

Bo hatte einen festen Lagerplatz, von dem aus er sowohl die Lappenkoten als auch den großen See überblicken konnte. Schwäne, Enten und Gänse kamen von Süden und ließen sich auf dem See nieder. Sie bauten ihre Nester und brüteten, und bevor das erste Herbsteis das Wasser bedeckte, würden sie wieder auf dem Rückflug sein. Mit ihrer Ankunft schien der Sommer in der Tundra zu explodieren.

Sie war bedeckt von zahllosen Blumen. Bo war, als könnte er die strengen Bedingungen des Polarsommers in der Luft fühlen, als ginge von den grünen Blättern ein Ruf aus nach noch mehr Sonne, nach ein bißchen mehr Zeit, um Kraft für die schwere Prüfung des kommenden Winters zu sammeln. Lemminge und andere Nagetiere beeilten sich, ihre Vorräte zusammenzubekommen. Füchse und Raubvögel machten ihr Leben zu einem gefährlichen Abenteuer. Und das Gackern der Schneehühner schien alle zu noch größerer Eile anzutreiben.

In dieser Zeit fand das Kalben statt. Schon Tage vorher hatten die Hirten alle trächtigen Kühe auf einer ruhigen Bergweide zusammengetrieben. An dem bewußten Tag kam Ilja extra zu Bo, um ihm Bescheid zu sagen. Das war ein deutlicher Beweis seiner Sympathie, denn er hatte dafür eine ganze Strecke gehen müssen. Bo fühlte sich geschmeichelt, er war Ilja dankbar für diese Aufmerksamkeit. Auf der zum Kalben vorgesehenen Weide sah es ruhig und friedlich aus, aber alle Hirten waren anwesend und kein einziger Hund. Es war deutlich zu spüren, daß etwas Wichtiges passieren würde.

Zuerst verbreitete sich eine gewisse Unruhe unter den Kühen, eine nach der anderen legte sich auf den Boden, rollte hin und her und stand wieder auf. Und dann erschien unter dem kurzen Schwanz ein Paar kleiner Hufe. Danach passierte eine Zeitlang gar nichts. Die *vaja,* wie die Lappen die Rentierkuh nennen, preßte mühsam. Sie blieb die ganze Zeit stehen. Und auf einmal schossen die Hufe ein Stück weiter heraus. Und bald darauf erschien das ganze Kalb und fiel mit einem Plumps auf den Boden.

Die *vaja* drehte sich schnell nach ihrem neuen Kalb um, das blutig, naß und armselig dalag. Sie fing sofort an, es kräftig zu lecken, und bald versuchte es aufzustehen. Zuerst richtete es nur die Hinterbeine auf und fiel wieder um. Dann erhob es sich auf vier zitternden Stelzenbeinen, machte einen wackligen Schritt und endete wieder als ein Häufchen Elend auf dem Boden. Die Mutter leckte es immer weiter und stupste es mit der Nase, bis das Kalb endlich auf den Beinen blieb und das Euter fand. Gierig fing es an zu saugen. An diesem einen Tag wurden alle Kälber geboren. Hunderte innerhalb von vierundzwanzig Stunden, und die Hirten waren auf eine ruhige Art ausgelassen. Am Abend saßen alle um ein großes Feuer, tranken Kaffee und Branntwein, und Bo feierte mit ihnen. Diesen Tag behielt er als schönsten Tag des Sommers in Erinnerung.

Es gab noch einen Tag, den er nicht so schnell vergessen würde. Er war durch dichte Sträucher in eine Schlucht hinuntergestiegen, um in einem schmalen Ausläufer des Flusses zu fischen. Und dort stieß er beinahe mit einem Bär zusammen. Der Bär ist von Natur aus ein scheues und friedliebendes Tier, das den Menschen sorgfältig ausweicht. Das wußte Bo, trotzdem erschrak er zu Tode. Er wagte keine Bewegung.

Auch der Bär war sichtlich erschrocken. Mit steifen Vorderbeinen blieb er stehen, das Fell auf seinem Rücken sträubte sich.

Ein paar Sekunden wiegte er seinen großen Kopf hin und her, bis ihm offensichtlich seine Nase gesagt hatte, daß hier ein Mensch vor ihm stand. Mit dummen Augen starrte er Bo durchdringend an, dann drehte er sich um und verschwand im krachenden Gestrüpp. Bo sah seinem dicken, wackelnden Hinterteil nach, aber er konnte nicht darüber lachen. Später – von sicherer Höhe herunter und gegen den Wind – beobachtete er, wie der Bär etwas anschleppte. Zuerst dachte er, es sei ein großer Fisch. Aber als der Bär an einer offenen Stelle neben dem Fluß stehenblieb, erkannte er, daß es ein Rentier war. Bo glaubte nicht, daß der Bär das Rentier selbst getötet hatte. Wahrscheinlich war das Tier krank gewesen oder verunglückt, und der Bär hatte es tot in der Tundra gefunden. Jetzt machte er sich darüber her, um es zu fressen. Manchmal war sein ganzer Kopf verschwunden, und wenn er irgendwo nicht richtig drankam, zerbrachen seine breiten Pfoten mit kurzen ungeduldigen Hieben die herausstehenden Rippen. Es sah grauenerregend aus.

Als Bo Ilja später davon berichtete, bedauerte dieser, daß er nicht dabeigewesen war.

»Ich kann dir den Platz zeigen«, bot Bo ihm an.

»Das hat wenig Sinn«, sagte Per Laimo. »Bären sind richtige Rumtreiber, manchmal legen sie fünfzig Kilometer am Tag zurück. Es kann sein, daß er jetzt schon am anderen Seeufer ist.«

»Hättet ihr ihn erschossen?«

»Sofort«, sagte Ilja mit einem unbestimmten Lächeln.

»Ist das nicht gefährlich? Ich habe mich noch nicht mal getraut, ihn anzuschauen, er hätte es falsch verstehen können. Vielleicht ist er gekommen, um mit mir zu diskutieren, ob er ein Recht auf dieses Rentier hat...«

»Das ist es gerade! Wir sind Rentierhirten«, sagte Ilja.

Es war ein stürmischer Nachmittag, die Wolken jagten über den Himmel. Der See sah blauschwarz aus. Aber in Iljas Kote war es gemütlich. Stina verteilte Kaffee und Käse, so daß Bo sich willkommen fühlte. Auch Per Laimo hatte keine Eile wegzugehen. Er erzählte von seinem neuen, doppelläufigen Jagdgewehr, mit dem er den Bären sicher erlegt hätte. Auf einmal fing Ilja an zu grinsen. Er steckte seine kleine Pfeife an und lehnte sich zurück. Er deutete mit der Pfeife auf Bo.

»Erzähl ihm doch mal von Gustav Hanko«, sagte er.

»Wer ist Gustav Hanko?« fragte Bo.

»Ein berühmter schwedischer Jäger«, sagte Ilja.

Per Laimo grinste boshaft, aber daß auch Ilja so lachen konnte, verblüffte Bo.

»Gustav Hanko«, sagte Per Laimo gedehnt und spuckte ein bißchen Kaffeesatz ins Feuer, daß die Flammen aufzischten. »Also, ein guter Jäger war das nicht.«

7

»Über Tote soll man zwar nur Gutes berichten, aber Gustav war noch nicht mal ein anständiger Schütze«, erzählte Per Laimo und grinste Bo an. »Er hat immer tolle Geschichten erzählt, aber wer hat ihn gesehen, als er all die Tiere geschossen hat! Ich nicht. Wenn du mich fragst, hat er seine Trophäen einfach bei Skolt-Lappen in Finnland gekauft, um hier jedem weiszumachen, er hätte sie selbst geschossen. Denn ich kann mich gut erinnern, daß er immer geschäftlich nach Inari gefahren ist. Aber gut, beweisen kann ich es natürlich nicht.

Ich habe mir sagen lassen, er sei Architekt gewesen, und noch dazu ein guter. Das mag ja sein, ich kann es nicht beurteilen. Aber als Jäger, und darüber rede ich jetzt, als Jäger war Gustav kein As. Und trotzdem wollte er mit aller Gewalt was darstellen in dem Sportjägerverein, wo er Mitglied war. Darauf hat er viel Zeit verwendet. Und erst das Geld, das ihn seine Liebhaberei gekostet haben muß! Allein die vielen Jagdgewehre! Ganz zu schweigen von seinem schönen Jägeranzug, komplett mit Hut. Also gut, ich gebe zu, daß ich neidisch gewesen bin auf seine Gewehre. Gustav Hanko ist tot, und seine Witwe hat die Gewehre weggegeben. Irgend jemand hat den Kauf seines Lebens gemacht, das kannst du mir glauben, denn für seine Gewehre hat Gustav mit wahrer Liebe gesorgt.

Und im ›Jakthus‹, seiner Stammkneipe in Kiruna, hängt das Bärenfell an der Wand, mit Kopf und allem. Das komplette Fell des Bären, den Gustav ganz allein geschossen hat. Von Kopf bis Schwanz ein prächtiger Pelz, dick und zottig wie kein zweiter. Der Kopf ist großartig präpariert, du weißt schon, so mit glitzernden Augen und Zähnen. Darunter hängt ein Kupferschild, auf dem steht: ›Dieser Bär, 220 cm lang und 350 kg schwer, wurde am 10. Januar 1961 von Gustav Hanko geschossen.‹

Versteh mich nicht falsch, Bo. Ich hätte auch gern so einen Burschen auf meiner Liste. Aber sie werden rar, weißt du. Ich hab mir erzählen lassen, daß sie im Eismeer noch genug Eisbären schießen, von einem Spezialschiff aus, das von Hammerfest kommt. Aber so einen großen Braunen muß man erst mal finden. In Kiruna werden jedes Jahr hohe Wetten abgeschlossen, wer den ersten Bären schießt. Und alles in allem ist Gustavs Exemplar das dritte in fünf Jahren gewesen. So selten sind die Braunbären in Lappland geworden.«

»Und dann muß ausgerechnet ich in einen reinlaufen«, sagte Bo.

»Ja. Wenn du nur ein Gewehr dabei gehabt hättest... Aber kannst du uns zeigen, wo er geblieben ist? Nein. Bären ziehen ganz schön rum, Junge. Mit dem, was ein Bär an einem Tag läuft, kannst du nicht Schritt halten.

Im Sommer kann man keinen Kreis um ihn ziehen, wenn du verstehst, was ich meine. Aber im Winter...

Also für Gustav war es nichts, hinter einem wandernden Bären herzuziehen. Das lag ihm nicht so. Er hatte seine eigene Art zu jagen. Und unter uns, wenn Vasko zu mir gekommen wäre und gesagt hätte, daß er zufällig die Winterhöhle eines Bären entdeckt hätte – und daß er sicher wäre, der Bär würde gemütlich drin pennen und daß er mir für fünfhundert Kronen die Höhle zeigen würde... Ich glaube nicht, daß ich sein Angebot ausgeschlagen hätte. Ich denke, ich hätte dasselbe gemacht wie Gustav. Ich hätte meine Spardose und mein Gewehr genommen, hätte niemand was gesagt und wäre mit Vasko gegangen. Stilvoll ist es nicht, aber so kann man wenigstens noch einen Bären fangen, nicht wahr?

Aber ich hätte die Sache nicht so übereilt wie Gustav. Ich wäre nicht sofort losgezogen. Im Radio hatten sie gesagt, daß ein Schneesturm im Anzug sei. Aber Gustav wollte so schrecklich gern seinen Bären schießen und das Fell ins ›Jakthus‹ schleppen, er konnte keinen Tag länger warten. Er beschwor Vasko, niemandem was zu sagen, und ließ sich die Winterhöhle zeigen.

Wir wissen inzwischen alles darüber. Wir wissen es von

Vasko. Die Polizei hat ihm kräftig auf den Zahn gefühlt. Nicht, daß er etwas Strafbares getan hätte. Aber wenn du der letzte bist, mit dem ein geachteter Einwohner von Vardø gesehen worden ist, der dann nicht mehr auftaucht . . . Wir wissen, daß sich Gustav von seiner Frau verabschiedete, seine Gewehre in den Jeep lud, in seinen wärmsten Klamotten hinter das Steuer kroch und aus der Stadt fuhr. Er fuhr den ganzen Tag. Der Schnee lag hoch, und die Straßen waren so gut wie unbefahrbar, trotz der Schneeketten. Vasko erzählte später, daß er mit seinen Skiern schneller gewesen ist. Und als der Jeep nicht weiterkam, mußte Gustav auf die Bretter, mit den schweren, doppelläufigen Gewehren auf dem Rücken. Sie überquerten diesen See, der natürlich zugefroren war, und durch den Birkenwald auf der anderen Seite mußten sie auch noch. Dann kamen sie an eine Schlucht. Dort fanden sie tatsächlich die hinter Sträuchern versteckte Winterhöhle. Und der Bär lag drinnen und schlief.

Was tat Vasko? Vasko muß man kennen. Er hielt die Hand auf und verlangte sein Geld. Gustav bezahlte. Und Vasko machte, daß er wegkam, denn mit dem Rest wollte er nichts zu tun haben. Was du nicht weißt, macht dich nicht heiß, das gilt auch für uns. Außerdem hatte Vasko es eilig. Wenn man monatelang nur selbstgebrannten Alkohol getrunken hat . . . Ja, den macht er aus Holz, hat mir jemand erzählt, aber ich weiß nicht, ob es stimmt. Jedenfalls muß es ein gemeines Zeug sein, von dem man verrückt werden kann. Vasko wußte also, was er mit dem Geld tun wollte, und so stand Gustav ganz allein vor der Winterhöhle. Und der Bär schlief und ahnte von nichts.

Der Rest meiner Geschichte besteht aus Vermutungen, denn niemand ist dabeigewesen, und Gustav konnte es hinterher nicht mehr erzählen. Aber es liegt auf der Hand, daß es ungefähr so passiert sein muß:

Gustav räumte geduldig Sträucher und Schnee aus dem Weg und warf Steine in die Höhle, vielleicht auch einen brennenden Ast. Dann wartete er mit dem Gewehr im

Anschlag. Und glaub mir, Bo, diese Methode haut hin. Der Bär wacht auf, erschrickt und kommt schlaftrunken herausgestolpert. Und direkt vor dem Höhleneingang bekommt er die volle Ladung. Ich habe schon gesagt, daß Gustav kein großer Schütze war, aber nicht mal er konnte auf diese Entfernung danebenschießen. Wahrscheinlich war der Bär sofort tot, die Kerle sind zäh, aber damit muß Gustav gerechnet haben. Die Polizei hat festgestellt, daß er auch sein zweites Gewehr leergeschossen hat. Das war mehr als genug. Eine Minute nachdem der Bär aufgewacht war, war er tot. Für ihn sollte es im Frühjahr keinen Happen Rentierfleisch geben.

Gustav wird wohl nach der langen Fahrt und der ganzen Aufregung sehr müde gewesen sein. Jedenfalls schlug er mit seinem Jagdmesser einen Vorrat Brennholz. Das war vernünftig von ihm, denn es wurde Nacht, und er mußte dem Bären erst noch das Fell abziehen. Der Präparator von Kiruna hat gesagt, daß er das sehr ordentlich gemacht hat. Methodisch, das war das Wort, das der Mann gebraucht hat. Methodisch und nach allen Regeln der Kunst. Es muß eine Arbeit von Stunden gewesen sein. Mit Hilfe eines Baumstammes hat er das plumpe Tier umgedreht, als er mit der einen Seite fertig war. Danach muß Gustav natürlich völlig erschöpft gewesen sein. Und es begann schrecklich zu schneien, wirklich ganz schrecklich. Seine Sachen, mit denen er ein Lager hätte aufschlagen können, lagen im Jeep. Und er war so müde, so fürchterlich müde. Zum Jeep zurücklaufen wollte er bei diesem Schnee nicht, wo man noch nicht mal einen Meter weit sehen konnte. Er mußte warten. Zum Glück hatte er das Fell. Das dicke, warme Fell des Bären, den er gerade geschossen hatte. Als sein Brennholz zu Ende ging und der Schnee das Feuer löschte, wickelte er sich fest in das Fell seines selbstgeschossenen Bären, den Pelz nach innen, die nasse blutige Seite nach außen. Es war bestimmt herrlich warm. Gustav beschloß zu warten, bis der Schnee nachließ.

Aber er ließ nicht nach. Sicher eingewickelt in den

Bärenpelz sank Gustav neben dem erlöschenden Feuer in den Schlaf. Vielleicht ist er noch nicht einmal wirklich eingeschlafen, vielleicht hat er sich nur eine Weile hingelegt und sich in das Bärenfell gewickelt wie in eine Decke. Wer hat je in einem weicheren Bett gelegen?

Niemand weiß, wann Gustav es merkte. Daß er sich nicht mehr bewegen konnte, meine ich. Im ersten Augenblick muß er gedacht haben, daß seine Muskeln nicht mehr mitmachten. Aber es war das Fell, das er so fest um sich gezogen hatte und das in kurzer Zeit steifgefroren war. Steif und unbeweglich wie die dicken Bretter eines Sargs, so war die Bärenhaut geworden, und Gustav saß darin gefangen. Was er sich gedacht haben muß, will ich lieber nicht wissen.

Als Gustav nicht mehr auftauchte, schlug seine Frau Alarm. Die Polizei war zwei Tage damit beschäftigt, Vasko zu suchen, denn der war blau wie noch nie und hatte sich einen ruhigen Platz gesucht. Also, die Rettungsmannschaft kam natürlich zu spät. Ein Fremder aus Hammerfest hat nun die schönen Gewehre von Gustav, und das Fell seines Bären hängt ausgebreitet über dem Ofen im ›Jakthus‹. Mit seinem Namen drunter. Das schon.«

8

Als Per Laimo brüllend vor Lachen über seine Geschichte zu seinem eigenen Zelt gegangen war, saßen Bo und Ilja noch eine Zeitlang schweigend beieinander.

»Ja, dieser Gustav Hanko«, sagte Ilja endlich, »der war genauso dumm wie Stalo.«

Und er erzählte von einem Fabelwesen, einem Menschenfresser, der in der Tundra lebte und es immer auf die kleinen Lappen abgesehen hatte. Dabei war er doch ein Riese, der Stalo. Ein Kannibale, groß, stark, aber zum Glück strohdumm, so daß er gegen die schlauen Lappen nicht ankam, die sich noch dümmer stellten als er, um ihn zu überlisten. Es war eine Geschichte, die zu Ilja paßte.

Stalo war dumm genug, um sich nackt aus dem Zelt locken zu lassen, in die kalte Nacht hinaus, nur um nach einem Goldklumpen zu greifen, der der Mond war. Dabei ist er im Eis eingebrochen, das wohl einen Lappen, aber keinen Stalo tragen konnte.

Bo verstand den Symbolgehalt solcher alten Geschichten. Für die Lappen verkörperte diese eine Gestalt alle feindlichen Kräfte der Natur. Bo hatte das unbehagliche Gefühl, daß auch viele Schweden als eine Art Stalo angesehen wurden. Und nicht immer zu Unrecht.

Nun, da es wirklich Sommer geworden war, hielten dickhäutige Riesen ihren Einzug. Touristen, Sportfischer, Camper – sie kamen die Autostraße entlang, manchmal sogar ganze Busladungen voll. Sie kamen, um die letzten Fische aus den Flüssen zu angeln und die Lappen zu begaffen. Mit Kameras um den Hals schlenderten sie manchmal ins Lager. Ihre Gesichter zeigten Abscheu, wenn sie in die rauchigen Zelte schauten, und bei den Gerüchen zogen sie die Nase kraus. Die kleinen Lappen ließen diese Invasion mit erstaunlicher Gleichgültigkeit über sich ergehen.

Eines wußte Bo genau, und er war stolz darauf. Ihn betrachteten die Lappen mit anderen Augen. Inzwischen konnte er auch schon ein paar Worte ihrer Sprache. Noch nicht viel, denn sie war schwierig. Aber er versuchte es immer weiter. Viele Lappen sprachen kein Schwedisch, vor allem die älteren nicht, die nie in eine Schule gegangen waren.

Die Lappen wurden zusehends herzlicher zu dem schwedischen Jungen, der so früh im Jahr gekommen war, ganz allein, und der sich die Mühe machte, ihre Sprache zu lernen.

Was für ein Sommer! Verblühte Lupinen unter den Stiefeln und schreiende Gänse über dem Kopf. Die hellen Frühjahrsfarben verblaßten, alles bekam einen rotbraunen Hauch. Der Kuckuck war ständig zu hören, und an dem großen See störte der Eistaucher die verträumten hellen Sommernächte mit seinem Schauergeschrei. Wenn es nach Bo ginge, könnte der Sommer ewig dauern. Aber die Lappen sahen das anders. Die Wärme hatte Hornissen und Bremsen ausgebrütet.

Die Rentiere mit ihren unbeholfenen Kälbern versuchten immer höher zu steigen. Vor allem die Hornissen jagten sie in die Flucht. Diese verdammten Viecher legten ihre Eier unter die Haut, und das konnte schreckliche Schmerzen verursachen.

»Wir müssen das Lager abbrechen«, teilte Ilja Bo mit, »und nach Padjelanta ziehen. Warum kommst du nicht mit?«

»Vielleicht komme ich nach«, sagte Bo, ohne es wirklich zu meinen. »Zeig mir auf der Karte, wie ich euch finden kann.«

Ilja ließ sich nicht täuschen. Seine tiefliegenden Augen bekamen einen geheimnisvollen Blick, und er sagte: »So einfach ist das nicht.« Er beugte sich über die aufgeschlagene Karte. »Schau, das ist Kukkesvagge, das lange Tal, das vom Sito-See nördlich vom Sarek bis nach Padjelanta führt. Das ist der alte Wanderweg meiner Familie. Aber jede Familie hat ihr eigenes Padjelanta. Ich will versuchen, es dir zu erklären. Padje bedeutet ›da oben‹, und lanta ›Land‹. Man könnte auch ›Hochland‹ sagen. Dort gibt es die besten Sommerweiden und Westwind, der die Mücken vertreibt. Es ist das Sommerland aller Lappen, wo auch immer ihre Sommerweiden liegen. Verstehst du das? Es ist, wie es in der Bibel heißt, unser Gelobtes Land. Und nicht nur jede Familie hat ihr eigenes Padjelanta, verstehst du, sondern auch jeder Mensch. Das ist das Ziel, das er erreichen will, der Ort weiter oben, den er immer sucht.«

Ilja schaute Bo lächelnd und ein bißchen spöttisch an. »Nur Stalo hat kein Padjelanta«, sagte er. »Vielleicht kommst du uns nach, vielleicht auch nicht. Aber wohin du gehen willst, das mußt du herausfinden. Wo liegt dein eigenes Padjelanta?«

Bo lachte, um sein Erstaunen und seine Verlegenheit zu verbergen, und schaute nach draußen.

»Ich gehe nirgends hin«, sagte er, ohne Ilja anzusehen. »Ich bleibe einfach hier.«

»Wozu?«

»Einfach so. Um das Nordlicht zu sehen.«

Ilja schüttelte den Kopf. Das gefiel ihm nicht. Es bedeutete, daß Bo vorhatte, auch den Winter über in der Tundra zu bleiben, und davon konnte er ihm nur nachdrücklich abraten.

»Du wirst umkommen«, sagte er ernst.

Das weiße Rentier war verschwunden. Per Laimo hatte es nicht gesehen, Stina vermißte es schon seit ein paar Tagen. Ilja machte sich auf die Suche. Bo sah es für einen Augenblick oben am Hang. Wenn er sich nicht geirrt hatte. Auf jeden Fall ging er sofort zu Ilja und sagte ihm Bescheid. Für Ilja und Stina bedeutete das weiße Rentier sehr viel. Nicht nur, weil es weiß war. Ein weißes Rentier war zehnmal soviel wert wie ein normales, aus seinem Fell konnte man eine schöne Jacke machen. Aber für Ilja und Stina stand mehr auf dem Spiel als eine schöne Jacke. Das weiße Rentier hatte Elsa zu ihrer Geburt bekommen. Es trug Elsas Markierung am Ohr. Dieses Zeichen hatten Ilja und Stina gemeinsam entworfen.

Alle Rentierkälber wurden markiert, während sie noch bei ihren Müttern waren, so daß man den Eigentümer immer erkennen konnte. Diese Markierung bestand aus einem ganz speziellen Einschnitt am Ohr, und jeder Rentierbesitzer hatte sein eigenes Zeichen, das vom Lappenvogt in Jokkmokk aufgeschrieben wurde. Wenn es geboren wurde, bekam ein Kind von seinen Eltern eine Rentierkuh geschenkt. Und jedes Kalb dieser Kuh und alle Kälber danach gehörten dem Kind, so daß es später an seinem Hochzeitstag eine eigene Herde zu seiner Kote treiben konnte.

Aber Elsas Rentier war nirgends zu finden. Das war ein schlechtes Omen. Ilja suchte tagelang, aber nirgendwo sah er das auffallende weiße Fell. Trotzdem brachte er es nicht über sich, das Rentier als verloren zu betrachten und das böse Omen zu übersehen. Das weiße Rentier mußte einfach gefunden werden.

Es war in der vierten Jahreszeit geboren, genau wie Elsa. Das war eine ganz ungewöhnliche Kalbzeit für ein Rentier. Normalerweise bekamen sie fast alle zugleich ihre Jungen im Frühjahr. Die vierte Jahreszeit war nach der Zeiteinteilung der Lappen der Sommer.

Rentierkälber, die zu früh geboren wurden, gingen bei dem schlechten Wetter ein. Wurde eins zu spät geboren, mußte man sich ganz besonders darum kümmern, damit es Widerstandskraft für den Winter sammeln konnte.

Mit viel Fürsorge hatte Ilja das weiße Rentier damals am Leben erhalten, und daß es gelang, nahm er als günstiges Omen. Darum hatte er es zum ersten Besitz seiner kleinen Tochter bestimmt, als ihr Erbe, die Mutter, Großmutter und Urgroßmutter ihrer zukünftigen Herde.

Ilja fragte überall nach dem weißen Rentier, aber niemand hatte es gesehen. Irgend etwas mußte ihm passiert sein. Eigentlich hatte Ilja die Hoffnung schon aufgegeben, als Bo zu ihm kam. Ein weißer Fleck im Rot eines Birkenwaldes, mehr konnte Bo nicht sagen. Für Ilja war das genug, um mit seinem Lasso sofort auf den Berg zu steigen. Bo schloß sich ihm an.

Sie waren den ganzen Tag unterwegs und schlugen in der hellen Nacht am Hang ihr Lager auf. Sie redeten nicht viel miteinander. Ilja war unruhig. Warum benahm sich das Tier so blödsinnig – falls es sich bei dem weißen Fleck, den Bo gesehen hatte, tatsächlich um das Tier handelte. Rentiere blieben wohlweislich bei der Herde, denn diese bedeutete Sicherheit. Warum war das weiße Rentier ganz allein den Hügel hinaufgestiegen?

Am frühen Morgen wurde Bo wach, Ilja war aufgeregt hochgesprungen. Da – ein weißer Fleck im Rot zahlloser kleiner Blätter. Sie brachen schnell das Lager ab und stiegen so leise wie möglich weiter nach oben. Es war wirklich das weiße Rentier der vierten Jahreszeit, es stand da und leckte ein neugeborenes Kalb. Naß und armselig lag das Tierchen im Moos.

»Weiß«, sagte Bo.

Nun verstanden sie alles. Die Rentierkuh der vierten Jahreszeit hatte die Einsamkeit gesucht, um in der vierten Jahreszeit zu kalben – und ihr Junges war weiß, genau wie sie selbst. Das Kalb war noch keine Stunde alt, aber es richtete sich schon auf seinen vier seitwärts stakenden Beinen auf. Ein paar Stunden später würde es schon schneller rennen können als ein Mann. Und was für ausgelassene Sprünge das Kälbchen machte, während es seiner Mutter nachlief, die sich, das Lasso locker um den Hals, gehorsam von Ilja führen ließ. Immer wieder schaute sie sich um und bewegte ihren Kopf auf und nieder, wobei sie brummende Töne ausstieß. Damit brachte sie das Kalb dazu, ihr nachzulaufen.

Als es müde wurde, trug Bo es auf den Armen. Es war vielleicht vier Kilo schwer. Es war ein angenehmes Gefühl, und er freute sich sehr. Vor allem für Ilja. Und natürlich auch darüber, daß er, Bo, dem Hirten geholfen hatte, das weiße Rentier noch rechtzeitig vor der Wanderung nach Padjelanta zu finden.

Ilja sang. Bo hörte ihm zu. Er wußte, daß Lappen nie gemeinsam sangen, sondern ausschließlich allein. Ilja sang eine kurze, ausdrucksvolle Melodie, die aus längst vergangenen geheimnisvollen Zeiten zu stammen schien. Und als Bo fragte, ob Ilja ihm das Lied beibringen wolle, schüttelte der Lappe verlegen seinen breiten Kopf.

Warum nicht? So schwierig konnte es doch nicht sein. Das Lied schien nur aus einer Zeile zu bestehen, die immer wiederholt wurde und dann plötzlich abbrach.

»Es ist mein eigener *joik*,« sagte Ilja.

Erst später erfuhr Bo, daß jeder Lappe sein eigenes persönliches Lied hatte, mit eigenen Worten, eigenem Rhythmus und eigener Melodie. Ein Lied, das zu dem Mann gehörte wie sein Schatten.

Im Lager trafen sie zu Bos Überraschung den Beatnik. Völlig betrunken wankte er zwischen den Zelten herum. Als er Bo sah, grinste er boshaft und rief: »He! Tourist!«

Bo sah, daß jeder dem Beatnik so weit wie möglich aus dem Weg ging. Der kleine alte Mann lief ganz allein herum und redete lallend mit sich selbst. Niemand lachte ihn aus, aber jeder tat, als wäre er gar nicht da. Bis der Beatnik seinen betrunkenen Kopf über Elsas Wiege beugte. Auf einmal schoß der große schwarze Hund hervor, Großmütterchen Viri. Sie mochte alt sein, aber sie war nicht zu alt, um den Beatnik mit einem wilden Knurren anzuspringen. Der kleine Lappe stand nicht sehr fest auf den Beinen und fiel rückwärts auf den Boden. Wie ein schwarzer Teufel stand der wütende Hund über ihm – bis Iljas Stimme einen lauten Befehl gab. Sofort zog Viri mit eingeklemmtem Schwanz ab, kehrte aber in einem Bogen zurück und legte sich vor die Wiege. Ilja half dem Beatnik wieder auf die Beine und entschuldigte sich. Bo konnte nichts verstehen. Das Seltsame war, daß Ilja ein bißchen Angst zu haben schien vor dem Beatnik. Dem fehlte nichts. Der Hund hatte ihn nur umgeworfen, aber nicht gebissen. Ilja holte eine halbvolle Flasche aus seiner Kote und bot sie demütig an. Seine Sanftmütigkeit erstaunte Bo. Der Beatnik, die Flasche unter den Arm geklemmt, verschwand lallend und gestikulierend zwischen den Birken.

Ilja wartete, bis er nicht mehr zu sehen war, dann bückte er sich und klopfte Viri auf den Rücken. Die Bewegung war sehr flüchtig und unauffällig, aber Viri entspannte sich und wedelte heftig mit dem Schwanz.

Stina war sehr glücklich über das weiße Kalb. Bo wurde in die Kote zum Mittagessen eingeladen. Es gab geräuchertes Rentierfleisch, saure Milch und selbstgebackenes Fladenbrot.

»Das Leben ist nicht leicht für einen Mann wie Vasko«, erklärte Ilja. »Er muß sehen, daß er mit Jagen, Fischen und Beerenpflücken was verdient. Er leidet oft Not.«

»Und er trinkt«, sagte Bo.

»Natürlich trinkt er. Er ist ein Mann ohne *siida.*«

Siida. Das Lappenwort für ein Zeltlager, für eine Niederlassung, für eine feste Gemeinschaft, in der der Mensch Anschluß findet. Bo nickte zum Zeichen, daß er Ilja verstand. Sie tranken vielleicht zum letztenmal Kaffee miteinander, denn das Lager sollte morgen abgebrochen werden. Es war Bo schon öfter aufgefallen, daß fast keine Kinder im Lager waren. Nun erzählte ihm Ilja, daß das neue Gesetz zur Schulpflicht daran schuld war. Notgedrungen mußten die Kinder der nomadisierenden Rentierhirten in Internate gehen.

»Elsa wird dort all die modernen Bequemlichkeiten kennenlernen, und wenn sie in den Ferien nach Hause kommt, wird sie sich in unserer Kote nicht mehr heimisch fühlen. Genau wie meine anderen Kinder, die fünfzehn und zwölf sind. Dazu kommt noch, daß sie nicht genügend abgehärtet sein wird, um die Kälte zu ertragen.«

Ilja fügte nicht hinzu, daß die schwedischen Schulen folglich einen bösen Einfluß auf das Fortbestehen der Lappengemeinschaft hatten. Er wollte Bo, den jungen Schweden mit den guten Absichten, nicht verletzen. Aber Bo verstand es auch so. Der Kontakt zwischen Eltern und Kindern wurde unterbrochen, und das konnte für niemanden gut sein. Er dachte weiter: Die Kinder werden »zivilisiert« und fühlen sich in der Umgebung ihrer Eltern nicht mehr daheim. Aber in der Stadt schauten die Schweden auf sie hinunter, dort waren sie nur Lappen. Es war alles so traurig und schmerzlich, Bo fragte nicht weiter nach den Kindern.

»Unterricht ist natürlich notwendig«, sagte Ilja, der seine Verlegenheit bemerkt hatte. »Ich will die alten Zeiten nicht verherrlichen, wirklich nicht. Das Leben war damals viel schwieriger, das kannst du mir glauben. Man mußte sehr stark sein, um überhaupt zu überleben. Wir kannten zum Beispiel keinen Arzt. Jemand, der eine Blinddarmentzündung bekam, ist einfach gestorben. Wir behalfen uns mit Kräutern. Ein kranker Zahn wurde mit einem glühenden

Holzstück ausgebrannt. Ich meine, man darf nicht nur das Schöne an der alten Zeit sehen. Jetzt rufen wir einen Arzt, und der kommt mit dem Hubschrauber.«

Ilja erzählte, daß das Leben auch für sie bequemer geworden war. Jetzt zogen fast nur noch die Männer hinter den Rentieren her nach Padjelanta. Die Frauen blieben mit den kleinen Kindern daheim in den modernen Hütten bei den Winterweiden, und dort konnten ihre Männer sie besuchen, mit dem Schneescooter oder dem Motorboot.

»Deine Frau doch nicht«, sagte Bo.

»Stina – die hat das Herumziehen im Blut.« Ilja lachte. »Aber im Winter bleibt sie doch zu Hause. Weißt du, daß sie eine vollautomatische Waschmaschine besitzt?« Und er lachte noch lauter, als er Bos Gesicht sah. »Ja, wirklich. Obwohl sie noch ein bißchen Angst davor hat. Einen Mixer hat sie auch. Und ich habe einen Schneescooter. Im Winter arbeiten wir turnusmäßig, und ich komme immer wieder für ein paar Tage nach Hause. Zur Not mit dem Hubschrauber.«

Er grinste spöttisch, als verstünde er, daß seine Zufriedenheit mit den neuen Errungenschaften Bo nicht paßte.

»Ich durchschaue dich«, sagte Ilja. »Wenn's nach dir ginge, sollten wir ewig in unseren Zelten wohnen. Wir sollten nicht in euren Supermärkten einkaufen. Du gönnst uns keine andere Wärme als ein Feuer. Du willst nicht, daß wir uns Möbel anschaffen, wir sollen auf dem Boden schlafen. Wir sollen ›primitiv‹ bleiben, nur weil dir das nun mal gefällt.«

»Du würdest dich in einer großen Stadt todunglücklich fühlen«, sagte Bo.

»Das kann gut sein. Aber deshalb muß ich doch nicht alle modernen Bequemlichkeiten ablehnen. Und du, du wirst dich in der Tundra todunglücklich fühlen. Nicht sofort, aber das kommt noch. Es kommt einfach darauf an, an was ein Mensch gewöhnt ist. Ob du es willst oder nicht, die Stadt ist deine *siida*.«

»Nein, Ilja«, antwortete Bo heftig. »Die Stadt ist nicht

meine *siida*. Die Stadt ist einfach eine Ansammlung von Steinhäusern, wo Leute, die sich nicht kennen, dicht gedrängt wohnen. In eine Stadt kann man hineingeboren werden wie ein Kuckucksjunges in ein fremdes Nest.«

»Was ist das, ein Kuckucksjunges?«

Diese Art der Fragestellung war Bo schon öfter aufgefallen. Er wußte, daß Ilja wissen wollte, ob er bei seinen eigenen Eltern aufgewachsen war oder nicht.

»Eigene Eltern bedeuten keine Garantie für eine *siida*«, sagte Bo. »Vor allem dann nicht, wenn diese Eltern immer andere Pläne mit dir haben als du selbst. Wenn sie dir eine Zukunft vorzeichnen, die dich nicht lockt. Wenn sie böse, enttäuscht und traurig sind, wenn du ihnen das sagst. Wenn keinen Tag Friede in der Wohnung ist, die deine *siida* sein sollte...«

Bo schwieg eine ganze Zeit und starrte ins Feuer. Endlich sagte er: »Ich weiß nicht, wessen Schuld es ist, aber ich wohne in einer *siida* mit Menschen zusammen, die mir eigentlich nicht liegen. Oft ist es, als würden sie eine Sprache sprechen, die ich nicht verstehe. Als wären es Fremde. Aber sie wissen das nicht. Sie wären beleidigt und traurig, wenn ich es ihnen sagen würde. Sie meinen es so gut, verstehst du. Aber wenn ich tue, was sie wollen, dann geht es mir nicht gut. Dann werde ich ein Mann, wie in der Stadt viele rumlaufen. Die machen den ganzen Tag Sachen, die sie eigentlich nicht einsehen, nur weil ihnen jemand erzählt hat, das wäre zu ihrem Besten.«

Ilja brach in Lachen aus. Aber dann wurde er ernst.

»Du willst nicht in die Stadt zurück, aber du willst auch nicht mit uns nach Padjelanta gehen. Was willst du dann?«

»Ich weiß es noch nicht. Doch, eigentlich weiß ich es. Ich will den großen See überqueren und schauen, wie es auf der anderen Seite ist.«

»Dann mußt du nach Süden gehen«, sagte Ilja. »Dort wohnt ein Fischer. Ab und zu setzt er Leute über.«

»Ein Fährmann?«

»Ja, so könnte man ihn nennen. Früher wohnte er auf der

anderen Seite, genau wie Vasko. Damals waren sie Fischer. Jetzt ist er Fährmann oder wie das heißt, und Vasko ist nichts – oder wie das heißt.«

»Vasko ist mir ein Rätsel«, sagte Bo.

Ilja schaute ihn an und lächelte traurig.

»Wenn du in der Tundra bleiben willst, wirst du ihm öfter begegnen. Vielleicht wäre es ganz gut, wenn ich dir ein bißchen über ihn erzähle. Dort, am anderen Ufer, steht eine Hütte, die er einmal gebaut hat. Aber dort wohnt er nicht mehr. Der Hüttenbau war ein Irrtum, denn eigentlich ist Vasko ein Rentierhirte wie ich und Per Laimo.«

Er stocherte das Feuer auf und stopfte sich sorgfältig eine Pfeife. Jetzt hob er den Kopf, und seine Augen waren hinter dem Rauch kaum zu erkennen.

»Vasko Pirtsi«, sagte er. »Das ist sein Name. Aber so nennt ihn hier keiner mehr. Du sagst Beatnik zu ihm, was immer das auch heißen mag. Und wir nennen ihn Vasko. So ist es. Aber sein Name ist Vasko Pirtsi. Und er war Hirte so wie ich.«

9

Das ganz alltägliche Leben gefiel Vasko Pirtsi am besten. Veränderungen verwirrten ihn bloß und machten ihn aufsässig. Jedes Jahr zogen seine Rentiere vom tiefergelegenen finnischen Waldland zu den Hügeln in Schweden und wieder zurück, und Vasko und seine Familie folgten ihnen.

Das hatten schon seine Eltern und seine Großeltern getan, und viele Generationen vor ihnen. Jedes Jahr konnte man sie am Lilla-Lule-Fluß sehen, auf den Hügeln der Kables, in den verlassenen Tälern des Sarekgebirges und an den Ufern des Virihaure an der norwegischen Grenze.

Die Fischer-Lappen, die in diesem Gebiet ihren festen Wohnsitz hatten, schauten schon immer nach Vasko aus. Sie waren jedes Jahr erleichtert, wenn er kam, aber keiner von ihnen wollte das zugeben. Den Lappen wurden immer mehr Schwierigkeiten von den Behörden der verschiedenen Länder gemacht, über die sich Lappland erstreckt. Als ob sich Rentiere um Grenzen kümmerten!

Und wenn die Rentiere das nicht taten, konnten es die Hirten auch nicht. Vasko Pirtsi war stolzer Besitzer von gut tausend Tieren. Dieser Besitz bestimmte sein ganzes Dasein und seine Art zu leben. Er konnte sich nirgendwo fest niederlassen, er mußte mit seiner Familie hinter der Herde herziehen.

Die Rentiere waren ruhelos unterwegs. Im Frühjahr flohen sie vor der Mückenplage nach Westen ins Bergland. Im Herbst suchten sie wieder den Schutz des tiefergelegenen Waldlands. Diese ewige Ruhelosigkeit kennzeichnete auch Vaskos Leben. Wenn seine Tiere über eine Landesgrenze zogen, konnte er ihnen nur folgen – genauso wie er ihnen auch durch tosende Flüsse und in Schneestürmen folgen mußte.

Solange es seiner Herde gut ging, ging es Vasko und seiner Familie auch gut. Deshalb war es wichtig, daß den halbwilden Tieren auf ihrem jährlichen Zug nichts im Weg war. Grenzen waren von Menschen errichtet worden, die feste Wohnplätze hatten. Für sie war das vielleicht richtig, aber er, Vasko Pirtsi, brauchte sich daran nicht zu halten. Bis dahin hatten die Behörden das auch eingesehen. Aber eines Tages wollten sie ihn nicht nach Finnland lassen.

Es sei zu seinem eigenen Wohl, sagten sie. Was sie verlangten, war natürlich unmöglich für einen Rentierhirten. Vasko Pirtsi hatte die Vertreter der finnischen Regierung angehört und nicht viel darauf geantwortet. Was ging es ihn an, daß Finnland mit Rußland Krieg führte? Er, Vasko Pirtsi, führte doch keinen Krieg mit den Russen. Seine Sommerweiden lagen in Schweden, aber im Winter zog seine Herde über die schwedisch-finnische Grenze. Seit Menschengedenken hatten die Wälder von Kuolajärvi seinen Tieren Schutz vor den Schneestürmen geboten, wenn man in der offenen Tundra nicht mehr leben konnte.

Warum sollte er seine Herde jetzt schutzlos zugrunde gehen lassen, nur weil Kuolajärvi zufällig in Finnland lag?

Er sollte mit seiner Herde besser auf der schwedischen Seite der Grenze bleiben, wurde ihm gesagt.

»Und, Vasko, du hast so viele Söhne. Gib uns ein paar, sie sollen unseren Soldaten helfen, die in der Tundra und in den Wäldern gegen die Russen kämpfen müssen. Deine Söhne wissen alles über das Leben in den winterlichen Wäldern und können unseren Soldaten helfen, damit sie nicht erfrieren oder sich in der Polarnacht verirren. Wir wissen ja, daß die Lappen keinen Wehrdienst leisten müssen, aber Finnland ist zu dir doch immer gastfreundlich gewesen. Jetzt braucht Finnland deine Söhne.«

Vasko Pirtsi wies dieses Ansinnen empört zurück. Seine Söhne konnte er nicht entbehren. Seine Familie bildete eine feste Arbeitsgemeinschaft, die die tausendköpfige Herde über die Tundra, durch Flüsse und Moore führen mußte, ohne daß auch nur ein Kalb verlorenging. Wer war schon so blöd, seine Söhne auszuleihen, wenn die große Wanderung bevorstand?

Aber es sei Krieg. In Finnland sei Krieg. Dann galten andere Regeln und Gesetze.

»Mein Krieg ist es nicht«, sagte Vasko. »Ich habe keinen Krieg angefangen. Ich habe nie Schwierigkeiten mit den Grenzen gehabt. Keiner kann mich verpflichten, meine Söhne dem finnischen Heer abzutreten. Wir Lappen wurden immer als ein besonderes Volk betrachtet, und das hat uns bisher nur Nachteile gebracht. Jetzt soll es uns auch mal einen Vorteil bringen. Für uns gibt es keinen Krieg.«

Die Finnen wollten auch keinen Krieg, wurde ihm erklärt, aber die Russen seien ins Land eingefallen.

»Das geht mich nichts an«, sagte Vasko. »Macht ihr nur euren Krieg. Wir merken nichts davon, wenn wir mit unserer Herde in der Tundra sind.«

Und wie die Regierungsvertreter auch argumentierten, Vasko Pirtsi ließ sich nicht überreden. Er nahm seine Söhne mit auf die Wanderung und war fest entschlossen, seinen

Rentieren zu folgen, so wie es schon seine Vorfahren getan hatten, ohne sich um Grenzen zu kümmern.

Die Regierungsvertreter verschwanden mit düsteren Gesichtern, und Vasko vergaß den ganzen finnischen Krieg. Es gab sehr viel zu tun. Die Rentiere mußten von Hügeln und Hängen in einer Umzäunung im Tal zusammengetrieben werden. Dann begann das mühsame Sortieren und Markieren der einjährigen Tiere.

Nie genoß Vasko das Leben eines Hirten mehr als beim Fangen und Markieren der halbwilden Tiere. Das war eine Arbeit, die viel Geschicklichkeit verlangte, aber vor allem Geduld und Selbstbeherrschung. Die Rentiere mußten mit dem Lasso gefangen werden. Einige wurden ausgesucht und abgerichtet und vor die Schlitten gespannt. Dabei mußten sich die Männer zur allgemeinen Heiterkeit oft unter den Schlitten verbergen, um sich gegen Geweih und Hufe eines wütenden Hirschs zu schützen.

Bevor sich die Tiere auf der Wanderung in der Landschaft verstreuten, sah Vasko Pirtsi noch einmal seinen gesamten Besitz in der Umzäunung versammelt. Diesen Überblick würde er erst wieder in Kuolajärvi haben, wo die Schlachttiere ausgesucht wurden. Unterwegs würden Wölfe und Vielfraße ihren Anteil fordern, aber die Hirten würden gut aufpassen. Es gab keine besseren Hirten als Vaskos Söhne.

Der große Zug begann. Erst ging es bergab, dann über zugefrorene Moore, später durch wilde Ströme und düstere Schluchten, dann kam die Tundra. Und alles ging langsam, sehr langsam. Immer noch fanden die Tiere etwas Eßbares unter dem Schnee, und die Hirten mußten ihnen dazu Zeit lassen.

Im Spätherbst zog die lange Karawane durch die Dunkelheit der Polarnacht, manchmal bei Schneesturm, manchmal unter strahlendem Himmel mit flammendem Nordlicht. Die Kälte nahm immer mehr zu. Zuletzt gab es keinen Unterschied mehr zwischen dem frühen Morgen und der Abenddämmerung, die Sonne kam nicht mehr über den Horizont.

Sooft die Wetterverhältnisse es erlaubten, fuhren Vater und Söhne auf Skiern um die Herde herum, immer auf der Hut vor Wölfen und Vielfraßen.

Wenn die Männer zum Lager zurückkehrten, fanden sie heiße Suppe über dem Feuer im Zelt, das die Frauen auf Schlitten mitgebracht und im Nu aufgebaut hatten. Das war ihr Zuhause in dieser Winterlandschaft. Vasko konnte mit seiner Familie zufrieden sein. Jeder tat seine Arbeit, und der große Zug nach Kuolajärvi verlief ohne aufsehenerregende Vorkommnisse.

Spät im November erreichten sie das Winterlager in den finnischen Wäldern. Hierher würden Männer aus den umliegenden Dörfern zu Pferd kommen, um Rentierfleisch zu kaufen, wie es seit Menschengedenken üblich war. Hier würde das wohlüberlegte Schlachten stattfinden, das die Herde kleiner und den Geldbeutel größer machen sollte. Hier wartete die Belohnung für die schwere Arbeit und die Entbehrungen.

Das Schlachten begann. Das Fleisch wurde gefroren und auf hölzernen Gestellen gestapelt, so daß Hunde und Füchse nicht drankamen. Jeder war beschäftigt. Im Frühjahr sollten die Kälber die geschlachteten Tiere ersetzen, deshalb durfte ein Lappe auch nie so geldgierig sein, daß er zu viele Kühe unters Messer brachte. Aber auch darin zeigte sich Vasko Pirtsi als ein Mann mit Selbstbeherrschung. Der gute Zustand seiner Herde bedeutete für ihn alles.

Am Morgen tauchten Reiter zwischen den verschneiten Bäumen auf. Es waren viel mehr Reiter als sonst. Als sie näher kamen, sah Vasko, daß es nicht die festen Kunden aus der Umgebung waren, keine Männer aus Kuolajärvi.

Nun erst sah er ihre Uniformen. Es waren Soldaten.

Sie hatten ungewöhnliche Gewehre bei sich, wie Vasko sie noch nie gesehen hatte. Blauglänzende Gewehre mit einem dicken, kurzen Lauf und fast ohne Kolben. Die Frauen und Kinder versteckten sich in den Zelten, als sie sich von Fremden umringt sahen.

Auf den kurzen Befehl eines Mannes, der einen langen

Ledermantel trug, zerstreuten sich die Reiter, bis auf einen. Die Pferde pflügten durch den hohen Schnee zum Waldrand.

Der Mann im Ledermantel richtete das Wort an Vasko. Er sprach in einer fremden Sprache. Der Reiter neben ihm übersetzte seine Worte ins Finnische, das die meisten Lappen beherrschten.

»Im Namen der Union der Sozialistischen Sowjetrepubliken wird Ihr Vieh beschlagnahmt.«

Vasko Pirtsi verstand das nicht. »Was sagt er?« fragte er verwirrt. »Wer sind diese Leute? Wo bleiben meine festen Käufer?«

Der Dolmetscher schüttelte mitfühlend den Kopf. »Es ist Krieg«, sagte er. »Deine Käufer sind beim Militär und wahrscheinlich schon gefallen. Liest du keine Zeitungen?«

Vasko starrte den Mann an. Dann betrachtete er seine Herde, die sich dicht zusammendrängte. Die Reiter waren jetzt nur noch Schatten in dem aufgewehten Schnee, aber er sah wohl, daß sie sich im Umkreis aufstellten. Warum taten sie das? Er schaute wieder den Mann im Ledermantel an, der mit steinernem Gesicht zurückschaute. Die Schneebrille verbarg seine Augen.

»Will dieser Mann jetzt meine Schlachttiere kaufen?« fragte Vasko den Dolmetscher.

Der Dolmetscher zuckte mit den Schultern. »Das Heer kauft nicht. Das Heer beschlagnahmt. Dieser Mann beschlagnahmt deine Herde im Namen seiner Regierung. Die russische Regierung ...«

Und in diesem Augenblick begann das Schießen. Alle Reiter, die nur noch Schatten im Schneegestöber waren, schossen – sie schossen auf Vaskos Rentiere. Durch die Herde ging eine wogende Bewegung, erst nach links, dann nach rechts. Aber es gab kein Entkommen. Dann erklangen die Todesschreie der sterbenden Tiere, so durchdringend und klagend, daß Vasko es nie wieder vergessen konnte. Für den Rest seines Lebens verfolgten ihn die Schreie im heulenden Wind und das ferne Rufen der Füchse unter dem kalten Nordlicht. Bis ins Alter konnte er die Todesschreie nicht vergessen.

Bestürzt und hilflos sahen Vasko und seine Söhne dem Abschlachten zu. Bevor die Herde richtig in Bewegung kam, war alles vorbei. Von allen Seiten von Schützen eingeschlossen, konnte kein einziges Rentier dem Schnellfeuer entkommen. Die Gewehre mußten nicht nachgeladen werden, sie spien automatisch Kugeln aus. Hirsche, Kühe und Kälber wurden bis zum letzten Tier niedergemäht.

»Das Heer braucht Fleisch«, erklärte der Dolmetscher. »Dieser Kommandant wußte, daß ihr mit Rentieren hierherkommen würdet. Er hat auf euch gewartet. Haben sie dir nicht gesagt, daß hier Krieg ist?«

Vasko Pirtsi gab keine Antwort. Er hörte überhaupt nicht zu. Er starrte voller Grauen auf den riesigen Haufen toter Rentiere, die sein stolzer Besitz gewesen waren, sein ganzes Leben. Die Todesschreie stiegen in dem verschneiten Tal hoch, und die zuckenden Leiber dampften. Der Schnee war rot von all dem Blut. Vasko wandte sich ab.

Hinter sich hörte er die Stimme des Dolmetschers. »Der Kommandant erlaubt dir, nach Schweden zurückzugehen. Wenn er dich morgen hier noch antrifft, läßt er dich mit Gewalt über die Grenze bringen. Nicht daß er etwas gegen Lappen hätte, aber sie machen ihm zuviel Arbeit durch den Papierkram, sagt er. Weil ihr keinen festen Wohnsitz habt. Ich würde an deiner Stelle gleich aufbrechen.«

Vasko Pirtsi zitterte von Kopf bis Fuß. Sprachlos starrte er den Mann im Ledermantel an. Der starrte ungerührt zurück. Nach einiger Zeit schob er sich die Schneebrille hoch. Seine grauen Augen hatten einen düsteren, müden Ausdruck. Er sagte etwas, und der Dolmetscher übersetzte seine Worte.

»Warum starrt mich dieser Mann so an? Ich habe ihm doch nur sein Vieh weggenommen. Es gibt in Finnland keinen Mann, der nicht viel mehr verloren hat. Hat er etwa geglaubt, der Krieg würde ihn verschonen?«

Vasko Pirtsi wußte keine Antwort.

In dieser Nacht zog er mit seiner Familie über die zugefrorene Tundra zurück nach Schweden. Sein Leben als Hirte war für immer vorbei. Vasko erholte sich nie von diesem Schlag. Seine Söhne suchten sich eine andere Arbeit, einer nach dem andern verschwanden sie aus Vaskos Leben und mit ihnen ihre Frauen und Kinder. Vasko blieb allein mit seiner Frau zurück. Die große Pirtsi-Familie brach auseinander. Als schließlich Vaskos Frau starb, suchte er Trost im Saufen.

Trotzdem zog er jedes Jahr die lange Strecke vom Sarekgebirge nach Kuolajärvi und zurück – ohne Rentiere. Er hatte das Herumziehen nun mal im Blut, er konnte nicht anders. Die Menschen, die ihn trafen, sagten, er sei verwirrt.

Später lernte Vasko, sich seinen Lebensunterhalt mit Fischen zu verdienen und zog nur noch bis zu den Bergseen im Sarek und den Hügeln von Kabla. Aber er blieb ruhelos. Länger als ein paar Tage hielt er es nirgends aus.

Langsam vergaßen die Leute, daß er einmal ein reicher Rentierhirte gewesen war. So wie sie seinen Nachnamen vergaßen. Er war Vasko, der ruhelose Fischer. Und vielleicht war er nicht verrückt, aber ganz bei Sinnen war er auch nicht.

»Der Krieg macht seltsame Opfer«, sagte Ilja.

10

Das Boot war am Landesteg festgemacht. Nicht weit davon sah Bo eine unkrautüberwucherte Plaggenhütte zwischen Pfählen, an denen Netze zum Trocknen hingen. Die Netze bewegten sich träge im Wind. Fischreste und Tang klebten noch an der Innenseite und zogen Fliegenschwärme an. Auf dem Dach der Hütte graste eine Ziege. Vor der Hütte saß eine Frau mit einem Kind. Sie trug die traditionelle Lappenmütze, ihre übrige Kleidung stammte aus einem schwedischen Warenhaus. Sie hatte ein dunkles, faltiges Gesicht, das von zwei schwarzen Zöpfen umrahmt war.

Bo sprach sie auf schwedisch an und fragte nach dem Eigentümer des Bootes. Die Frau gab keine Antwort, sie blieb, die Hände über dem Bauch gefaltet, reglos sitzen. Sie schien ihn noch nicht einmal gehört zu haben. Als er seine Frage wiederholen wollte, öffnete sie ihren fast zahnlosen Mund und rief etwas. Bo verstand sie nicht, sicher sprach sie einen besonderen Dialekt. Wieder schrie die Frau etwas. Aus der Hütte kam eine brummige Antwort. Die Rentierhaut, die vor dem Eingang hing, wurde zur Seite geschoben, und ein stämmiger Mann erschien.

»Ist das Ihr Boot?« fragte Bo.

Der Lappe blinzelte ins Licht und strich sich über das unrasierte Kinn. Er war ein Ausbund an Kraft. Kurze krumme Beine trugen einen massiven, halslosen Körper, und sein Kopf war ebenso breit wie lang. Er trug Gummistiefel, schmutzige Jeans, ein kariertes Oberhemd von unbestimmbarer Farbe und darüber eine lockere Pelzweste. An seinem breiten Gürtel hingen verschiedene Gegenstände, wie ein großes Messer, eine hölzerne Tasse und ein Lederbeutel.

Der Mann blieb vor der Hütte stehen, steckte seine Pfeife an und wartete.

»Ist das Ihr Boot?« fragte Bo noch einmal.

Ein kurzes Nicken.

»Können Sie mich zur anderen Seite bringen?«

Die Antwort ließ lange auf sich warten.

»Es gibt keinen Fußweg auf der anderen Seite.«

»Das soll meine Sorge sein.«

Der Mann zuckte mit den Achseln.

»Wieviel kostet es mich?« fragte Bo.

Der Lappe spähte über das Wasser, als sähe er es zum erstenmal. Er beeilte sich nicht mit der Antwort. Vielleicht überlegte er, wie hoch er den Preis treiben könnte. Bo wartete und schlug ab und zu nach den Mücken, die dem Lappen nichts auszumachen schienen.

»Fünfundzwanzig Kronen«, sagte der Mann endlich.
»Das ist zuviel«, sagte Bo sofort.
»Für das Geld hol ich dich auch wieder ab.«
»Das ist nicht nötig.«
»Du willst nicht zurück?«
»Vorläufig nicht.«
Der Lappe schüttelte den Kopf, als hätte er einen guten Witz gehört. »Wie lange willst du denn da bleiben?«
»Das weiß ich noch nicht. Vielleicht ist der See längst zugefroren, wenn ich zurückkomme.«
»Hast du denn soviel Essen dabei?«
»Für zwei Wochen.«
»Dann kommst du also in zwei Wochen zurück.«
»Nein. Man kann dort doch fischen, oder?«
Neugierig betrachtete der Lappe Bos Ausrüstung, den Rucksack, die Stiefel, den Parka. »Auf der anderen Seite ist nichts als Tundra. Und du triffst dort niemand.«
»Fünfzehn Kronen«, sagte Bo.
»Wie du willst. Du kannst immer noch was draufzahlen. Gib mir mal die fünfzehn Kronen.«
Nachdem Bo dem Mann das Geld gegeben hatte, ging der Lappe schweigend los. Bo kapierte, daß er ihm folgen sollte. Das Kind rannte ein Stück mit und kehrte dann wieder um. Die Frau hatte die ganze Zeit apathisch dagesessen. Ihre Konfektionskleidung hat sie nicht glücklicher gemacht, dachte Bo. Die Rentierhirten hatten einen viel vitaleren und aufgeweckteren Eindruck gemacht.
Während Bo seinen Rucksack absetzte, holte der Fährmann zwei Ruder. Bo stieg in das lange, ziemlich flache Boot und setzte sich mit dem Rücken zum Wind. So konnte er dem rudernden Lappen ins Gesicht schauen.
Auf dem Wasser war es kalt. Die andere Seite schien unerreichbar weit, aber der Fährmann ruderte mit unerschütterlicher Gleichmäßigkeit, und nach einiger Zeit sah die Hütte zwischen den Hügeln und großen Steinen nur noch wie ein Felsbrocken aus.
»Es soll da irgendwo eine leere Hütte geben«, sagte Bo.

Der Fährmann warf ihm einen erstaunten Blick zu.

»Das stimmt. Wenn sie überhaupt noch steht. Früher hat Vasko dort gewohnt, aber zur Zeit bleibt er an diesem Ufer.«

»Warum?«

»Warum? Wer will schon an der anderen Seite leben, wenn er nicht muß? Zu jagen gibt es nichts mehr. Man kann sein Essen auch auf andere Art verdienen. Und viel bequemer.«

»Mit Souvenirs für Touristen?«

»Dafür wird viel bezahlt.«

»Das ist gut möglich. Trotzdem glaube ich, daß das Leben dort drüben viel schöner ist.« Bo zeigte zur anderen Seite.

Der Fährmann schwieg lange. »Das Leben war hier mal schön«, sagte er dann. »Die Seen hatten übergenug Fische. Man konnte riesige Lachse fangen und Blaufüchse jagen. Aber jetzt... Durch diese verdammten Staudämme im Norden sind unsere Seen leer. Der Lachs kann nicht mehr wie früher flußaufwärts steigen. Und die Füchse... Heutzutage züchtet man die in großen Betrieben. Für so ein paar wilde Felle bekommt man kaum noch was. Nein, das lohnt sich nicht mehr, weder das Jagen noch das Fischen. Warum sollte also jemand da wohnen wollen?«

»Es gibt wenigstens Platz.«

»Für was brauchst du den?«

Bo schaute über das glitzernde Wasser. Es zog ihn förmlich zum anderen Ufer, er wußte selbst nicht warum. Noch nicht einmal Lappen würde er dort treffen. Aber die konnte er immer noch aufsuchen, wenn er genug von der Einsamkeit hatte.

Der Fährmann betrachtete ihn. Als Bo sich wieder zu ihm wandte, sah er ein Lächeln über das breite Gesicht ziehen. »Mach ein großes Feuer am Ufer, wenn du zurück willst, dann hol ich dich.«

Bo nickte. Aus irgendeinem undurchsichtigen Grund war der Fährmann jetzt freundlicher. Er wurde gesprächig.

»Wer weiß, vielleicht fängst du noch einen Lachs. Vasko scheint das manchmal noch zu glücken.«

»Er wird's nötig haben. Wenn man nichts an Touristen verdienen will ...«

»Kennst du Vasko?«

»Vom Sehen«, sagte Bo einsilbig.

»Vasko ist verrückt«, sagte der Fährmann. »Jeder muß doch sehen, daß sich die Zeiten geändert haben.«

»Kommt er noch manchmal an die andere Seite?«

»Nur wenn der See zugefroren ist, damit ich ihn nicht überzusetzen brauche. Es gab sogar eine Zeit, da hat er ganz offiziell dort wohnen müssen. Damals ist er dafür bezahlt worden. Aber das hat er sich selbst kaputtgemacht, habe ich gehört.«

Bo wartete. Es war noch ein ziemliches Stück bis zum Ufer. Er war neugierig auf jede Geschichte über Vasko.

»Ja, der Vasko ...« fing der Fährmann an.

11

Immer wenn Vasko den Hubschrauber herüberkommen hörte, wurde er wütend.

Es sah seltsam aus, wie der armselige Zwerg sich aufregte. Zitternd vor Wut kam er auf seinen krummen Beinen aus der Hütte gerannt und schrie zu dem blonden Riesen hinauf, der unerreichbar in seinem Hubschrauber saß: »Dich krieg ich noch!«

Vasko war einer der unglücklichen Lappen, die früher gut vom Fischfang hatten leben können, bis in einem Gebiet, wo er noch nie gewesen war, die Staudämme fertiggestellt waren. Das hatte zur Folge, daß der Flußpegel sank, und in den Bergseen gab es immer weniger Fische. Die Kraftwerke waren zweifellos sehr nützlich für die Industrie in Nordschweden. Aber für die Lappen, die von der Fischerei leben mußten, waren sie eine Katastrophe. Von Jahr zu Jahr wurden ihre Netze leerer!

Die schwedische Regierung nahm sich der »bestohlenen« Lappen an. Von den älteren unter ihnen konnten viele nicht mehr umgeschult werden. Sie taugten nicht für die Arbeit in Bergwerken und Fabriken, sie waren an das Leben in der Wildnis gewöhnt. Manche fanden noch einen Broterwerb in der Tourismus-Industrie, durch das Schnitzen traditioneller Gebrauchsgegenstände. Aber die, die das auch nicht schafften, kamen langsam auf den Hund. Die Fischer, die ins Unglück geraten waren, bekamen ein »Armengeld« angeboten.

Nicht alle wollten diese Art Unterstützung haben. Einige hatten ein ganz altmodisches Ehrgefühl. Wenn man einem solchen Lappen helfen wollte, mußte man sich eine wenn auch noch so unsinnige Funktion für ihn ausdenken. Zum Beispiel machte man ihn zum Aufseher über tausend Quadratkilometer Tundra. Man sagte dann: »Paß auf, daß nicht mehr gewildert wird.« Als ob das noch etwas ausmachte. Man wollte dem Mann nur helfen, daß er sein Gesicht wahren konnte. »Dafür bezahlen wir dich.«

Die meisten armen Lappen in Kommissar Nilssons Bezirk lebten nach ein paar Jahren ganz offen von ihrem halbjährlichen Zuschuß. Viel war das nicht, aber sie konnten sich immer noch etwas mit ein bißchen Jagen, Fischen und Holzschnitzen dazuverdienen. Man mußte schon ein Verrückter und sturköpfiger Sonderling wie Vasko sein, um sein »Pöstchen« ernst zu nehmen und tagein, tagaus auf der Suche nach Wilderern durch die Tundra zu ziehen.

»Der Beatnik ist über den Rittak-See gelaufen«, erzählte der Bergwerksingenieur nach einem Wochenende. Er lachte. »Also habe ich den Helikopter zwanzig Kilometer weiter aufgesetzt und dort sechs riesige Forellen gefangen. Als ich ein paar Stunden später zurückgeflogen bin, habe ich gesehen, wie er auf seinen Skiern angewetzt ist. So ein Spinner! Sicher hat er gedacht, er könnte mich auf frischer Tat ertappen.«

Der Ingenieur liebte die Eisfischerei in seiner Freizeit. Eisfischen war ein schöner Sport. Man mußte sich dafür einen entlegenen und einsamen See suchen, aber wer einen Hubschrauber besaß, klagte nicht darüber. Man holte seine teuren Geräte aus dem Cockpit, schlug Löcher in die Eisschicht und legte die Angel aus. Die Forellen, die man auf diese Art fing, waren die größten, und sie schmeckten hervorragend. Die Lappen hatten natürlich das Nachsehen. Mit ihren altmodischen Geräten brauchten sie allein einen halben Vormittag, um ein Loch ins Eis zu schlagen. Am Anfang hatte der Ingenieur den Beatnik nicht ernst genommen. Der Don Quichotte von Lappland tauchte auf, verschwitzt vom Skifahren, und verlangte fünfzig Kronen, die offizielle Buße für Wilddieberei. Widerwillig gab ihm der Ingenieur das Geld und hatte später in der Direktionsbaracke einen Bombenerfolg mit seiner Geschichte über den eifrigen »Jagdaufseher«.

Schließlich konnte in diesem weiten Land jeder tun, was er wollte. Der Wildbestand wurde nicht einmal regelmäßig überwacht. Es war ja nicht ein Teil eines Nationalparks oder so etwas, es war einfach eine große Wüste. Der Beatnik war nicht ganz richtig im Kopf, jeder andere wäre doch gemütlich in seiner Hütte geblieben. Doch Vasko quälte sich nicht nur stundenlang durch den Schnee, um den Ingenieur zu erwischen, zwei Tage später meldete er sich auch im Büro des Bezirkskommissars. Das bedeutete, daß er bei strengstem Winterwetter drei Tage unterwegs gewesen war. Keine Kleinigkeit für einen alten Mann, der außerdem ziemlich unterernährt aussah. Mit seiner primitiven Lagerausrüstung muß er Nächten von dreißig Grad unter Null getrotzt haben. Vasko kam, um die fünfzig Kronen Bußgeld abzuliefern. Der Kommissar wußte nicht, wie er sich in dieser Situation verhalten sollte. In dem Bergwerksort kannten sich die Notablen natürlich untereinander gut, und außerdem war der Ingenieur ein Freund von ihm. Am Stammtisch machte der Kommissar einen Witz über die ganze Angelegenheit, und der Ingenieur verstand den Wink. In Zukunft flog er erst ein bißchen herum, um herauszufinden, wo sich der Beatnik aufhielt, dann flog er ein Stück weiter zum Fischen. Er machte sich einen Spaß daraus. »Ich geh mal kurz den Beatnik ärgern«, sagte er, wenn er wieder einmal loszog.

Und der verrückte Lappe auf seinen selbstgemachten Skiern aus Birkenrinde sah ihn dann über sich hinwegfliegen und mußte hilflos zusehen, wie der Hubschrauber hinter den Hügeln verschwand. Sosehr er sich auch anstrengte, er kam immer zu spät und fluchte verbittert, wenn er endlich die verlassenen Löcher im Eis erreichte. Nein, der Beatnik machte es sich nicht einfach.

»Dich leg ich noch rein«, schrie er eines schönen Tages. Aber im Gegensatz zu sonst rannte er nicht los, sondern blieb sitzen, wo er war, und rührte sich nicht.

Der Hubschrauber kreiste hoch über den verschneiten Hügeln, und der Ingenieur spähte suchend nach unten. »Da«, sagte er. Auf einem kleinen See saß der Beatnik und fischte. Als er sicher war, daß er ihn gesehen hatte, ließ er den Hubschrauber abdrehen, in Richtung auf die Schlucht, die zum Rittak-See führte. Das war sein bevorzugter Fischplatz. Er konnte mit dem Hubschrauber auf dem Eis landen und gut vier Stunden fischen, bevor der Beatnik auch nur die halbe Schlucht hinter sich hatte. Der Ingenieur fühlte sich nicht als Wilddieb. Offiziell hatten die Lappen hier natürlich die ältesten Ansprüche, aber sogar die Lappen wären verwundert, würde jemand so etwas behaupten. Sie bildeten eine nationale Minderheit. Wenn man es vollkommen richtig machen wollte, konnte man auch für eine Kleinigkeit einen Jagd- oder Fischereiberechtigungsschein kaufen und dann soviel fangen, wie man Lust hatte. Dafür bekamen die Lappen aber keine Vergütung, denn der Staat erkannte ihr Eigentumsrecht nicht an. Erst dadurch war es überhaupt möglich, daß den Lappen durch staatliche Eingriffe immer mehr Boden weggenommen wurde für Industrien, Wasserkraftwerke, Bergwerke, daß nicht einmal die Lappen daran dachten, Schadenersatz zu fordern. Nur die wertlose Tundra konnten sie als ihr Eigentum betrachten, aber sie mußte im Sommer den Campern, im Winter den Skifahrern und das ganze Jahr über den Fischern zugänglich sein. Das Eisfischen verlor an Reiz, wenn man die Entfernung zwischen den Seen auf Skiern zurücklegen mußte. Denn das bedeutete, daß man bei dreißig Grad Frost ein Lager aufschlagen mußte. Mit einem Hubschrauber jedoch war das Eisfischen sehr bequem, das fand der Bezirkskommissar auch. Darum hatte er sich dem Ingenieur diesmal angeschlossen.

»Das Gesicht vom Beatnik möchte ich sehen, wenn er mich hier treffen würde«, rief er seinem Freund zu, während er einen fetten Lachs hochhielt.

»Du hättest dir aber trotzdem einen anderen Witzjob für ihn ausdenken können.«

»Konnte ich denn ahnen, daß er es so ernst nimmt? Sogar die Lappen lachen über ihn.«

In diesem Moment erschien Vasko auf dem Hügel hinter ihnen, sein kleines Gesicht war weiß von gefrorenem Schweiß.

»Dafür zahlt ihr Strafe!« schrie er außer Atem. Zitternd stand er da, der Zwerg, und deutete anklagend mit dem Finger auf sie. »Ich habe euch auf frischer Tat ertappt, ihr Diebe!«

»Ein bißchen ruhiger wäre besser«, sagte der Kommissar und gab sich zu erkennen, indem er die Schneebrille abnahm.

Aber der Beatnik erkannte ihn nicht, wollte ihn nicht erkennen.

»Hundert Kronen«, schrie er mit sich überschlagender Stimme. Die beiden großen Schweden schauten sich an.

»Wie kommst du hierher?« wollte der Ingenieur wissen. »Vor einer Stunde habe ich dich noch auf dem Lita-See gesehen. Sind dir Flügel gewachsen?«

Der kleine Lappe stieß ein triumphierendes Gelächter aus. »Das war ich nicht«, rief er, »das war eine Puppe mit meiner Jacke.«

»Eine Puppe?«

»Ja, die hab ich gemacht. Schlau von mir, was? Das kostet euch hundert Kronen.«

Der Kommissar zuckte mit den Schultern und drehte sich zum Helikopter. Vasko, klein wie ein Kind im Vergleich zu den beiden großen Männern, stellte sich sofort vor ihn hin und krähte: »Hundert Kronen.«

Dem Kommissar wurde es zu dumm. »Hör auf«, fing er an, »du kannst mir doch keine Strafe abnehmen. Stell dir doch bloß vor, dann mußt du mir das Geld auch noch zurückbringen.«

»Das werde ich tun.«

»Dann kann ich es doch gleich behalten.«

Der arme Vasko zwinkerte mit den Augen, doch dann streckte er sein runzliges Gesicht stolz vor.

»Das müssen Sie wissen, Herr. Aber erst bekomme ich das Geld. Hundert Kronen.«

»Das ist doch der reinste Blödsinn.«

Vasko schloß ein wenig verwirrt die Augen, doch dann schüttelte er wütend den Kopf.

»Sie müssen die Strafe bezahlen«, schrie er. »Dann liefere ich das Geld im Büro ab. Was Sie damit machen, geht mich nichts an. Und jetzt geben Sie mir das Geld!«

Der Ingenieur brüllte vor Lachen. »Der Untergebene verpaßt dem Kommissar einen Strafzettel«, rief er. »Wenn ich das morgen den Jungs erzähle, kriegen sie sich nicht mehr ein.«

Da fing der Kommissar auch an zu lachen. Er fand die Situation gleichzeitig peinlich und komisch. Lachen half. Und weil die anderen lachten, lachte Vasko mit. Sein schrilles Krähen übertönte die Bässe der beiden Schweden. Die beiden verstanden ihn falsch.

»Ich bin froh, daß du den Wahnsinn einsiehst...« fing der Kommissar erleichtert an.

»Bezahlen«, kreischte Vasko, sofort wieder ernst.

Der Ingenieur zuckte mit den Schultern und machte der Situation ein Ende. Er zog seinen Geldbeutel heraus und legte einen Hundertkronenschein in die ausgestreckte Vogelklaue. Mit einem schiefen Lächeln sagte er zum Kommissar: »Ich rechne damit, daß du was unternimmst deswegen, alter Junge. Dieser Spaß wird mir langsam zu teuer.«

Bo konnte sich vorstellen, wie der kleine unglückliche Lappe nach einer langen, ermüdenden Wanderung im Büro des Bezirkskommissars vorgelassen wurde. Da stand er in seinen zerschlissenen Rentierstiefeln und fummelte nervös an seiner Lappenmütze.

»Gestern habe ich zwei Wilddieben Bußgeld abgenommen«, teilte er mit. Und der Kommissar beschloß, um des lieben Friedens willen das Spielchen mitzuspielen.

»So, Vasko, du willst das Geld abliefern?«

»Ja, Herr. Sorgen Sie bitte dafür, daß die beiden Übeltäter eine offizielle Warnung bekommen?«

»Wird gemacht. Aber hör mal, ich muß dir was sagen, der Posten eines Jagdaufsehers wird in Zukunft in meinem Bezirk nicht mehr aufrechterhalten.«

Vasko blinzelte. »Nicht mehr – was?«

»Aufrechterhalten. Wir brauchen keinen Aufseher mehr.«

»Und wenn gewildert wird?«

»Ach, Vasko, was gibt's denn noch zu wildern? Übrigens, das hier ist kein Naturschutzgebiet. Die Bergarbeiter müssen doch auch ab und zu mal ein bißchen Vergnügen haben.«

Vasko schwieg.

»Verstehst du?« fragte der Kommissar.

Der kleine Lappe verstand es sehr gut. »Wie Sie wollen, Herr.«

»Aber Vasko, das soll natürlich nicht heißen, daß du keinen Zuschuß mehr kriegst.«

»Zuschuß?«

»Ja, deinen Zuschuß. Das Geld, das alle meine Lappen jedes halbe Jahr bekommen.«

»Ich versteh Sie nicht, Herr«, sagte Vasko.

Der Kommissar starrte ihn an und breitete hilflos seine langen Arme aus. »Dein Z-u-s-c-h-u-ß«, sagte er. »Weil du ein Lappe bist. Weil es die Staudämme gibt. Weil . . .«

Vasko legte den Hunderter auf den breiten, blitzenden Schreibtisch. »Hier ist das Geld, Herr.«

»Ja, darum geht's jetzt aber nicht.«

»Ich brauche also nicht mehr auf Wilddiebe aufzupassen?«

»Nein, das brauchst du nicht mehr. In Zukunft bekommst du dein Geld einfach so, wie alle Lappen.«

Der Beatnik schien noch kleiner, noch dürrer zu werden.

»Haben Sie dann eine andere Arbeit für mich?«

Der Kommissar dachte nach. Er dachte wirklich nach, aber so schnell fiel ihm nichts ein. »Nicht daß ich wüßte, Vasko«, sagte er mit einem entschuldigenden Lachen.

Einen Augenblick lang zögerte Vasko. Dann veränderte sich sein Gesicht. Jetzt dämmerte es ihm. Er öffnete seinen fast zahnlosen Mund und fragte: »Meinen Sie, daß wir Lappen Geld bekommen – für nichts?«

»Natürlich nicht für nichts. Ihr müßt die Folgen des Fortschritts ausbaden, des Wohlstands, der Modernisation.«

Aber der Beatnik hörte nicht zu. »Für nichts«, murmelte er fassungslos. »Nicht zu glauben. Geld für nichts. Wir sind doch keine Bettler.«

Und kopfschüttelnd und vor sich hinmurmelnd stolperte er auf seinen müden Beinen zur Tür. Dort drehte er sich noch einmal um und sagte nicht ohne Stolz: »Ich habe auf Wilddiebe aufgepaßt. Wildern ist verboten, also habe ich aufgepaßt. Und das ist jetzt nicht mehr nötig? Ich verstehe es immer noch nicht.«

Er öffnete die Tür. »Mir sind sie nicht entwischt, die Wilddiebe«, sagte er. Seine Stimme wurde lauter. »Ich habe sie zu packen gekriegt, Herr.«

Dann fiel die Tür hinter Vasko zu. Und was der Kommissar hinter seinem Schreibtisch gedacht haben mochte, wollte sich Bo lieber nicht vorstellen. Sogar er fühlte eine unklare Scham. Kein Wunder, daß Vasko so sonderbar geworden war.

»Die hundert Kronen«, sagte der Fährmann grinsend, »hat der Kommissar dem Ingenieur noch am selben Abend zurückgegeben.«

»Verrückt«, murmelte Bo und drehte sich um, damit er das boshaft grinsende Gesicht nicht sehen mußte.

Der Fährmann sagte: »Ach, das ist alles schon vor langer Zeit passiert, mach dir nichts draus. Einfach eine alte Geschichte. Aber da sieht man wieder, man muß mit der Zeit gehen. Sonst geht man unter. So wie Vasko.«

12

Der Fährmann stieß das Boot ab und ruderte langsam fort. Er schien es nicht nötig zu haben, sich auszuruhen. Bo schulterte seinen Rucksack und kletterte das steile Ufer hinauf. Seine Stiefel blieben im Matsch stecken, aber etwas weiter oben konnte er auf dicken, zusammenhängenden Moospolstern gehen, in denen er nicht versank, obwohl er manchmal das Wasser gurgeln hörte. Als er festen Boden erreicht hatte, blieb er stehen und schaute sich um. Das Boot war schon klein geworden. Bo mußte ein Gefühl der Beklemmung abschütteln, während er weiter in die Wildnis hineinging. Zuerst kamen endlos geschwungene Hänge, die sich kaum von denen am anderen Ufer unterschieden. Sie waren mit weißem und gelbem Hahnenfuß und blauen und lila Heidepflanzen bedeckt. Weiter unten wuchsen Birkenwälder, Weiden und Beerensträucher.

Am nächsten Tag mußte Bo eine Schlucht durchqueren, die voller Schneematsch war, der wohl nie ganz auftaute. Dort entdeckte er frische Bärenspuren.

Er erschrak. Von Zeit zu Zeit schlug er mit einem Stock gegen Bäume und Baumstämme, um den Bären von seinem Kommen zu unterrichten. Er hoffte, dadurch eine gefährliche Begegnung zu vermeiden. Die Spur war so frisch, daß die Halme und Stengel, die von den breiten Pfoten niedergedrückt worden waren, sich noch nicht wieder aufgerichtet hatten. An manchen Stellen war der Boden aufgewühlt, da hatte der Bär nach Wurzeln, Mäusen und Lemmingen gegraben. Oft zögerte Bo und suchte die weniger steilen Felswände mit den Augen ab. Und immer wieder, wenn er auf eine Anhöhe stieg, die das Gebiet dahinter seinen Blicken entzog, war er äußerst vorsichtig. Hinter jedem Felsbrocken schien sich etwas zu bewegen. Aber alles, was er sah, waren scheue Füchse und ein Steinadler, der mit weitgespreizten Schwingen über die Schlucht segelte. Er wagte es nicht, sich darauf zu verlassen, daß der Bär wirklich so friedliebend und menschenscheu war, wie Ilja immer behauptete. Er gönnte sich keine Ruhe, bis er die Schlucht hinter sich gelassen hatte.

Inzwischen gelangte er in ein Tal, das selbst den Lappen zu unwirtlich sein mußte, denn er sah nirgendwo auch nur die geringste Spur, die darauf hindeutete, daß sich hier jemand aufgehalten hatte. Das Gebiet wirkte völlig unberührt, als wäre es Tausende von Jahren nicht betreten worden. Bo hatte noch nie ein so wüstes, leeres Land gesehen.

Es kostete ihn Tage, diese Tundra auch nur zur Hälfte zu überqueren. Es war ein Urwald aus Zwergbäumen. Auf Lichtungen wuchsen blauer Eisenhut und mannshohe Kuckuckslichtnelken. Bo konnte nicht sehen, wohin er trat, und das war wegen der zahllosen Löcher und Gänge der Lemminge unterm Gras riskant. Es gab mit Moos bewachsene Buckel, die so hoch wie Häuser und so groß wie Fußballplätze waren, und zahllose Schluchten voller Farne. Entlang der vielen kleinen Bäche und Seen wuchsen die Moorweiden so dicht, daß er sich mühsam durcharbeiten mußte, und tief im Tal waren die Moore mit hohem Wollgras bedeckt. Eine Urlandschaft. Wenn er wirklich auf der Suche gewesen war nach Raum und Leere, so hatte er sie hier im Überfluß gefunden. Und natürlich gab es Mücken. Bo nahm sie kaum mehr wahr. Sie waren für ihn Luft geworden. Manchmal wurde er sich plötzlich ihres hartnäckigen Summens bewußt, der Wolke von Milliarden von Insekten dicht um seinen Kopf. Aber eigentlich merkte er sie nur, wenn er ein paar einatmete und zwischen Zunge und Gaumen zerdrückte.

Und wo war die Hütte, die der Beatnik gebaut hatte, als es hier in den Flüssen noch reichlich Lachse gegeben hatte? Es dauerte ein paar Tage, bis Bo sie entdeckte, und das auch nur zufällig. Zwischen hohen Moosbuckeln und großen Felsbrocken sah man die Hütte nicht. Außerdem war sie vollkommen überwuchert. Da hätte man gut eine Ziege brauchen können. Nur die Spitze der Dachkuppel war vom Wind glattgeschliffen. Die Hütte war eine seltsame Mischung aus alten und neuen Zeiten. Bo fand einen niedrigen Stuhl aus rohem Holz, der offensichtlich für die Größe des Beatnik gemacht war, und einen Holztisch mit einem Wachstuch darüber.

Zur Einrichtung gehörte noch ein niedriger, viereckiger Eisenofen ohne Abdeckung und ein Bett, das von einem Haufen Rentierfellen und Lumpen bedeckt war.

Die Hütte war kaum komfortabler als ein Zelt, aber Bo konnte noch eine ganze Menge machen, bevor es Winter wurde. Es war jedenfalls ein gutes Gefühl, vorläufig ein Dach über dem Kopf zu haben.

Er verstopfte alle Löcher mit Moos, ebnete so weit wie möglich den Fußboden und spannte durchsichtige Plastikfolie vor das Loch, das das Fenster sein sollte. Die Rentierhäute auf dem Bett, das aus Brettern bestand, waren vergammelt und stanken, er warf sie angeekelt hinaus und vergrub sie. Der rostige Ofen war zum Glück noch völlig in Ordnung, obwohl der Abzug natürlich schwer hinzukriegen war ohne Abdeckung. Dafür konnte er aber in die offenen Flammen schauen, und das war sehr gemütlich.

Jeden Tag ging Bo eine Stunde lang Holz hauen, um einen Vorrat für die Tage zu haben, an denen ihn der Sturm zwingen würde, in der Hütte zu bleiben. Aus Baumstämmen und Plaggen baute er eine Art Vordach, damit der Holzstapel nicht naß würde. Außerdem richtete er einen hohen Pfahl auf, an dem er Fleisch und Fisch aufhängen wollte, außerhalb der Reichweite von Füchsen und anderen Raubtieren. In der warmen Hütte würde sein Vorrat verderben, aber die Natur draußen würde ein einziger riesiger Kühlschrank sein.

Es war eine glückliche Zeit für Bo. Die Einsamkeit bedrückte ihn nicht. Es gab so viel zu tun. Und die Tundra war fesselnd und gastfreundlich in dieser Jahreszeit. Da er einen festen Ausgangspunkt hatte, zog er jetzt oft ohne Gepäck los, wenn er fischen ging. Mit der kurzen Wurfangel fing er Bergforellen, viele Weißfische und manchmal einen Hecht. Gelegentlich angelte er einen Fisch, der ein Mittelding war zwischen Forelle und Lachs. Echten Lachs fing er nie. Der Fährmann hatte recht gehabt.

Bo pflückte die harten, schwarzen Moosbeeren, die man erst lange kochen muß, bevor man sie essen kann, und suchte zwischen dem Moos, das morgens schon weiß war von den ersten Nachtfrösten, die einzigen eßbaren Pilze, die er kannte, die Steinpilze. Oft waren sie schon von Lemmingen angefressen. Ab und zu und nur sehr flüchtig entdeckte er einen Schimmer von seinen Nachbarn, obwohl es in der Tundra doch von Tieren nur so wimmeln mußte. Unverschämte Füchse, der Vielfraß, der mit wackelndem Hinterteil schnell hinter dem Hügel verschwand. Ein einziges Mal sah er einen Luchs, der sich weit vor ihm mit hochnäsigem Katzengesicht umdrehte und wie der Blitz verschwand, als Bo noch einen Schritt näher kam. Es gab viele Vögel, deren Namen er meistens nicht wußte. Die hatten überhaupt keine Angst vor ihm. Meisen, Finken, aber auch Bussarde und Falken sah er jeden Tag, und in der Dämmerung die große Schnee-Eule. Die hatte etwas so Geisterhaftes an sich, daß Bo jedesmal vor Schreck zusammenzuckte.

Immer häufiger kamen Tage mit wenig Sonne. Niedrige Wolken blieben über der Tundra hängen. Dann lag ein durchsichtiger, grauer, nasser Nebel auf der Landschaft.

Die fernen Bergkuppen verschwammen, und die Ebene wurde zu einer endlosen, graugrünen Wüste. Dann klarte es wieder auf, und es kamen noch ein paar Tage mit herrlichem Herbstwetter. Aber der nahende Winter war immer fühlbar. Aus diesem Grund wollte Bo noch einmal den großen Virihaure überqueren. Er wußte, daß die Rentierhirten Padjelanta verlassen hatten und nun auf dem Rückweg waren. Er wollte noch einmal mit ihnen zusammen sein, bevor sie zu ihren Winterweiden zogen, und er mußte sich Vorräte besorgen, wenn er wirklich den Winter über hierbleiben wollte.

Aber er war unsicher. Vielleicht hatten ihn die glühenden Herbsttage getäuscht. Manchmal hatte er das Gefühl, als ginge eine Art Warnung von der Landschaft aus. Die überraschende Härte des halbgefrorenen Bodens am Morgen und die Kälte des Nebels, der tagelang über der Ebene hängenblieb, gaben ihm zum erstenmal eine Ahnung davon, wie es hier im Winter sein mußte. Aber der inzwischen gewachsene Holzstapel war ein beruhigender Anblick. Und wenn der Pfahl erst einmal voller getrockneter und gefrorener Vorräte war...

Bo packte seinen Rucksack und machte sich auf den Weg durch die nun düstere und schon etwas kahle Landschaft. Mühelos hatte er zwei Monate ganz allein in der Tundra gelebt. Er fühlte sich fast wie ein Lappe. Das Gefühl wurde noch stärker, als er merkte, wie bequem er durch die Wildnis zog. Er beeilte sich nicht und hatte ein offenes Auge für alles, was er unterwegs sah. Unter den Weiden mit ihren wolligen Kätzchen fand er wilde Himbeeren. Sie waren überreif, kalt vom Nachtfrost und schmeckten herrlich. Zu seiner eigenen Überraschung legte er die Entfernung doppelt so schnell zurück wie beim letztenmal. Er erreichte die Schlucht weit eher, als er erwartet hatte. Seine zweite Begegnung mit dem Bären, falls es derselbe Bär war, den er im Sommer getroffen hatte – überrumpelte ihn völlig. Den ganzen Weg über hatte sich Bo auf die Schlucht vorbereitet und sich Mut zugesprochen. Normalerweise fraß ein Bär

Beeren, junge Triebe und Wurzeln, wenn er auch dann und wann einen Happen Fleisch nicht verschmähte. Aber es blieb dann doch bei Mäusen und Lemmingen. Sonst war er ein Aasfresser, keiner, der selbst loszog, um zu morden. Im Frühjahr war es etwas anderes, dann wachte er mit einem Bärenhunger aus seinem Winterschlaf auf, dann waren nicht einmal junge Rentiere vor ihm sicher.

Das alles hatte Ilja erzählt, und Ilja wußte Bescheid. Mit solchen Gedanken, die er oft laut vor sich hinsagte, hatte sich Bo auf die Begegnung mit dem Bären vorbereitet. Aber lange bevor er die Schlucht erreicht hatte, brach der Bär auf einmal ganz in seiner Nähe mit viel Krach durch die gelben Sträucher. Er plumpste in einen kleinen See, watete bis zur Mitte und begann gierig zu schlürfen. Dabei stieß er ständig Töne aus, wie ein Mensch, der aus Vergnügen laut mit sich selbst spricht.

Einen Moment lang stand Bo wie gelähmt. Der Bär beachtete ihn nicht. Trotzdem war es fast unmöglich, daß er ihn nicht gesehen hatte. Bo machte leise und schnell einen großen Umweg. Danach legte er, wobei er sich ständig umschaute, den ganzen Weg durch die Schlucht im Eiltempo zurück. Erst als er wieder in den Hügeln war, ging er langsamer. Der große See sah unter dem grauen Himmel enttäuschend und langweilig aus. Dunst verwischte die Konturen der Berge. Bo fand die Landepfähle und machte ein großes Feuer am Ufer. Die ganze Nacht über schürte er es, aber gegen Morgen döste er ein. Der Fährmann weckte ihn mit einer fröhlichen Begrüßung.

»So, lebst du noch?«

Bo wischte sich den Schlaf aus den Augen und richtete sich auf. Der Fährmann betrachtete ihn neugierig und amüsiert. Bo ging zum See und wusch sich das Gesicht. Dicht am Ufer hatte sich schon eine dünne Eisschicht gebildet. Das Ruderboot schwankte zwischen den Anlegepfosten.

»Jetzt hast du doch sicher genug?« fragte der Fährmann, während Bo das Handtuch aus dem Rucksack holte und sich abtrocknete.

»Nein«, sagte Bo kurz.

»Du siehst nicht aus, als hättest du gehungert.«

»Hab ich auch nicht.«

Bo schaute den schmunzelnden Fährmann an und mußte unwillkürlich lächeln.

»Du hast viel Glück gehabt beim Fischen, was?«

»Manchmal. Es gibt keinen Lachs mehr, da hast du recht gehabt.«

Der Fährmann nickte, und ein Schatten flog über sein breites Gesicht. Er drehte sich um und ging zum Boot.

»Sind die Rentiere schon zurück?« rief Bo ihm nach.

»Ja. Ilja hat schon nach dir gefragt.«

Bo freute sich darüber. Er nahm schnell seinen Rucksack und folgte dem stämmigen Mann. Als er sich ins Boot setzte, sagte er: »Der Preis für die Rückfahrt gilt doch noch, oder?«

Der Fährman zuckte mit den Schultern. »Laß nur«, sagte er. Und dann mit einem Nicken zum Ufer hin, das sie gerade verlassen hatten: »Wie war's denn da?«

»Man begegnet niemandem«, sagte Bo.

13

In Iljas *siida* wurde Bo mit derselben amüsierten Neugier begrüßt, die ihm schon beim Fährmann aufgefallen war. Er störte sich nicht daran. Er meinte, eine Änderung in Per Laimos und Iljas Haltung ihm gegenüber festzustellen. Sie behandelten ihn nicht mehr so von oben herab, als sei seine Anwesenheit in der Tundra nur ein dummer Witz. Sie hießen ihn überaus herzlich willkommen. Und als sie entdeckten, daß er die paar Worte Lappisch, die Ilja ihm beigebracht hatte, immer noch konnte, wurden sie noch einmal so freundlich.

Bo wurde ins Zelt gebeten, durfte sich an die verwitterte Reisekiste setzen, in der auf der Wanderung alles Notwendige verwahrt wurde, und sie aßen auf Birkenzweigen geröstete Forellen. Danach gab es geschmortes Rentierfleisch in einer Soße aus gelben Beeren. Und den unvermeidlichen Kaffee. Bo mußte von seinem Aufenthalt am anderen Seeufer erzählen und tat es mit der nötigen Selbstironie, so daß er die Lacher auf seiner Seite hatte. Diesmal sagte er lieber nichts vom verschwundenen Lachs. Er schlürfte den salzigen Kaffee und vergaß zu Stinas Freude auch nicht zu fragen, wie es Elsas Rentierkalb gehe. Zum Dank stopfte sie ihn mit Leckerbissen voll, einem Markknochen, Rentierkäse, einer Schale Sauermilch, bis er lachend protestierte, weil er ganz und gar satt war. Er redete mit Ilja und Per Laimo und versuchte, sich selbst mit den Augen dieser Leute zu sehen.

Sie hatten einen Fremden an ihr Feuer geladen. Keinen Rentierhirten, jemanden, der nichts in der Tundra zu suchen hatte. Jemanden, der Geld hinlegte, um den großen See zu überqueren, obwohl er auch dort nichts verloren hatte. Und der einen Haufen überflüssiger und oft einfältiger Fragen stellte, zum Beispiel, wie das Leben für einen Lappen war und wie viele Rentiere er besaß. Sie machen sich noch nicht mal über mich lustig, dachte Bo. Und dabei muß ich in ihren Augen komplett verrückt sein.

Er fragte nach den Namen der Pflanzen und Vögel, die er am anderen Ufer gesehen hatte, und entdeckte, daß nicht einmal Per Laimo alle schwedischen Namen wußte. Seit Menschengedenken hatte in dieser weiten Wildnis jeder Fleck seinen eigenen Namen, nicht nur die Berge, Täler, Schluchten und Seen, sondern auch die unbedeutenden Gebiete der Landschaft. Auch die kleinsten Hügel, Hänge, Bergweiden, Moore, Bäche. Und jeder Vogel, jede Pflanze, jede Moosart hatten einen eigenen Namen. Vielleicht keinen schwedischen, aber auf alle Fälle einen lappischen. Wahrscheinlich hatten sie auch lateinische Namen, aber die waren nur unter Gelehrten gebräuchlich. Latein war eine tote Sprache, aber Lappisch, das mindestens so alt war wie Latein, wurde in diesem Moment in diesem ärmlichen Zelt gesprochen.

Ilja lag da auf dem weichen Rentierfell, das die Matten aus Weidenzweigen bedeckte, und wiederholte geduldig die schwierigen lappischen Namen für Bo, so wie ein sanftmütiger Vater, der sein Kind zufriedenstellt. Dabei glaubte er bestimmt, daß Bo sie sofort wieder vergessen würde. Aber es war, als genösse er es, die jahrhundertealten Namen laut und eindringlich auszusprechen. Seine Augen glänzten. Hörte er sich selbst zu? Eines Tages würde auch Lappisch eine tote Sprache sein.

Bo überlegte, daß es nicht zwangsläufig so kommen mußte. Immerhin gab es schon lappische Mittelschulen. Und eine lappische Abteilung in der Bibliothek von Karasjok. Es gab samische Vereinigungen zum Erhalt lappischer Kultur und Tradition. Und trotzdem . . . Iljas melancholische Stimme, die zärtlich die alten Namen aussprach, weckte in Bo ein starkes Gefühl des Verlusts.

Er betrachtete den Lappen, als wolle er sich dessen Gesicht für alle Zeiten einprägen. Seine Kenntnisse von Tieren, Pflanzen und Insekten reichten viel weiter, als es für einen Jäger nötig gewesen wäre. Bo fragte sich, ob nicht die Art, wie der Lappe mit der Natur umging, auch eine Form von Zivilisation war. Die innere Kultur eines Lappen, der in den Augen so vieler Skandinavier nichts taugte. Außer wie in früheren Jahrhunderten zum Bezahlen hoher Steuern. Von lappischer Herkunft zu sein, bedeutete außerhalb der Tundra für die meisten Lappen: Erniedrigung, Ausbeutung, Armut. Jahrhundertelang waren sie unterdrückt gewesen. Nur im Reisebüro wurde noch ein romantischer Mythos aufrechterhalten. Sonst glaubte sicher niemand mehr an dieses Bild von einem freien, unbekümmerten Nomadenvolk. Was war denn romantisch an einer Bretterhütte mit nur einem Zimmer, ohne Elektrizität und fließendem Wasser, dafür mit einem Abfallhaufen daneben? So wohnten heutzutage die meisten Lappen. Ilja und seine

Familie bildeten eine glückliche Ausnahme. Aber wie lange noch?

Es war alles traurig und beschämend. Wenn Bo an die sogenannten zivilisierten Schweden dachte, die alle an dem einen Tag, an dem die Elchjagd freigegeben wurde, in die Wälder stürmten – und öfter mal betrunken aufeinander statt auf Elche schossen! Pure Mordlust war das, denn wenn wirklich einmal einer zufällig einen großen Elch erlegte, kostete es ihn mehr, den Kadaver nach Hause bringen zu lassen, als man am Fleisch verdiente. Ganz zu schweigen von den teuren Jagdrechten. Aber sie wollten mit aller Gewalt Jäger sein, so wie Gustav Hanko aus der makabren Geschichte, die Per Laimo erzählt hatte. Nun erst verstand Bo die Schadenfreude der Lappen. Er mußte jetzt selbst grinsen. Er gönnte Gustav die Niederlage. Ein barbarischer Tod für einen zivilisierten Menschen. Aber war er so unverdient? Schön, daß die Lappen über Gustav lachten.

Arme wilde Lappen! Staat und Kirche hatten in den vergangenen Jahrhunderten eine wahre Hexenjagd auf sie eröffnet. Die Opferplätze der Lappen waren vernichtet und die magischen Trommeln verbrannt worden, manchmal zusammen mit ihren Besitzern. Wenn Bo es richtig verstanden hatte, waren diese Trommeln wichtig für die Geistertänze der Lappen. Aber sie waren gezwungen worden, mit ihren heidnischen Gewohnheiten zu brechen, und auf das Singen eigener »Trölgesänge« standen strenge Strafen. Es hatte Aufstände unter den Lappen gegeben, wie hätte es anders sein können. Aber die Übermacht war zu groß gewesen. Bo erinnerte sich vage an die Geschichte des letzten Aufstands, achtzehnhundert und noch was, als zwei Lappen, die führende Rollen gespielt hatten, in Norwegen enthauptet worden waren. Jetzt waren die Lappen also »bekehrt«, und nichts stand ihrer Anpassung im Wege. Außer daß es ihnen ihre schwedischen, norwegischen und finnischen Mitbürger so schwer wie möglich machten. Lappen eigneten sich angeblich nicht für andere Arbeit als Rentierzucht, Fischen, Jagen und Beerenpflücken. Das war natürlich Unsinn. Per Laimo hatte mindestens genausoviel Verstand wie jeder durchschnittliche Schwede. Der sprach sogar ein bißchen Englisch, hatte Bo festgestellt. Mit einer besseren Ausbildung ginge es den Lappen ganz anders, und sie würden nicht länger von den »Zivilisierten« als eine Art zweibeiniger, geweihloser Rentiere betrachtet werden. Aber hatte Ilja es nicht selbst gesagt? Seine Söhne hatten für das ursprüngliche Lappenleben nichts mehr übrig, wenn sie erst einmal in der Schule gewesen waren. Es sah ganz so aus, als würde die Kultur der Lappen in absehbarer Zeit verschwinden. Und damit auch die innere Kultur, die Bo so angerührt hatte.

Da jammerte er über das Unrecht, das den Lappen angetan wurde, dachte Bo plötzlich. Und was tat er selbst? Er wußte, daß das Wort »Lappe« in Wirklichkeit ein altes Schimpfwort war. Die Lappen nannten sich in ihrer eigenen Sprache »Samen«.

Samen, samisch, Land der Samen, dachte Bo. So mußte es eigentlich heißen. Und doch vergaß er es immer wieder.

Inzwischen verbreitete das niedrige offene Feuer nur noch wenig Wärme, dafür viel Rauch. Bo beobachtete, wie Stina den verrußten Kessel, in dem ein Brei aus Mehl, Fisch und Rentierblut war, vom Feuer nahm und etwas Brei in eine Schale aus Birkenholz goß. Damit kniete sie sich vor Viri hin, der alten Hündin, die die schlafende Elsa bewachte, und begann mit leiser Stimme, den Hund zum Fressen zu überreden. Viri ließ sich bitten, und als sie schließlich doch anfing zu schlabbern, tat sie es offensichtlich mehr, um Stina einen Gefallen zu tun, als daß sie Hunger gehabt hätte.

»Viri wird alt«, sagte Ilja.

Er schüttelte den Kopf und schnalzte mit der Zunge, sobald Viri ihrer Meinung nach genug guten Willen gezeigt hatte. Sofort kam der Hund angelaufen und legte sich schwanzwedelnd auf seine Füße.

Bo verabschiedete sich und baute sein Ponchozelt dicht neben dem Lager auf. Von überall her klangen die Rufe der

Hirten und Hundegebell. In der ersten Nacht konnte er deshalb kaum einschlafen, so sehr hatte er sich inzwischen an die Stille seiner Tundra gewöhnt.

Am nächsten Tag lud ihn Per Laimo ein, mit ihm fischen zu gehen. Da der Außenbordmotor ohne Vergaser unbrauchbar war, mußte Per rudern. Er beklagte sich halb im Ernst darüber. Bo half ihm, ein Netz auszulegen, und jetzt sah er wieder diesen Fisch, der wie eine Kreuzung aus Lachs und Forelle aussah.

»Eine Lachsforelle«, sagte Per Laimo. Er war erstaunt, daß Bo nicht einmal das wußte. Er gab Bo ein paar große Exemplare mit. Und Bo brachte sie direkt zu Iljas Kote.

»Es kommt Kälte auf«, sagte Ilja, während Stina die Fische zubereitete.

»Woran merkst du das?« fragte Bo. Er hatte selbst auch das Gefühl, wahrscheinlich, weil er nach Einbruch der frühen Dämmerung ständig die Schreie einer Eule gehört hatte. Jetzt, da der Himmel voller Sterne war und der Nachtwind nur noch spielerisch am Zelt zupfte, kam ihm diese Ahnung wie reine Einbildung vor. Eulenschreie klangen eben immer unheilverkündend.

»Meine Gicht ist das beste Barometer«, sagte Ilja.

Am nächsten Tag schlug das Wetter endgültig um. Ein heftiger Sturm kam auf, der schnell stärker wurde. Bos Gesicht tat weh vom Hagel. Er suchte Schutz unter seinem Poncho und bekam einen Vorgeschmack des nahen Winters.

Verschwunden war die vorher so flimmernde Seeoberfläche, die Hügel erglühten nicht mehr in der Abendsonne. Auch am darauffolgenden Tag blieb es naß, grau, kalt und stürmisch, und der Boden wurde hart wie Granit.

Launische Fallwinde drückten den Rauch von Bos Lagerfeuer nach allen Seiten, er saß die meiste Zeit da und hustete. Er bekam Sehnsucht nach seiner Hütte.

Morgens beruhigte sich der Sturm, und der Himmel klarte ein bißchen auf. Die Hügel sahen weißgepudert aus, und auf dem See trieben Eisschollen.

»Es wird ein strenger Winter«, sagte Per Laimo. »Mußt du nicht irgendwann wieder nach Hause, Bo?«

Sie saßen in Iljas Kote und tranken den üblichen Kaffee mit Salz. Bo gab einfach keine Antwort. Und Ilja betrachtete ihn von der Seite mit einem Stirnrunzeln. Per Laimo schaute hinaus und schüttelte den Kopf.

»Hast du Vasko noch einmal gesehen?« wollte er wissen.

»Nein«, sagte Bo.

»Schade, den hätten wir jetzt brauchen können.« Dann begann Per zu lachen, und Ilja lachte säuerlich mit. Bo schaute Ilja fragend an. Der zuckte verärgert mit den Achseln.

»Wegen dem ersten Schnee«, sagte er düster. »Früher wurden die alten Götter um Hilfe angerufen. Gegen die Stürme und andere Gefahren. Aber man konnte sie nur mit Hilfe einer großen Trommel rufen.«

»Mit einer *kobdas*«, sagte Bo.

»Du hast ein gutes Gedächtnis«, lobte Per Laimo. Aber Bo schaute nur Ilja an und zeigte deutlich, daß er wartete. Per Laimo hielt das alles für Humbug, der war »modern«. Aber Ilja schien sich nicht so wohl zu fühlen, wenn über so etwas gesprochen wurde, und über solche Witze konnte er nicht lachen. Schließlich sah Bo wieder Per Laimo an.

»Erzähl mal«, sagte er.

Per Laimo grinste. »Man sagt, Vasko besäße noch immer so eine Trommel. Er soll sie versteckt haben, irgendwo zwischen den Hügeln auf der anderen Seite, heißt es.«

Bo wandte sich wieder zu Ilja. »Ist Vasko ein *najd*?« fragte er. Das Wort saß. *Najd*. Zauberer. Ilja kroch sichtbar in sich zusammen. Er hatte bestimmt nicht gedacht, daß Bo es behalten hatte. Es war etwas anderes, an einem hellen Sommertag über solche Dinge zu sprechen. Der erste Sturm rief in Ilja irgendwelche alten Gefühle wach.

»Natürlich nicht«, sagte er mit einem scheuen Blick zu Per Laimo. Scheu und auch verärgert. »Vasko ist ein Christ. Genau wie du und ich.«

»Ich bin kein Christ«, sagte Bo. »Ich bin ein Barbar.« Per Laimo brach in Lachen aus. Und Ilja lachte halbherzig mit.

»Hier drinnen«, sagte Bo ernst und klopfte sich auf die Brust, »bin ich ein echter Barbar. Ob ihr es glaubt oder nicht.«

»Die passende Gesellschaft für Vasko«, lachte Per Laimo. »Ihr würdet ein schönes Paar abgeben. Warum suchst du ihn nicht?«

Bo drehte sich nun ganz zu Ilja hin. Das war etwas zwischen ihm und Ilja. Er sagte: »Ich meine es wirklich, Ilja. Vielleicht ist das der Grund, warum ich hier in der Tundra wohnen will, in der Wildnis. Aber du hast mir beigebracht, daß es keine Wildnis gibt. Die einzige Wildnis ist hier.«

Und wieder klopfte er auf seine Brust. Ilja schüttelte träge den Kopf und schnalzte mitleidig mit der Zunge. »Du bist noch sehr jung«, sagte er.

Per Laimo mußte verstanden haben, daß ihn das nichts anging. Oder er fand, daß seine Witze zu wenig gewürdigt wurden. Jedenfalls erinnerte er sich an etwas, das er dringend tun mußte, und verschwand. Bo neigte sich zu Ilja. Er fragte noch einmal: »Ist Vasko ein *najd*?«

Ilja hob die Schultern. Er warf seiner Frau einen Blick zu. Aber die war sehr beschäftigt und verstand außerdem fast kein Schwedisch. Dann seufzte er.

»Es gab eine Trommel«, sagte er. »Eine echte, alte *kobdas*. Diese Trommel hatte alles überstanden. Alle anderen Trommeln waren uns mit Gewalt abgenommen und verbrannt worden. Aber diese eine war so schön und besonders, daß sie aufgehoben werden sollte. Darum wurde sie nicht verbrannt, sondern an einen reichen schwedischen Herrn verkauft. Das ist schon lange her, ich glaube, es war im siebzehnten Jahrhundert.« Bo wartete. Er fühlte die Kälte nicht mehr, auch nicht den Rauch, der ihm eben noch in den Augen gebrannt hatte. Er lauschte der leisen, zögernden Stimme.

»Diese *kobdas* blieb also verschont, bis der schwedische Herr starb. Dann erbte sie sein Sohn, dann dessen Sohn, bis sie schließlich dem Museum in Jokkmokk geschenkt wurde. Dort war sie das Prunkstück, das kannst du mir glauben.

Viele Menschen kamen, um sie anzuschauen. Du mußt wissen, das Fell einer guten *kobdas* ist mit geheimen Zeichen bemalt. Die stellen Götter dar. Die Götter des Windes, der Sonne, des Donners und des Frostes, die Götter der Rentiere und des Weidelands, der Jagd und der Fischerei. Und auch, vor allem, der *kota*. Das sind natürlich Frauengötter, für Kinder und Geburt. Aber auf dieser *kobdas* waren noch andere Götter abgebildet, die bösen Geister von Krankheit und Tod, von Wolf und Bär, von Trollskott, dem Teufel, der sich vom *najd* ausschicken läßt, wann immer der jemand etwas Böses wünscht.«

Bo fror auf einmal. Kam das durch die ernste Stimme? Oder von der Erinnerung an das Gesicht des Beatnik auf der anderen Seite des Flusses, wie er es im hellen Frühlingslicht gesehen hatte? Diese uralte Teufelsmaske. Bo schauderte unwillkürlich zusammen.

»Jahrelang war die kostbare Trommel der Stolz des Museums. Bis sie eines bösen Tages gestohlen wurde.«

Bo schaute Ilja an. War da nicht ein leiser Triumph in der Stimme gewesen? Ilja versuchte, seine Gefühle hinter der gleichmütigen Haltung eines Mannes zu verstecken, der eine Geschichte erzählt. Er wählte seine Worte so, daß die Geschichte klang wie eine alte Geschichte. Aber war es eine alte Geschichte?

»Vasko hat die *kobdas* gestohlen«, sagte Bo.

Ilja schloß einen Moment die Augen, als hätte er es mit einem lästigen Kind zu tun. Er seufzte hörbar.

Geduldig sagte er: »Natürlich nicht. Was sollte Vasko mit einer *kobdas* anfangen?«

»Eine gute Frage«, sagte Bo.

Er lachte Ilja nun offen aus. Das Einvernehmen zwischen ihnen war so groß geworden, daß er das ohne weiteres tun konnte. Ilja blieb nichts anderes übrig, als zurückzulachen.

»Trotzdem ist das manchmal behauptet worden«, sagte er.

»Daß Vasko die *kobdas* hat?«

»Ja, verrückt, nicht?«

»Könnte es wahr sein?«

»Der Lappenvogt in Jokkmokk hat die ganze Sache untersucht. Er hat auch Vasko verhören lassen. Ich nehme an, wegen der Gerüchte. Und er hat gesagt, daß Vasko es nicht getan haben kann.«

»Warum nicht?«

Ein Funke glitzerte in Iljas Augen auf, aber seine Stimme blieb gleichmütig, fast gelangweilt. »Weil jeder sehen kann, daß Vasko nicht ganz bei Verstand ist. Und der Diebstahl war sehr klug ausgeführt, sagt man.«

Bo nickte. »Also wird es wohl irgendein fanatischer Sammler getan haben.«

»So wird es wohl sein«, sagte Ilja.

»Und natürlich hast du recht. Was würde es nützen, wenn Vasko die *kobdas* hätte? Was ich bin, weiß ich nicht, aber ihr seid jedenfalls alle Christen.«

»So ist es«, sagte Ilja.

»Wie schade, daß die nächste Kirche so weit von hier weg ist!«

Ilja schaute ihn mißtrauisch an, dann fing er an zu lachen. »Du willst mich wohl aufs Glatteis führen, Heide, der du bist!« Er schüttelte freundlich den Kopf und schlug Bo aufs Knie. »Hör zu, mein Vater war ein Christ, und ich bin es auch. Wir brauchen die *kobdas* nicht mehr. Und ich will dir noch etwas sagen, mein Junge. Hier sitzt ein Mann, der aus Erfahrung weiß, daß man nicht zuviel von den Göttern abhängig machen sollte, egal, ob es alte oder neue sind.«

Er stand auf, immer noch ein bißchen lachend. »Wir gehen bald auf die Winterreise. Kommst du mit uns?«

Bo schüttelte stumm den Kopf.

»Du willst also zurück auf die andere Seite. Dann mußt du Skifahren lernen. Oder kannst du das?«

»Nein«, sagte Bo.

»Ich werde Per Laimo bitten, daß er es dir beibringt. Per ist der beste Skifahrer, den wir haben.« Und ohne eine Antwort abzuwarten, ging Ilja schnell hinaus.

14

Per Laimo brachte Bo in zwei Tagen das Skifahren bei. Innerhalb von zwei Tagen wurde der neugefallene Schnee von einer großen Last zu einer großen Hilfe für Bo. Er brauchte sich nicht länger durch die weiße Schicht hindurchzuquälen, der Schnee trug ihn und befähigte ihn, schneller denn je vorwärts zu kommen. Er konnte den langsamen Zug zu den Winterweiden ruhig eine Woche oder länger begleiten, denn in ein paar Tagen wäre er wieder am See.

»Bilde dir ja nicht ein, daß du jetzt ein Skiläufer bist«, sagte Per Laimo. »Du bist ein Skiwanderer. Skilaufen kann man nur in den Bergen.«

Skier waren wirklich die Lösung, wenn man große Entfernungen auf flachem oder kaum ansteigendem Gelände zurücklegen mußte. Es erforderte keine besonderen sportlichen Leistungen, der Körper machte die natürlichen Gehbewegungen. Bo würde mühelos den weiten, nun schon fast zugefrorenen See überqueren. Auch wenn der Wind große Flächen immer wieder leerfegte, bliebe doch genügend Schnee liegen.

»Diese Art Skifahren hat noch einen großen Vorteil«, sagte Per Laimo, »dir kann fast nichts dabei passieren.«

Zum Skiwandern brauchte Bo leichte Skier und Skistöcke, die ihm bis an die Achseln reichten. Bo lieh sich alles von Per Laimo, der inzwischen längere und schwerere »echte« Skier benutzte.

Als Bo Ilja zwei Tage später in seiner Kote besuchte, glücklich, aufgeregt und stolz, da zwinkerte Ilja ihm zu. Er stand auf und bewegte sich gebückt durchs Zelt. Er zog etwas unter einer Weidenmatte hervor. Es war ein Ski aus dicker glatter Birkenrinde mit Streifen aus Rentierfell für die Füße. Der Ski war fest und kräftig, wirkte dabei aber so zerbrechlich, daß Bo ihn nur vorsichtig anfaßte. Er dachte, Ilja wollte ihm seine eigenen Skier zeigen. Ilja holte noch einen zweiten hervor und einen Skistock. Der war aus

Eschenholz geschnitzt, hatte an der einen Seite einen hörnernen Ring als Stützfläche und an der anderen eine harte Metallspitze. Man konnte ihn als Skistock, aber auch als Speer benutzen. Ilja reichte Bo den Stock. Bo machte zum Spaß ein paar Bewegungen damit.

»Heutzutage«, sagte Ilja, »ist es üblich, mit zwei Stöcken zu fahren. Aber die alten Lappen benutzten immer nur einen Stock, und der war gleichzeitig ihr Speer.«

Bo bewunderte die Glätte und die Ausgewogenheit des Stockes und wollte ihn zurückgeben. Aber Ilja schüttelte den Kopf.

»Nein, behalt ihn nur. Du wirst ihn noch brauchen, dort am anderen Ufer.«

Bo starrte ihn an. Langsam begann er zu begreifen, daß Skier und Stock ein Geschenk für ihn sein sollten. Er machte den Mund auf, brachte aber keinen Ton heraus und schüttelte sprachlos den Kopf.

»Probier sie mal an«, sagte Ilja, der ihm über die Verlegenheit hinweghelfen wollte und der selbst auch etwas verlegen war.

»Du willst sie mir geben? Ist das wirklich wahr, Ilja?«

Der Lappe zog es ins Scherzhafte. »Nur ›wilde‹ Lappen benutzen noch solche selbstgemachten Skier. Überleg dir also, auf was du dich einläßt«, sagte er, während er vor Bo niederkniete und ihm eigenhändig die Skier anlegte. Noch ungeschickt und übertrieben vorsichtig stieg Bo damit nach draußen. Ilja und Stina folgten ihm. Sie schauten zu, wie er zwei, drei mühsame Schritte machte und dann plötzlich den Hang hinunterglitt, als habe er Flügel bekommen. Die Skier waren unwahrscheinlich lang, und der Skistock lag genau richtig in seiner Hand. Bo konnte sich nicht erinnern, daß er sich jemals so sehr über ein Geschenk gefreut hatte. In einem weiten Bogen kehrte er zur Kote zurück. Er bedankte sich bei Ilja so oft, daß dieser nicht mehr wußte, wie er sich verhalten sollte. Schließlich sagte er nur: »Ich muß mal nach der Herde sehen. Parek kann es nicht immer allein machen.«

»Ich geh mit«, sagte Bo.

Ilja seufzte und lachte seiner Frau zu. Er schob Bo vor sich her nach draußen. Dort, hinter dem Zelt, standen seine eigenen Skier. Zusammen glitten sie über den Neuschnee den sanft abfallenden Hang hinunter. Dann fuhren sie ganz gemütlich zur Herde.

Parek reagierte auf die Ankunft mit den höchsten Anzeichen von Wachsamkeit.

»Schau dir den Angeber an«, sagte Ilja stolz. »Noch so jung, und er ist schon besser, als Viri je in ihrem Leben gewesen ist.«

15

Bo war immer beeindruckt, wenn er sah, wie Ilja mit seiner Herde umging. Der Mann war wirklich für diese mühsame und nicht ungefährliche Arbeit geboren. Er wußte mit einem Blick alles über ein Tier, über sein Alter, seine Gesundheit und was es sonst noch zu wissen gab.

Aber ohne die Hilfe seines Hundes wäre Ilja als Hirte nur halb so gut. Ein guter Hund ist soviel wert wie zwei Männer, hatte Bo schon öfter sagen hören. Und Iljas Hund war vielleicht doppelt soviel wert wie ein anderer. Ein Husky-artiger Rüde mit einem dicken, struppigen Fell, der von weitem wie ein Wolf aussah. Ein fleißiger und ergebener Wächter.

Wie Ilja das hinbekommen hatte, war den Hirten ein Rätsel, aber Parek hatte gelernt, die einjährigen Tiere von der Herde zu trennen, wenn es ans Markieren ging, und das ersparte seinem Herrn eine ganze Menge Arbeit.

Parek gelang es, die ungezeichneten Tiere ganz allein herauszufinden und ohne weitere Anweisung in die richtige Ecke zu treiben, wo sie leicht gefangen und markiert werden konnten. Und wenn sie unterwegs waren, half er, die Herde auf den Hügeln und in den zugefrorenen Sümpfen zusammenzuhalten. Wenn sich Tiere verirrten, würden sie sich anderen Herden anschließen oder von Wölfen und Vielfraßen getötet werden. Bei Parek hatten Nachzügler keine Chance. Sanftmütig schubste er ein verspieltes Kalb zurück zur Herde, aber ein bockiger Hirsch wurde mit einem scharfen Biß zurechtgewiesen. Er war der Todfeind des seltenen Wolfs, der im Winter hungrig hinter der Herde herzog und auf die Chance wartete, ein verirrtes Tier zu erwischen.

Alle Hirten waren sich einig, daß nicht einer von ihnen einen so guten Hund hatte wie Ilja. Kein Wunder, daß Ilja sehr froh über Parek war. Doch darüber redete er mit anderen nicht. Es paßte ganz und gar nicht zu einem Lappen, zuzugeben, daß er, abgesehen von praktischen Erwägungen, an einem Tier hing. Aber wer den sonst so bedächtigen Ilja in jener denkwürdigen Nacht erlebt hatte, als Parek in eine eiserne Fuchsfalle geraten war, der wußte, wie tief die Freundschaft zwischen dem Mann und seinem Hund war. Mit welcher Sorge hatte Ilja seinen Lieblingshund gepflegt.

Die Pfote war fast völlig abgeklemmt gewesen. Aber ein Mann wie Ilja wußte alles mögliche über Heilmittel. Noch Wochen, nachdem die Wunde verheilt war, massierte er abends beim Feuer Pareks Pfote mit Hingabe, und Parek war mit einer verkrüppelten linken Vorderpfote davongekommen.

Eines Abends traf Bo die Hirten in einer aufgeregten Stimmung an. Drei Rentiere waren tot aufgefunden worden, sieben Kilometer vom Lager entfernt. Mehrere Tiere lahmten. Das mußte das Werk eines besonders mordlustigen Wolfs gewesen sein. Am meisten staunten die Hirten darüber, daß die Hunde das Gemetzel nicht verhindert hatten. Auch Parek sah nicht so aus, als hätte er gekämpft. Und doch war er dort an dieser Stelle gewesen. Ilja verstand es nicht. Es mußte sich um einen teuflisch schlauen Wolf handeln, der alle Hunde getäuscht hatte. Die Hirten redeten den ganzen Tag von nichts anderem. Sie beschlossen, nachts abwechselnd bei der Herde zu wachen. Ilja sollte die erste Wache übernehmen, und Bo hatte sich angeboten mitzukommen. Sie machten sich zusammen auf den Weg. In Iljas Gesellschaft fühlte sich Bo wie ein Blinder. Ilja konnte seinen Stock in den Schnee stoßen und wußte, ob der Boden schon gefroren war, oder ob es für die Rentiere noch etwas zu finden gab. Er sagte »Da läuft ein Fuchs« oder »Dort sitzt ein Schneehuhn«, wenn Bo beim besten Willen nirgends ein Tier entdecken konnte. Neben Ilja fühlte sich Bo zu seinem großen Ärger wie ein Stadtmensch.

Parek begrüßte die beiden Männer fröhlich und überrascht. Sie setzten sich auf einen Hügel und beobachteten im hellen Mondlicht die verstreute Herde. Manchmal hörte man aus einem Wäldchen das Kläffen eines Fuchses. Dann sträubten sich dem Hund die Nackenhaare, und tief aus seiner Kehle kam ein böses, kampflustiges Knurren. Aber die Herde blieb ruhig, und es passierte nichts. Ilja war sehr schweigsam geworden, und Bo paßte sich ihm an. Er lauschte auf die Geräusche der Nacht und fühlte sich wohl. Einmal schrak er hoch. Zwischen den Zwergweiden sah er einen Schneehasen wegspringen, und im selben Augenblick fiel etwas aus der Luft. Der lautlose Schatten eines Vogels. Der Hase konnte seinen Sprung nicht vollenden. Sein schrilles Fiepen stieg in den Himmel, zusammen mit dem weißen Vogel. Es war eine große Schnee-Eule, die gelassen mit ihrer Beute zu einem höher gelegenen Wäldchen flog. Unwillkürlich schauderte Bo. Er fing einen spöttischen Blick des Lappen auf.

Als Ilja ein paar Stunden später von Per Laimo abgelöst wurde und sich auf den Rückweg machte, lief Parek neben ihm her, kehrte aber auf Befehl seines Herrn gehorsam zur Herde zurück.

Vier Nächte lang hielten die Hirten Wache. Der Mörder blieb fern. In der fünften Nacht gaben sie es auf. Sie blieben im Lager, vor allem, weil ein starker Wind aufgekommen war, der den Schnee von den Hügeln blies, daß man nicht mehr die Hand vor Augen sehen konnte.

Am nächsten Tag entdeckten die Hirten zwei Rentiere mit durchgebissener Kehle auf der weißen Ebene. Schweigend und angstvoll schauten sie sich an. Ein Wolf, der einmal auf diese Art angefangen hatte zu morden, konnte für die Hirten zu einer Katastrophe werden. Und oft war es sehr schwierig, so ein Tier unschädlich zu machen. Kein Räuber war so schlau und vorsichtig wie der Wolf. Gift erkannte er, und Fallen ging er aus dem Weg. Bo hörte Geschichten über einsame und alte Wölfe, die Hunderte von Rentieren gerissen hatten, bevor sie selbst getötet werden konnten. Und das nur, weil sie die schnellen Lemminge oder Schneehasen nicht mehr erwischten und deshalb auf die Rentiere angewiesen waren.

Aber nicht einer der Kadaver war angefressen. Es handelte sich also nicht um einen hungrigen Wolf, sondern um einen fanatischen Mörder, der außerdem klug genug war, sich nicht mit den gefährlichen Renhirschen anzulegen. Er wählte die ganz jungen Tiere, die oft noch nicht einmal markiert waren und die sich im Übermut von der Herde entfernt hatten.

In der folgenden Nacht wachte Ilja wieder auf dem Hügel, und Bo leistete ihm Gesellschaft. Parek lag zu ihren Füßen und knurrte, wenn er etwas hörte, aber es war immer wieder nur Fehlalarm.

»Ja, jetzt tust du so gescheit«, sagte Ilja zu seinem Hund. »Aber warum hast du letzte Nacht diesen Teufel nicht angegriffen?«

Parek schaute zu ihm hoch und wedelte mit dem Schwanz. Ilja schob sein Gewehr etwas höher auf seine Knie und zog die Schultern hoch.

»Als ich ein Junge war«, sagte er, »mußten wir den Wolf mit Skistöcken angreifen. Das war gefährlich, sag ich dir. Wenn es einem Wolf gelingt zu beißen, dann ist das sehr schlimm. So eine Wunde heilt schlecht, und manchmal, ich hab's selbst erlebt, geht die Narbe nach Jahren wieder auf.«

Er schwieg genauso plötzlich, wie er angefangen hatte zu reden, und Bo wartete.

»Ich hab mit ein paar Männern den Wolf auf Skiern verfolgt. Wir haben ihn immer wieder aus dem Gebüsch in den hohen Schnee getrieben. Dort haben wir ihn schließlich erwischt. Im letzten Moment drehte er sich um und griff an. Ein harter Schlag auf seine Schnauze, oder noch besser auf seinen Nacken, und dann mit dem Messer zugestochen ... Ja, so sollte das sein, aber oft kam es ganz anders. Oft ist man stundenlang auf Skiern hinter ihm her, bis man schweißnaß war, und dann ist er einem doch noch entkommen. Oder man hat ihn beim ersten Schlag verfehlt, und er riß einem das Knie auf. Zum Glück war man nie allein. Aber jetzt ...«

Ilja klopfte auf den Lauf seines Gewehrs.

»Ich habe erlebt, daß mein Vater monatelang keine Stimme hatte. Ja, da staunst du. Wenn du einen Wolf verfolgst, sollst du ihm niemals, niemals nachschreien. Denn wenn er sich umschaut, während du schreist, stiehlt er dir deine Stimme. Mein Vater kam von der Jagd zurück und konnte kein Wort mehr sagen. Und schreiben konnte er auch nicht, das haben wir früher nicht gelernt. Er konnte uns nur mit Zeichnungen erklären, was passiert war.«

»Und dann? Wie bekam er seine Stimme zurück?«

»Wir gingen zu jemand, der viel von diesen Dingen verstand«, sagte Ilja. Weiter sagte er nichts.

Bo wußte, daß er einen *najd* meinte, aber nicht einmal jetzt wagte der Hirte, frei über solche Dinge zu reden. Bo war klug genug, ihn nicht zu drängen.

Es war eine Nacht, die er nie vergessen würde. Er saß an einen Windschutz gelehnt und konnte in dem unwirklich hellen Mondlicht weit über die Tundra sehen, bis zu den Silhouetten der Berge mit ihrem violetten Abglanz. Und dann diese Stille überall. So still konnte es nur in Herbstnächten oberhalb des Polarkreises sein.

Bo betrachtete die Landschaft, als schaute er in ein erleuchtetes Schaufenster. Er konnte an all dem nicht teilnehmen, er war dazu verdammt, Zuschauer zu bleiben. Für Ilja war es anders, auch für Vasko und Per Laimo. Das hier war ihre Welt, die einzige, die sie kannten. Hier waren sie aufgewachsen, und hier würden sie sterben, und alle ihre Erfahrungen zwischen Geburt und Tod hatten irgend etwas mit dieser weißen Wildnis zu tun. Aber er, Bo, war nur hergekommen, um das zu sehen. Ilja hatte recht, er war vielleicht kein Tourist, aber trotzdem ein Besucher, ein Gast.

Und doch brauchte sich Bo nur vorzustellen, daß er in die Stadt zurückkehrte, in die sogenannte Zivilisation, und er fühlte sich sofort unglücklich. Während er auf die nächtlichen Geräusche lauschte, hatte er schon Heimweh, noch bevor er weggegangen war.

In Iljas dunklen Augen spiegelte sich die helle Nacht. Stundenlang saß er in derselben Haltung und spähte über die Landschaft, die ihm so vertraut sein mußte. Bo fragte sich, ob er sich wohl vorstellen konnte, daß da, wo seine Rentiere nach Rindenmoos suchten, elektrische Anlagen entstehen könnten. Bestimmt nicht. Manchmal redete Ilja ganz vernünftig über die Veränderungen, die unvermeidlich auf sie zukamen, auch in der Tundra.

»Man muß mit seiner Zeit gehen«, sagte Ilja.

Also benutzte er Hubschrauber und Schneescooter, wenn es nötig war, telefonierte nach einem Arzt und tauschte seinen Skistock gegen ein Gewehr. Er besaß ein Radio und las Zeitungen. Aber das war nur eine scheinbare Anpassung. Er konnte sich eine Veränderung der ewigen Tundra nicht wirklich vorstellen, also veränderte er sich auch nicht.

Viele andere Lappen, die früher mit ihrem einfachen Hirtenleben zufrieden gewesen waren, sahen plötzlich ungeahnte Möglichkeiten greifbar vor sich. Sie waren nur zu gern bereit, ihr traditionelles Leben aufzugeben. Sprache, Kleidung, alte Bräuche, alles verschwand innerhalb kurzer Zeit. Jedes Jahr wurden weniger Zelte aufgeschlagen. Immer mehr junge Lappen zogen in die Stadt. Dort tauschten sie die Kleidung gegen einen Konfektionsanzug, ihre Freiheit gegen einen Acht-Stunden-Tag.

Aber Ilja würde bleiben. Er war nicht verrückt wie Vasko.

Und er war nicht so modern wie Per, der nach der großen Wanderung seine Herde verkaufen wollte, um von dem Kapital ein Boot mit Außenbordmotor anzuschaffen. Er wollte als Fährmann an den Touristen verdienen. Ilja konnte sich ein Leben ohne Rentiere, ohne die jährlichen Wanderzüge, nicht vorstellen.

Bo dachte: In Ilja habe ich einen echten Lappen gefunden. Aber ich hätte keine zehn Jahre später kommen dürfen. Sie werden immer seltener, so wie die Bären.

Und wieder passierte nichts. Aber als die Hirten nach einer Woche die Wachen aufgaben, erwies sich das als verhängnisvoll. Wieder wurden Rentiere getötet.

Nun verstand Bo, warum die Lappen vom »Teufelshund« sprachen, wenn sie den Wolf meinten.

Er hörte, wie sich die Hirten berieten. Seine Neugier zwang ihn, Ilja und Per zu fragen, über was gesprochen wurde.

»Man hat eine Spur gefunden«, sagte Ilja.

Als die Hirten auf ihren Skiern loszogen, um die Spur zu betrachten, fuhr Bo mit.

»Warum ist Ilja so aufgeregt?« fragte er Per.

Per Laimo warf einen Blick auf die Hirten und schüttelte den Kopf. »Irgend etwas ist mit der Spur«, sagte er. »Du wirst es gleich selbst sehen.«

Später standen die Lappen düster um die beiden neuen Kadaver. Das Blut aus den tiefen Halswunden sah auf dem Schnee fast schwarz aus. Trotz der vielen Hufabdrücke war noch etwas von der Spur zu erkennen, die zwischen den schimmernden Polarweiden verschwand. An manchen Stellen war in dem zertrampelten Schnee noch der deutliche Abdruck einer Pfote. Bo starrte die Abdrücke an. Erst begriff er nichts. Es dauerte eine Weile, bis ihm klarwurde, daß er diese Abdrücke schon oft gesehen hatte. Von der linken Vorderpfote waren immer nur die beiden äußersten Zehen sichtbar, die beiden anderen hatten keine Spur hinterlassen. Die mußten fehlen. Vielleicht waren sie von einer Falle abgerissen worden, wie bei Parek.

»Sie sehen aus wie Pareks Spuren«, sagte er zu Per.

Per nickte. »Es sind Pareks Spuren, das steht fest.«

Also war Parek in der Nähe gewesen, als der Mörder angegriffen hatte, anders war es nicht möglich.

»Warum hat Parek dann nichts getan?«

»Das fragen wir uns auch.«

Stirnrunzelnd betrachtete Ilja seinen treuen Helfer. Der schaute voller Ergebenheit zu ihm hoch, den Kopf ein wenig schräg gelegt, den Schwanz zum Rücken hin eingerollt. Wenn dieser große struppige Kämpfer auch nur von fern einen Fuchs hörte, geriet er außer sich vor Wut. Und diesen Mörder hatte er ruhig gewähren lassen ... Es war seltsam. Die Hirten sagten nichts.

Ilja stand sichtlich vor einem Rätsel. Stundenlang suchte er nach weiteren Spuren. Aber die Herde hatte den wenigen Schnee umgewühlt und zertrampelt.

Bo fand Pareks Verhalten unbegreiflich. Die Hirten benutzten ein Wort, das er nicht verstand. Es dauerte eine Weile, bis Per das richtige schwedische Wort dafür fand.

»Verdacht«, sagte er schließlich. »Das ist es, Verdacht.«

Zuerst dachte Bo, daß Per sich irrte. Das konnten die Hirten doch nicht meinen. Er schaute Parek an, der, ein bißchen aufgeregt von dem vielen Trubel, hinter seinem Herrn herlief. Die Zunge hing ihm aus dem Maul. Einmal hatte Ilja »Zurück!« gerufen, damit er nicht über den Schnee lief, den Ilja noch nicht nach Spuren abgesucht hatte. Jetzt fiel Bo auf, wie dunkel die Augen des Lappen waren, wenn er den fröhlichen Hund anschaute.

Sollte Parek ...?

Nein, das war nicht möglich.

Parek selber?

Nein, und noch mal nein.

Und doch ... Bo hatte schon von Hunden gehört, die zu scharf abgerichtet worden waren und in plötzlichen Anfällen von Raserei Tiere töteten, die man sie gelehrt hatte zu beschützen ...

Aber das waren doch wilde Geschichten. Schauergeschichten. Parek war ein besonnener, ergebener Hund. Parek war Iljas Lieblingshund, der beste Helfer, den er hatte.

Und doch . . .

In dieser Nacht tat Ilja etwas Seltsames. Bo, der bei ihm war, verstand es zuerst nicht. Aber er folgte Ilja, ohne zu fragen. Nach der halben Wache stand der Hirte plötzlich auf und nahm demonstrativ Abschied von seinem Hund. Erst vier Stunden später sollte Per Laimo kommen, um ihn abzulösen, trotzdem ließ Ilja die Herde im Stich und machte sich langsam auf den Rückweg.

Nun wurde dieser Teil der Herde nur noch von den Hunden bewacht, die ruhelos die dösenden, dampfenden Tiere umkreisten, um mögliche Eindringlinge zu schnappen.

Sobald sie hinter einem hohen Hügel außer Sicht waren, schlug Ilja einen Bogen. Gegen den Wind, damit die Hunde ihn nicht riechen konnten, kehrte er zur Herde zurück. Natürlich wurden sie entdeckt, als sie näher kamen, aber Ilja beruhigte die knurrenden Hunde, denen er begegnete, indem er flüsternd ihre Namen nannte.

Parek war nicht dabei.

Wo war Parek?

Mit ruhigen Bewegungen und sehr langsam, um die Rentiere nicht zu erschrecken, drangen Ilja und Bo in die Herde. Meistens wichen die Tiere zurück, aber ohne großes Gedränge. Bald sah sich Bo von grobknochigen, zottigen Leibern umringt. Manchmal erschrak er beim Knurren eines Weibchens, das sein Junges zu sich rief. Ab und zu kam ein Hirsch an ihm vorbei. Bo blieb dicht hinter Ilja. Er fürchtete, er könnte ins Gedränge geraten, wenn die Tiere plötzlich anfingen zu rennen. Sein Abenteuer am Hang des Kabla hatte er noch nicht vergessen. Aber Ilja gelang es immer wieder, ein paar Meter weiter zu kommen, ohne viel Bewegung zu verursachen. So pflügte er sich geduldig und mühsam einen Weg duch die Herde zu dem Hügel, wo er Wache gehalten hatte.

Je näher sie dem Hügel kamen, um so stärker spürten sie eine gewisse Unruhe. Dann sah Bo Parek. Aber es war nicht Parek.

Fassungslos starrte Bo den Hund an, der sich in einen Wolf verwandelt zu haben schien. Zwei Kälber hatte er schon gerissen. Das Geblöke der sterbenden Tiere klang nur schwach durch die Masse der Rentierleiber drum herum. Keiner der Hunde reagierte darauf. Sie waren auf der Hut vor allem, was fremd war, aber Parek war ihnen vertraut, sein Geruch war ihnen vertraut, sein Verhalten zog ihre Aufmerksamkeit nicht auf sich. Vielleicht sahen sie, wie er die Rentiere ansprang, aber das konnte auch eine Zurechtweisung sein für einen bockigen Hirsch oder ein widerspenstiges Kalb. Nein, die Hunde achteten nicht auf Parek.

Nicht einmal die Rentiere hatten Angst vor Hunden, solange sie dicht bei der Herde blieben. Sogar direkt neben den sterbenden Tieren sah Bo ausgewachsene Tiere ruhig grasen. Ein paar schauten dem Schlachten gelassen zu.

Ilja hatte sein Gewehr schon angelegt. Seine Wut mußte es ihm leichter machen, dies zu tun. Seine Wut überwand die Freundschaft zu Parek. Bo hörte das metallische Klicken, als Ilja das Gewehr entsicherte, und dann krachte der Schuß. Die ganze Herde kam mit einem einzigen kolossalen Sprung in Bewegung und schob sich wie eine große, graue Woge hundert Meter weiter in die Landschaft hinein.

Die beiden Männer betrachteten den sterbenden Hund. Tagsüber war er der treue Helfer seines Herrn gewesen, nachts ein wahrer »Teufelshund«. Im Gehirn dieses intelligenten Hundes mußte irgend etwas schiefgegangen sein, eine Verwirrung, die immer größer geworden war und schließlich zur Katastrophe geführt hatte. Bo war sicher, daß der Lappe an eine überirdische Macht glaubte, die sich seines treuen Hundes bemächtigt hatte.

Bewegungslos stand Ilja lange vor Parek. Als er sich endlich bückte, um ihn zu streicheln, wandte Bo sich ab und lief allein zum Lager zurück. Auf halbem Wege kam ihm Per entgegen.

»Ich habe einen Schuß gehört«, sagte Per.

Bo nickte. »Es war Parek.«

»Armer Ilja«, sagte Per.

Ohne weiter darüber zu sprechen, warteten er und Bo eine Zeitlang. Die Hunde würden die Herde wohl wieder zusammengetrieben haben.

Später kam Ilja. Sein Gewehr hing mit dem Lauf nach unten über seiner Schulter, und er sagte nichts.

Zu dritt kehrten sie zum Lager zurück. Hoch oben am leergefegten Himmel erschien der Morgenstern.

16

Die Herde, die Hirten und ihre Familien folgten der jahrhundertealten Route in die fernen, bewaldeten Täler, während das Herbstwetter immer rauher wurde. Sie mußten durch brausende Flüsse waten, die nie ganz zufroren, aber vom Gletscherschlamm und den schweren Herbstregen milchweiß gefärbt waren. Bo zog noch immer mit den Lappen. Tat für Tag schob er den Abschied hinaus. Er war noch nicht bereit, sich von Iljas gastfreundlicher *siida* zu trennen und zu seiner einsamen Hütte zurückzukehren. Außerdem war er neugierig auf das Schauspiel, das *renskillning* genannt wurde und eine Art Rodeo sein mußte, wenn er Per Laimo richtig verstanden hatte.

Er zog mit in das tiefere, sanft abfallende Land hinein, das Tjärrofjällen hieß. Hier schien auf einmal niemand mehr Eile zu haben. Die Weiden hatten im Sommer ungestört wachsen können, verschont von Rentiermäulern, Hufen oder Schuhen, und lagen nun üppig und saftig vor ihnen. Die Herbstfeuchtigkeit hatte überall die schwarzen Pilze hervorgezaubert, die für die Rentiere ein Leckerbissen waren.

Die Rentierkälber gingen nun immer mehr auf feste Kost über, deshalb konnten die Kühe gemolken werden. Aber was für eine Arbeit war es jedesmal, eine scheue Milch-*vaja* zu fangen und aus der Herde zu holen. Viel Milch war es nicht, die in die *nahpen*, das große hölzerne Milchgefäß, floß. Meist war es pro Rentier kaum mehr als eine Tasse voll. Aber diese Milch war so fett, daß sie fast ganz und gar in Butter und Käse verwandelt werden konnte, es blieb nur wenig Magermilch oder Molke übrig. Und ein Stück von diesem schmelzenden Rentierkäse im Kaffee schmeckte wunderbar, fast wie Kaffeesahne. Außerdem wurde die Milch, mit den bitteren Blättern der *juobmo*-Pflanze vermischt, in kleinen Fässern aufbewahrt, bis sie zu einer Art grün-weißer Buttermilch wurde. Der Herbst war Erntezeit, auch für die Hirten. Doch bevor das Schlachten anfing, mußten die Tiere in eine Umzäunung getrieben werden. Die Umzäunungen waren immer wieder entlang der Route zu finden. Durch eine trichterförmige Öffnung wurden die Tiere mit viel Geschrei und Hundegebell auf die Koppel getrieben, und dann begann das Sortieren.

Tatsächlich glich es einem Rodeo. Die Rentiere waren mißtrauisch und kopfscheu – sie wurden in der Herde niemals ganz zahm – und ließen die Hirten nicht näher als zehn Meter an sich heran. Nur mit dem Lasso konnten sie gefangen werden. Kein Wunder, daß die Lappen das Lassowerfen zu einer unvorstellbaren Perfektion entwickelt hatten. Es war schon ein Kunststück, fünftausend Tiere oder mehr, die über die Hügel verstreut waren, in die Umzäunung zu treiben. Oft brachen sie im letzten Moment wieder aus, und die Arbeit war vergeblich gewesen. Jeder atmete dann auch erleichtert auf, wenn der Zaun endlich geschlossen werden konnte.

Innerhalb der Umzäunung ging es zu wie in einem Hexenkessel. In dem aufgewirbelten Staub sah Bo ein Durcheinander von grauen Tieren und bunten Menschen, von Armen, Beinen, Geweihen, Hufen – und über all dem schwirrende Lassos. Mitten in diesem Tumult standen die Hirten. Mit genau berechneten Lassowürfen fingen sie die Tiere, die sie ins Auge gefaßt hatten. Sie gerieten in Ekstase, und das war gut so, denn sonst hätten sie diese höllische Arbeit nicht lange durchgehalten.

Die Schlachttiere wurden abseits gehalten. Einige der jungen Hirsche, die zum Schlachten ausgesucht waren, kamen als erste unters Messer. Diese unglücklichen *sarvar* wollten das natürlich nicht, und es waren stämmige Kerle. Aber die Hirten wußten sich zu helfen. Ein Mann hielt das Geweih fest, und in dem Moment, wenn sich der schnaubende Hirsch dagegenstemmte, um sich loszureißen, stieß das Messer auch schon in seinen Nacken. Geräuschlos stürzte der Hirsch zu Boden, er war auf der Stelle gelähmt. Bo war immer wieder verblüfft über die Wirkung dieses einen Stoßes.

Ein zweiter Stoß traf das Herz. Das Messer wurde umgedreht, damit die Wunde größer wurde. Auf diese Weise lief das Blut in den Brustraum, wo es wie aus einer Schale herausgeschöpft werden konnte.

Als nächstes wurde der Magen herausgeholt, umgestülpt und mit etwas Moos gereinigt, so daß er wie eine Tüte benützt werden konnte, in der das Blut zum Lager getragen wurde. Dort wurden die Mägen dann in Reihen zum Trocknen aufgehängt. Sie würden später größtenteils an die Hunde verfüttert werden.

Der Rentierkadaver wurde gehäutet, geöffnet und in Stücke geschnitten. Praktisch jeder Teil diente nach altem Brauch einem bestimmten Zweck. Auf diese Art hatten sich Generationen von Lappen bis zurück in legendäre Vorzeiten mit Kleidung, Nahrung und Geräten versorgt. Frisches Fleisch, Markknochen und die Leber verschwanden in schwarz verrußten Kesseln. Die Haut wurde zum Trocknen aufgespannt. Die Sehnen wurden aufgerollt. Später würde man sie zu Garn für wasserdichte Hosen verarbeiten. Die besten Knochen und Geweihe wurden zur Seite gelegt. Sie waren das Material, aus dem in langen Wintermonaten Hausgeräte gearbeitet wurden.

Über den vorher so friedlichen Hügeln lag jetzt Blutgeruch. Bo brachte es nicht über sich, zuzuschauen, wie Ilja und seine Frau einen Markknochen nach dem anderen genußvoll auszutzelten. Er kam sich vor wie ein Spielverderber, aber die Erinnerung an die jungen, kräftigen Hirsche, die im Moment ihres Todes ihre Beine gegen den Boden gestemmt und gezittert hatten, verdarb ihm völlig den Appetit. Aus Höflichkeit probierte er ein Stück Leber, aber der Blutgeschmack war ihm so zuwider, daß er keinen Bissen hinunterbrachte.

Schließlich tat er so, als sei er satt und schläfrig, und ging. Auf dieses Fest konnte er verzichten. Er lag in seinem Schlafsack auf seinem Poncho und lauschte auf die Laute der eingeschlossenen Herde. Ein Gefühl von Schwermut überkam ihn. Das liegt an diesem Sterben, dachte er, an diesem barbarischen Sterben.

Aber es war nicht das Barbarische. Mit Hilfe einer Schußmaske, mit der überall in Schweden täglich Tausende von Tieren geschlachtet wurden, konnte es kaum effektiver zugehen. Das Sterben selbst war schuld an seiner Schwermut. Er fühlte sich, als sei mit jedem stürzenden Hirsch auch tief in ihm etwas gestorben.

Auf einmal fühlte er sich im Lappenlager einsamer, als er sich je in seiner Tundra gefühlt hatte. Was tat er hier eigentlich? Sie waren herzlich zu ihm, die Lappen. Aber eigentlich hatte er nichts mit ihnen gemein. Ja, mit Ilja vielleicht. Der wollte manchmal auch über etwas anderes als Rentiere reden. Aber die anderen ...

Die Welt der Hirten konnte so unglaublich weit aussehen, aber in Wirklichkeit war sie eng. Ihr Horizont reichte nicht weiter als bis zu den Rentieren und deren Wohl und Weh. Sonst redeten sie noch über Orte, die Bo nicht kannte. Irgendwo bei den Winterweiden warteten ihr Dorf, ihre Familienangehörigen. Sie wußten, wer in den einzelnen Hütten wohnte, mit wem er verheiratet war und wieviel Rentiere er besaß. Das war alles.

Warum kamen ihm diese bedrückenden Gedanken? Bo richtete sich verärgert auf. Schlafen konnte er doch nicht. Einer Laune gehorchend nahm er seine Skier und seinen

Rucksack und ging hinunter zur Kote und sagte, er wolle sich ein wenig in den Hügeln umschauen.

Im Zelt stank und dampfte es vom Kochen. Ilja und Stina räkelten sich träge und schwer vom vielen Essen neben dem ewig rauchenden Feuer. Beide kauten noch stumpfsinnig an einer Rentierzunge, die sie hin und wieder zum Wärmen in die Brühe tauchten. Das Fett troff von ihren Fingern. An Iljas Kinn entlang rann weißer Saft in den Kragen seines Kolt. Er schaute zu Bo hinauf und rülpste lange. Er war zufrieden mit der Welt und empfand größere Zuneigung denn je für diesen komischen Touristen mit seinem Hang zur Einsamkeit.

Bo flüchtete.

17

Als er erst einmal außerhalb des Lagers war, beruhigte sich Bo schnell. Er schämte sich ein bißchen wegen seines sentimentalen Benehmens. Man konnte nicht für das Hirtenleben schwärmen und das Schlachten ablehnen. Das war genauso unsinnig, wie einen Bauern dafür zu verachten, daß er sein Korn mähte. Aber trotzdem . . . Hier in der Tundra, weit weg vom Anblick der zusammengetriebenen Rentiere, atmete er freier.

Es war vielleicht der letzte schöne Herbsttag des Jahres. Der Himmel war wolkenlos und hell, die Erde weiß bereift. Äste und Zweige hatten einen gelben Schimmer, und die Blätter leuchteten rot und purpur. Wie Flammen loderten die Birken gegen den ruhigen Himmel. Die fernen Hänge sahen rostrot aus, eine wunderschöne Farbe, die gegen das abstechende Weiß der höhergelegenen Schneefelder noch schöner wurde. Bo stieg bis oberhalb der Baumgrenze hinauf, bis zur *årda*, wie die Lappen sagen.

Ilja hatte ihm erzählt, wie dort vor langer Zeit eine Art wilder Rentierjagd ausgeübt worden war. Zahme Kühe wurden dazu benutzt, wild lebende Renhirsche einzufangen. Aber das war Vergangenheit. Es gab keine wilden Rentiere mehr in Lappland. Dennoch blieb die *årda* für die Rentierhirten wichtig, denn da schlugen sie immer ihre Frühjahrs- und Herbstlager auf. Die Bäume schützten gegen den Wind und gaben Brennholz, und die Rentiere hatten den Platz, den sie brauchten.

Bo fragte sich, warum er in den letzten Tagen so melancholisch und unruhig geworden war. Gehörte das zum Herbst? Oder kam es durch den ruhelosen Zug der Hirten, während ihm ihr Gefühl für *jåttit* fehlte? Bei diesem Wort mußte er unwillkürlich lächeln. Ein echtes Lappenwort, das Ilja oft und mit ganz verschiedenen Bedeutungen benutzte. *Jåttit,* unterwegs sein, auf Wanderung sein, auf der Durchreise. Von einem Platz zum anderen. Mit jemandem Schritt halten, zu Fuß oder auf Skiern oder auf einem Schlitten. *Jåttit.* Ein Wort, das zur Tundra paßte, wo niemand wohnte, wo jeder herumzog. Ein Wort mit so vielen Bedeutungen konnte nur dadurch entstehen, daß es seit Urzeiten von einem nomadisierenden Volk gebraucht wurde. Die Lappen hatten *jåttit* im Blut, er nicht. Ihn machte Herumziehen nicht ruhig.

Bo versuchte sich vorzustellen, was dieser weite Blick über die Tundra für einen Hirten bedeutete.

Dieses Land war ihr Erbteil. Er erinnerte sich oft an den *joik* eines alten Hirten, der nicht mehr mit der Herde ziehen konnte.

Ich werde das Land nie wiedersehen,
Aber die Generationen nach mir
Werden dort wandern . . .

Die Worte, die Ilja für ihn übersetzt hatte, fielen Bo wieder ein und rührten ihn wie damals.

Noch immer singe ich von Oeltevis,
Singe ich von Oeltevis' hohen Hügeln,

Und das Rufen der Tiere
Und das Klingen der Glocken
Gehören zu meinem Lied.

Dies ist die Herde,
Die mein Vater mir gab,
Und ich höre noch die Stimmen der Kühe
In den Weiden über der Baumgrenze von Oeltevis.

Die großen Geweihe der Hirsche
Sollen wie Bäume sein
Über dem baumlosen Land
Von Oeltevis.

Nun konnte Bo nur noch mit warmer Zuneigung an Ilja denken. Die Erinnerung an die letzten Tage, an das Schlachten der jungen Hirsche verdrängte er lieber aus seinen Gedanken. Hier oben auf den Hügeln war die Luft rein und mild, hier schienen die blutigen Szenen von gestern so unwirklich.

Bo setzte sich unter eine Birke. Sie war verwachsen, und jahrelange Stürme hatten sie flachgedrückt. Und wie von selbst fiel ihm ein anderer halbvergessener *joik* ein.

Wie eine knorrige Birke
Auf dem Berghang,
So ist mein Leben,
Verbogen vom Wind.
Wie der Stamm der Birke
Gegen den kahlen Boden leuchtet,
So sehne ich mich nach den Weiden
Der Ebene und den Lagerplätzen.
Das ist mein Leben,
Das ich liebe.

Bo seufzte und schloß die Augen. Soviel hatte er vergessen.

Sie, die ihren Gefühlen leben,
Können sich nicht wehren gegen harte Schläge.
Sie fühlen nur, daß etwas sich verändert
In ihrem windverbogenen Leben.

Wie alt mochten diese *joiks* sein, die ihm Ilja ein bißchen stolz und verlegen in ein plumpes und wenig melodisches Schwedisch übersetzt hatte? In seiner eigenen Sprache klang alles so selbstverständlich und musikalisch.

Bo lehnte den Kopf an die Birke und genoß die Sonne und den leichten Wind in seinem Gesicht. Wie lange er so gesessen hatte, wußte er nicht. Erst versuchte er, sich an weitere *joiks* zu erinnern. Er versuchte sogar, sie zu singen, langgezogen und mit halbgeschlossenem Mund, so wie er es von Ilja gehört hatte. Später gab er es auf, weil es nicht echt klang. Er döste ein. Und wurde wach, als die Sonnenglut plötzlich von seinem Gesicht verschwand. Waren Wolken aufgezogen? Bo öffnete träge die Augen und sah eine riesige Gestalt vor der roten Sonne stehen. Er blieb bewegungslos sitzen.

Er erschrak. Aber obwohl ihm das Herz bis in die Kehle klopfte, beherrschte er sich. Mit halboffenen Augen betrachtete er die hohen Vorderbeine und die großen, gespaltenen Hufe. Beide Hälften waren breit und platt. Dadurch wurde das Gewicht des großen Tieres verteilt, genau wie bei Schneeschuhen.

Als Bo seine Augen vorsichtig höher gleiten ließ, konnte er die behaarte Nase sehen, die plötzlich scheu zurückgezogen wurde. Die kurzen Ohren zitterten nervös. Der Wind kräuselte den Kragen dunkler Haare um den muskulösen Nacken wie Wasser.

Es war bei weitem das größte Rentier, daß Bo je gesehen hatte. Die Schulterhöhe mußte eineinhalb Meter betragen. Und wie breit und schwer das Geweih aussah! Die vorgebogenen Enden waren an Weiden und Birken weiß und blank gerieben, aber an den gegabelten Seitenstangen hingen noch Fetzen abgestoßener Haut, blutige Fetzen, die das Geweih entstellten und Fliegen anzogen.

Das störte diesen größten und schönsten *sarv* der ganzen Tundra, er machte ein paar Schritte zurück, senkte den Kopf und fegte dicht vor Bos Füßen mit seinem Geweih über den Boden. Es knirschte und krachte.

Während Bo geschlafen hatte, mußte das Rentier aus Neugierde leise näher gekommen sein. Bo bewegte sich, und sofort wich es mit leichten, tänzelnden Schritten zurück. Trotzdem sah es viel weniger ängstlich aus als andere Tiere. Es hatte sogar etwas Hochmütiges an sich, wie es den Kopf wieder hob und Bo beinahe abwartend anschaute. Bo konnte sich und den Birkenstamm, an dem er lehnte, in den großen dunklen Augen gespiegelt sehen.

Wie war dieser Hirsch der Aufmerksamkeit der Hirten und Hunde entgangen? Während alle anderen Rentiere umzingelt waren, bedroht von Lassos und Schlachtmessern, streunte dieses hier offensichtlich ganz allein herum. Frei und selbstsicher genoß es die Herbstsonne. Dieses Tier war übrigens gut in der Lage, für sich selbst zu sorgen, das sah man ihm an. Sein Nacken war fleischig, gewölbt, und sein riesiges Geweih mußte sogar für einen Bären eine ausreichende Bedrohung sein.

Wieder sah Bo die kleinen Ohren zittern, und plötzlich wurde ihm klar, was er vorher nur vage wahrgenommen hatte.

Kein Einschnitt. Beide Ohren waren heil und ungezeichnet. Bo konnte es fast nicht glauben. Wie kam es, daß dieses ausgewachsene Tier nicht markiert war?

Es gehörte niemandem. Es war ein wildes Rentier.

Langsam erst verstand Bo die volle Bedeutung. Keine Menschenhand hatte dieses Tier jemals berührt. Er fühlte, wie eine seltsame Erregung in ihm aufstieg. Das Tier war etwas Einmaliges und Seltenes, und es war aus eigenem Antrieb zu ihm gekommen. Das mußte etwas bedeuten. Ilja und Per würden ihm nicht glauben.

Ein echter *godde*.

Nicht einfach ein verwildertes Rentier, das sich verirrt und nicht mehr zur Herde zurückgefunden hatte, sondern ein Einzelgänger, in der Wildnis geboren und in der Wildnis aufgewachsen. Sogar für dieses kleine Volk, das hinter halbwilden Herden herzog, durch ein Land, wo im Sommer die Sonne nie unterging und im Winter nie aufging, sogar für diese Menschen, die direkt aus einem Märchen zu kommen schienen, war die Existenz eines *godde* etwas Unwirkliches. Ein Fabeltier.

Sehr langsam und vorsichtig streckte Bo die Hand aus, um das Rentier zu berühren. Seine Hand zitterte vor Erregung. Es war, als hätte er ein Einhorn getroffen. Die Berührung sollte ihm Glück bringen ... Der *godde* wich zurück und fiel in einen leichten Trab. In einiger Entfernung blieb er stehen und drehte sich mit einem Ruck um. Es war ein prachtvoller Anblick. Bo richtete sich auf und lächelte.

Das wilde Rentier schaute ihn mit dunklen Augen an. Stampfend und schnaubend bewegte es sich auf der Stelle. Dann trabte es wieder los, aber diesmal auf Bo zu. Seine Augen waren weit geöffnet, den kräftigen Nacken hatte es vorgereckt. Bo sah das breite Geweih mit den scharfen, weißen Stangen auf sich zukommen. Sein Körper reagierte schneller als sein Verstand. Noch halb auf den Knien rollte er sich zur Seite, sein keuchender, überraschter Aufschrei wurde von dem Schlag gedämpft, mit dem er auf den Boden prallte. Über ihm krachte das Geweih mit einer solchen Wucht gegen die Birke, daß der Hirsch einen Augenblick wankte und fast in die Knie ging. Aber schon stand er wieder aufrecht und griff an. Bo rannte um die Birke herum, die einen zweiten, dröhnenden Schlag für ihn abfing. Bo war noch zu überrascht, um wirklich Angst zu haben. Dieser Hirsch mußte in ihm einen Feind sehen, möglicherweise sogar einen Rivalen, da die Brunftzeit gekommen war.

Wieder senkte sich der Kopf, und die saubergewetzten Stangen blitzten in der Sonne. Das gabelförmige Geweih streifte Bo und stieß ihn zu Boden. Siegestrunken stampfte der Hirsch mit den Hufen. Bo lag da mit einem Gefühl, als hätte er alle Rippen gebrochen. Er bekam keine Luft. Keuchend rollte er sich zur Seite, um den gespaltenen Hufen zu entkommen. Aber als er aufspringen wollte, verfingen sich seine Füße in zähen Weidenzweigen, und schreiend vor Schmerzen fiel er wieder auf den Boden.

Der Hirsch tänzelte auf ihn zu. Seine großen Hufe zerbrachen die Zweige, trampelten das Moos nieder, zermalmten die abgesplitterte Birkenrinde. Dicht vor Bo schwenkte er zur Seite, erschrocken von diesem wahnsinnigen Schreien. Sein Kopf mit dem enormen Geweih ging in die Höhe, und seine Augen glänzten rot im Sonnenlicht. Dann trabte er davon, den Hügel hinauf. Einen Moment noch stand er still und schaute sich um, dann verschwand er hinter Felsen. Das riesige Geweih war das letzte, was Bo von ihm sah. Es schwebte hinter den moosbewachsenen Felsbrocken davon. Bo versuchte hochzukommen, aber der Schmerz in der Brust war so groß, daß ihm schlecht wurde und er sich übergeben mußte. Dann blieb er eine Weile still liegen.

Leer und friedlich, so weit er sehen konnte, lag der Hang vor ihm. Wieder bewegte er sich, diesmal vorsichtiger. Er zog seine Beine unter den Bauch. Zähneknirschend arbeitete er sich zuerst auf die Knie und lehnte sein Gesicht an den Birkenstamm. Langsam richtete er sich auf.

Sobald er auf den Beinen stand, explodierte der Schmerz unter seiner Schädeldecke. Er hörte von weither jemanden schreien, während er fiel – ein endloser Fall von der Spitze der Welt in die tiefste aller Schluchten. War er es, der so schrie? Ein langgedehnter Schrei, der in einem hohen Geheul endete.

Bo erreichte den Boden und fühlte seine Rippen zusammenklappen. Das Heulen brach ab.

Gnädige Stille und Dunkelheit umfing ihn.

18

Die Kälte weckte Bo. Er öffnete die Augen und sah einen Himmel voll ferner, eisiger Lichtpunkte. Wie konnte ihm nur so kalt sein? Erstaunt bewegte er den Kopf, aber er fühlte die Kapuze seines Schlafsacks nicht. Warum nicht? Er zog doch immer vor dem Schlafen die Schnüre so fest zu, daß ihm die Kapuze nicht vom Kopf rutschen konnte. Er fühlte auch nicht den Baumwollüberzug seines Daunenschlafsacks. Nicht begreifend tastete er mit den Händen über seine Brust. Sein Pullover. Der Metallreißverschluß seines Parka. Das war doch nicht möglich. Er wollte sich aufsetzen. Der Schmerz überraschte ihn völlig, er schnappte nach Luft. Wieder glitt er in einen grauen Nebel. Und wieder wurde er von der Kälte wach. Nun fühlte er eine dünne Eisschicht über seinen Augenlidern. Er hörte es knistern, als er erstaunt die Augen öffnete. Sofort bewegte er sich, noch bevor ihn die Erinnerung an das vorige Mal eingeholt hatte. Und wieder flammte die Nacht in rotem Schmerz auf, und grauer Nebel umhüllte ihn wie eine Wolldecke.

Als Bo zum drittenmal wach wurde, wußte er sofort, daß er sich nicht bewegen durfte. Vielleicht war seit dem letzten Mal nur eine Minute vergangen. Die Sterne waren noch nicht verblaßt, der Nachthimmel war wie eine riesige Glocke über ihn gestülpt. Unter dieser Glocke war es unmenschlich kalt. Vorsichtig bewegte Bo seine Hände. Aus den Augenwinkeln sah er schemenhafte Gestalten verschwinden und hörte kurz darauf das Bellen von Füchsen. Die hatten in ihm bestimmt schon einen kräftigen Bissen gesehen. Noch nicht, dachte Bo. Er lag nun wohlweislich still und versuchte, nicht an die Kälte zu denken. Ob es noch lange dauerte bis zum Morgen? Sehr vorsichtig drehte er den Kopf zur Seite. Das Moos unter seiner Wange krachte, Tausende winziger Eissplitter stachen in seine Haut, bevor sie schmolzen. Nun konnte er die schwarze Tundra überblicken. Nicht einmal in weiter Ferne war ein Lichtstreifen zu sehen. Es wurde noch lange nicht Morgen.

Bo versuchte, nicht zu zittern. Nur absolute Bewegungslosigkeit konnte den Schmerz mildern. Sein Körper, vor allem seine Brust, kam ihm vor wie eine Höhle, in der ein Bär schlief. Jede Bewegung würde das Ungeheuer aufwekken, und wenn es erst einmal anfing zu toben . . . Langsam kam die Erinnerung zurück. Was passiert war und wo er lag. Die Hirten hatten die jungen Hirsche geschlachtet. Er hatte es nicht ausgehalten. Er war in die Tundra hineingelaufen – geradewegs in das Geweih eines brünftigen *godde*. Man konnte es ein Wunder nennen, daß er noch lebte. Dieser verrückte Hirsch hätte ihn genausogut vor lauter Siegesfreude in den Boden stampfen können.

Während Bo seinen Körper steif gestreckt hielt, versuchte er, den Kopf zu drehen und seine Augen weit aufzusperren, um soviel wie möglich von seiner Umgebung zu erkennen. Er hörte die Füchse ganz in der Nähe, sie umkreisten ihn.

»Haut ab«, sagte er. Und krümmte sich vor Schmerzen in der Brust. Keuchend lag er da und bedauerte, daß er seine Stimme so unnötig benutzt hatte. Sogar das Atmen tat ihm weh. Erst nachdem er eine ganze Zeitlang bewegungslos dagelegen hatte, um den Schmerz zu besänftigen, wagte er, sich weiter umzuschauen. Die Füchse waren verschwunden. Eine kleine Bewegung verscheuchte sie nicht, aber ein sprechender Toter war ihnen zuviel.

Bo wagte gar nicht daran zu denken, daß ihn ein Vielfraß finden könnte. Langsam tastete er an seinem schmerzenden Körper hinunter zur Hüfte und fühlte seinen großen Dolch. Was für ein Glück! Nicht, daß er ihm bei seiner körperlichen Verfassung viel helfen würde gegen einen Vielfraß. Er befühlte seinen Bauch. Der Schmerz saß höher. Seine Rippen mußten von dem einen Geweihstoß übel gequetscht sein, wenn sie nicht sogar gebrochen waren. Arme und Kopf konnte er gut bewegen, denen fehlte nichts. Er zog die Füße an und stieß sofort ein dumpfes Brüllen aus.

Was war das? Was war mit seinen Beinen passiert. Bo lag ruhig und starrte durch einen Tränenschleier hinauf zu den

Sternen. Die weißen Pünktchen schienen ineinander überzugehen, wurden zu Streifen. Bo erinnerte sich, daß er auf eine seltsame Art zu Boden gefallen war. Aber so schlimm konnte es doch nicht gewesen sein. Vorsichtig bewegte er das rechte Bein. Flammender Schmerz war die Antwort. Also war es sein rechtes Bein. Gut, dann hatte er immer noch das linke. Hinkend konnte er das Lager schon erreichen. Sobald es hell wurde . . . Er zog sein linkes Bein an.

Flammender Schmerz.

O Gott, dachte er und schloß die Augen. Langsam ließ der Schmerz nach. Aber der Schreck nahm zu. Bo begann zu begreifen, in was für eine unmögliche Situation er geraten war. Seine beiden Beine waren unbrauchbar. Und sein Rumpf war eine Höhle, in der ein Bär knurrte, wenn er nur vorsichtig atmete. Was sollte er tun? Er lag hier, mindestens zehn Kilometer vom Lager entfernt, für einen gesunden Mann ein kleiner Spaziergang. Aber für ihn . . . Waren seine Knöchel gebrochen oder nur verstaucht? Waren die Gelenkbänder gerissen? Bo stöhnte. So schlimm war es vielleicht gar nicht, aber in der Dunkelheit konnte er das nicht herausfinden. Schmerzen waren Schmerzen, und die schienen immer schlimmer zu werden.

Lange lag er bewegungslos da, während Kälte und Verzweiflung in ihm aufstiegen. Wie sollte er ins Lager zurückkommen? Kriechend? Und das Lager wurde abgebrochen, die Hirten zogen weiter. Nicht schnell, aber immer noch schneller als er. Und seine Sachen lagen bei Ilja, sein Rucksack, sein Schlafsack, sein Essen, alles. Und jeden Tag konnte das Wetter endgültig umschlagen. Hagel und Schnee würden tonnenweise vom Himmel fallen. Die Temperatur konnte auf zwanzig, dreißig Grad unter Null sinken. Er war verloren. Der *godde* hätte ihn genausogut gleich zertrampeln können. Tränen sprangen ihm in die Augen, nun nicht vor Schmerz, sondern vor Wut und Selbstmitleid. Auf diese Art sterben zu müssen! Durch eigene Schuld, aus lauter Dummheit! Das war doch nicht möglich. Das durfte nicht sein.

Trotz der heftigen Schmerzen zog Bo zähneknirschend die Knie an. Er tastete an seinen Beinen entlang. Wo unter den Stiefelschäften die Knöchel sein müßten, fühlte er dicke Wülste. Und weh tat es! Schreiend ließ Bo den Kopf zurückfallen. Er streckte erst seine Beine aus, dann vorsichtig seinen ganzen Körper. Atemlos lag er und wartete, bis der Bär, der an seinen Rippen nagte, als seien es Gitterstangen, sich wieder beruhigte. Als er wieder atmen konnte, schrie er noch einmal aus lauter Wut und Verzweiflung. Danach schloß er die Augen. Schlafen, dachte er.

Bo öffnete die Augen, und es war Morgen. Gelbes Licht färbte den noch nachtblauen Himmel. Vögel zwitscherten in seinen Ohren. Die Füchse waren zurückgekommen, er konnte sie hören. Vorsichtig drehte er den Kopf zur Seite. Das Moos unter seiner Wange fühlte sich weich an. Direkt über sich sah er Moosbeeren. Wenn er den Kopf in den Nacken legte, konnte er die knorrige Birke sehen, die ihm das Leben gerettet hatte. Kleine rote Blätter zitterten im blauen Licht.

Noch ein schöner Herbsttag. Den mußte er ausnutzen. Dieser Tag wurde ihm als letzte Chance zur Rettung geschenkt. Falls Ilja auf die Idee kommen sollte, ihn zu suchen, was unwahrscheinlich war, so war doch die Chance klein, daß er ihn finden würde. Die Tundra war so weit, und weil kein Schnee lag, hatte er keine Spuren hinterlassen.

Die unsichtbaren Füchse hatten es jetzt offensichtlich aufgegeben. Aber sie waren nicht die einzigen, die gewartet hatten. Mit halbgeschlossenen Augen schaute Bo zu dem Raben hoch, der ruhelos über ihm kreiste. Sein großer schwarzer Schnabel öffnete sich manchmal und stieß ein schweres »Krooonk« aus.

Bo richtete sich auf. Er stemmte sich gegen den Schmerz, beschwichtigte den Bären. Er betrachtete seine Stiefel und zog sein Messer. Er mußte sie aufschneiden. Im Lager konnte er immer noch jemandem ein Paar Rentierstiefel abkaufen. Per Laimo hatte ungefähr seine Größe.

Stöhnend zog Bo die Knie an, stieß mit der Spitze seines

Messers dicht über dem Rist des rechten Schuhs ins Gummi und schnitt den Schaft so tief wie möglich ab. Danach saß er eine Weile keuchend da, bis der Schmerz nachließ.

So hatte er Zeit zum Nachdenken. Er würde kriechen müssen, das war klar. Vielleicht tat er gut daran, den Schaft ganz zu lassen und nach oben zu ziehen. Als Knieschützer konnte er ihm noch gute Dienste tun. Bo biß die Zähne zusammen und zog mit beiden Händen den Schaft hoch. Sofort verringerte sich der Druck auf seinen Knöchel. Er seufzte. Vom Fuß bis zur Wade sah es aus, als wäre sein Strumpf mit Moos ausgestopft, so dick war der Knöchel angeschwollen. Bo beschloß, die Strümpfe nicht auszuziehen. Er mußte sie so bald wie möglich naß machen und das immer wiederholen. Die Strümpfe würden vorläufig wie ein Druckverband wirken. Bo setzte sein Messer auch an den anderen Stiefel. Nicht weit entfernt hörte Bo Wasser. Ein schmaler Bergbach, wie es hier unzählige gab. Das Wasser mußte eiskalt sein. Auf einmal merkte er auch, daß er Durst hatte. Wimmernd arbeitete er sich auf die Knie. Stehen war mit diesen Knöcheln unmöglich. Auf Händen und Knien begann Bo zu kriechen, wobei er seinen Rumpf so wenig wie möglich bewegte. Hoch über ihm begleitete ihn der Rabe.

Manchmal wurde der Schmerz so heftig, daß er einen Augenblick das Bewußtsein verlor. Roter Nebel wogte um ihn. Dann ruhte er sich mit gesenktem Kopf aus, wie ein altes Pferd, ohne sich hinzulegen. Der Bach war nur ein paar Meter entfernt, aber für Bo waren es Kilometer. Er kroch. Er fühlte den Blick des Raben im Nacken. Er ruhte aus und kroch dann wieder ein paar Meter weiter. Ängstlich achtete der darauf, seine Knöchel ein Stück über dem Boden zu halten. Einmal verfing sich ein Fuß in einer Wurzel. Der Ruck, der folgte, tat ihm so weh, daß er laut aufschrie. Er hätte heulen können, aber statt dessen begann er zu fluchen. Und kroch weiter. Der Bach war an einigen Stellen nicht breiter als ein Haarband. Bo ließ sich langsam und stöhnend fallen und hielt sein Gesicht in das klare Wasser.

Gierig trank er. Das Plätschern schien die ganze Welt zu füllen. Bei jedem Schluck tat Bo die Brust weh, aber es war trotzdem herrlich. Endlich hatte er genug getrunken. Er kniete sich hin und schüttelte seinen Kopf, daß die Tropfen flogen.

Der Rabe krächzte. Bo schaute hoch, er kniff die Augen zusammen wegen der tiefstehenden Sonne. Das Krächzen klang wie Lachen. Natürlich mußte er lächerlich aussehen, wie er auf Händen und Füßen herumkroch. Er spähte nach dem Raben. Der schlug einen Purzelbaum in der Luft, als wollte er spielen, und schwebte dann wieder ruhig mit weitgespreizten Flügeln.

Zum Glück wurde es ein bißchen wärmer. Der Himmel war leuchtend blau. Bo fühlte sich besser. Vorsichtig hielt er seine Füße in das eiskalte Wasser. Sofort wurde der Schmerz geringer, wie ein Geräusch, das sich hinter einer zufallenden Tür abschwächt. Er blieb so lange sitzen, bis er die Kälte nicht mehr aushielt, zog dann seine Füße aus dem Wasser und wartete. Inzwischen dachte er über das nach, was er tun mußte. Er zog seinen Pullover hoch und untersuchte die lila verfärbten Schwellungen über seinen Rippen. Blutergüsse und Quetschungen. Daran konnte er nichts machen. Ruhe wäre das beste, und irgend etwas gegen die Schmerzen. Aber Ruhe war nicht möglich, und seine Schachtel mit Schmerzmitteln befand sich im Lager. Er zog seinen Pullover wieder herunter. Die Rippen waren nicht das schlimmste. Mit vorsichtigen Fingern untersuchte er seinen geschwollenen Knöchel. Als er einen Socken hinunterrollte, sah er die Verfärbung. Blauschwarz! Allmächtiger! Er stemmte sich gegen den Schmerz und zwang seine Finger, noch tiefer zu fühlen. Der Knochen ... darauf kam es an. »Los, fühlen«, sagte er.

Aber der Schmerz wurde zu groß. Mit verschwimmenden Augen sah Bo von seinen dicken Knöcheln zu den fernen rosafarbenen Hügeln.

»Kroonk!«

Bo starrte hoch. Der Rabe schaute zurück. Erst mit dem

einen Auge, dann mit dem anderen. Wurde das Biest es denn nie leid, Kreise zu ziehen?

Dieses quälende Warten machte Bo wild, und in seiner Wut fand er den Mut, sich selbst Gewalt anzutun. Seine Finger gruben in dem hart geschwollenen Fleisch und suchten nach einem eventuellen Knochenbruch. Nichts. Das andere Bein. Nichts.

»Pech für dich«, schrie er dem Raben zu. »Nichts gebrochen. Noch hast du mich nicht!«

Er steckte seine Füße wieder tief in das eiskalte Wasser und lehnte sich zurück. Nun konnte er den Schmerz leichter ertragen. Es war alles nicht so schlimm, wie er gedacht hatte. Es würde vorbeigehen. Die Knöchel würden abschwellen, das Gewebe würde langsam wieder durchblutet werden. Wenn er genügend Zeit hatte. Darauf kam es an. Die Zeit würde für ihn arbeiten und ihn gesund machen. Zeit war sein Arzt. Aber so, wie er hier saß, war er verdammt. Der Rabe wußte es. Raben wissen solche Sachen. Sie wurden nicht umsonst Propheten des Unheils genannt. Bo schaute hoch.

»Schön, daß du dich irrst«, sagte er leise.

Er begann wieder zu kriechen. Er hatte keine Zeit zu verlieren. Wenn die Hirten erst einmal ihr Lager abbrachen, würde er sie nicht mehr einholen können. Er durfte seinem schmerzenden Körper keine Ruhe gönnen, bevor er nicht zurück war im Lager. Verbissen kroch er über den unebenen Boden, über Wurzeln und Moospolster, über Steingrieß und Flechten.

Bevor er hundert Meter zurückgelegt hatte, schienen seine Rippen in Flammen zu stehen. Der Schmerz klopfte durch seinen ganzen Körper, und er konnte kaum mehr Luft holen. Einen Moment hielt er still, mit geschlossenen Augen, und atmete pfeifend ein und aus. Endlich ließ der Schmerz etwas nach.

Er öffnete die Augen und sah den Raben, der sich auf einer Birke niedergelassen hatte. Die Sonne verlieh seinen schwarzen Federn einen blauen Glanz. Er krächzte und hüpfte aufgeregt auf dem Zweig hin und her. Sicher wunderte er sich, daß sich die zukünftige Leiche noch bewegte.

Bo kroch weiter.

Weiter. Er mußte weiter. Anstrengung zählte nicht. Schmerz zählte nicht. Nur der Abstand zählte. Jeder Meter war wichtig. Er konnte sich nur wenig Ruhe gönnen. Wenn er das Lager nicht rechtzeitig erreichte, war er verloren. Seine Kräfte würden schnell abnehmen. Wenn ihn der Hunger nicht tötete, würde er in der Nacht erfrieren. Mücken begleiteten ihn surrend. Die Sonne stieg höher. Er fing an zu schwitzen und versuchte, so wenig wie möglich zu atmen, denn das tat ihm am meisten weh. An Bächen hielt er an und trank. Vielleicht kam es durch das viele kalte Wasser im Bauch, daß er sich bald so hohl fühlte. Oder bekam er schon Hunger?

Die Zwergsträucher, über die er gestern noch so mühelos gestiegen war, nahmen ihm die Sicht. Selbst die Krähenbeeren wuchsen ihm jetzt über den Kopf. Wenn man kriecht, verändert sich die Welt vollkommen. Bo fühlte sich wie ein Tier, mit der Nase dicht am Boden. Allerdings wie das trägste und ungeschickteste Tier der Tundra.

Am Nachmittag taten ihm die Knie mehr weh als die Knöchel. Krämpfe zogen von seinen Oberschenkeln aufwärts. Immer schneller geriet er außer Atem. Er brauchte Ruhe. Bo rollte sich auf den Rücken und schloß einen Moment die Augen. Der Schweiß auf seinem Gesicht kühlte ab. Er hörte die Mücken. Er hörte, wie sich der Rabe mit viel Lärm auf einem Baum niederließ.

Erschrocken fuhr er hoch. Wie lange hatte er geschlafen? Wieviel kostbare Zeit dieses letzten schönen Tages hatte er vergehen lassen? Die Sonne war beinahe hinter den Hügeln verschwunden, die nachglühten wie Kohlen in grauer Asche. Wo er lag, war es schon Nacht. Die Dunkelheit hatte ihn angeschlichen. Mit der Dunkelheit kam die Kälte. Er zitterte.

Ein großer Vogel flog mit kräftigen Flügelschlägen über ihm. »Krooonk!« Bo fluchte, erst vor Schreck, dann aus

Wut. Tastend kroch er weiter. Vorläufig wurde seine Richtung noch dadurch bestimmt, daß er hügelabwärts kroch. Er kroch über Moosbüschel. Er kämpfte sich zwischen Zwergweiden und verfilzten Sträuchern hindurch. Er landete in eiskalten Bächen und auf kahlen Streifen mit scharfem Gestein. Und sein Magen knurrte so laut, daß er es deutlich hören konnte.

Er ruhte aus. Eine Eule fauchte in der Birke, unter der er saß, und flog dann unhörbar weg. Es wurde kalt. Später hörte er lautes Flattern über seinem Kopf. Die Eule konnte das nicht sein. Dreimal raten, wer es war. Bo wurde von einer solchen Angst überfallen, wie er sie nie zuvor gespürt hatte. Hier lag er, unfähig, mit seinem zerschlagenen Körper schneller vorwärts zu kommen als eine Schnecke. Und er hatte nichts bei sich. Kein Essen, noch nicht einmal Streichhölzer. Und er war mitten in der Wildnis, weit nördlich des Polarkreises. Der erste richtige Nachtfrost oder der erste richtige Schneefall würden ihm zum Schicksal werden. Er hatte allen Grund, in Panik zu geraten. Bo biß die Zähne aufeinander und kämpfte gegen die Verzweiflung. Er verbiß seine Angst. Endlich wurde er ruhiger. Und fing wieder an zu kriechen. Er würde es schon schaffen, so weit konnte es nicht mehr sein. Ungefähr drei Kilometer hatte er doch bestimmt schon hinter sich gebracht.

Der Schmerz klopfte in seinen Knöcheln, in seinem Brustkasten, in seinen Knien. Er kroch, ruhte kurz aus, kroch weiter.

Die Nacht war dunkel und ohne Sterne. Bo fühlte sich wie ein Maulwurf, als er sich mit tastenden Händen blindlings vorwärtsschob. Zweige schlugen ihm ins Gesicht, feuchte, glatte Blätter. Auf einmal roch es nach süßer Fäulnis. Er hielt an. Diesen süßlichen Geruch kannte er. Es war etwas, das man essen konnte. Vorsichtig fühlte er an den Zweigen entlang, bis er kleine weiche Kügelchen fand. Er pflückte eins und probierte es vorsichtig. Blaubeeren. Sie waren eigentlich schon viel zu vergammelt, aber etwas Besseres würde er nicht finden. Bo leckte sich den Fruchtbrei von den Fingern und pflückte weiter, stopfte sich den Mund mit überreifen Beeren voll.

Als er das Gefühl bekam, sein größter Hunger sei gestillt, kroch er weiter. Nach einiger Zeit begann der Bär wieder an seinen Rippen zu nagen. Aber er hielt durch. Als der Morgen anbrach, war er vollkommen erschöpft. Er schaute über die Hügel und schätzte, daß er fünf Kilometer zurückgelegt hatte. Das war nicht viel, aber für jemanden, der sich auf Händen und Knien vorwärts bewegte, doch eine Leistung. Noch einmal die gleiche Strecke, und er hatte das Lager erreicht. Am Ende war es nur halb so schlimm. Und es sollte ihm eine Lehre sein. Eine harte Lehre, aber mehr auch nicht. Er schaute sich um und sah den Hügel im ersten Licht. Und in der Spitze einer Birke den Raben.

»Du gibst nicht so schnell auf, was? Nun, ich auch nicht.« Er trank aus einem Bach, wusch sich Gesicht und Hände und hielt seine Füße eine Weile ins Wasser, das über grünes Moos und weiße Steine sprang. Die Kälte vertrieb den Schmerz. In seiner Brust klopfte es, aber es wurde besser, wenn er sich nicht bewegte. Er döste ein.

Ein paar Stunden später wachte Bo steif wie ein Brett auf. Zuerst wagte er nicht, sich zu rühren. Die kleinste Bewegung tat gemein weh. Schließlich raffte er seinen ganzen Mut zusammen und zwang sich, aufzustehen. Keuchend und zähneknirschend, mit Tränen in den Augen, machte er sich wieder auf den Weg. Noch nie hatte er sich so elend gefühlt. Der Boden bereitete ihm Schmerzen. Jeder Mooshöcker bedeutete eine Qual für seine gemarterten Muskeln. Erst nach einer ganzen Weile ließ die Steifheit nach.

Beißend kalter Wind kam auf und rauschte in den Sträuchern. Und immer öfter verschwand die Sonne hinter jagenden Wolken. Also doch. Ein Sturm war im Anzug.

Und er kam nicht vom Fleck, so elend, wie er sich fühlte vor Hunger, Müdigkeit und Schmerzen. Und mit jeder Stunde wurde es kälter. Sein Gesicht und seine Hände wurden gefühllos. Wenn es nur nicht anfing zu schneien. Er konnte seinen Atem in weißen Wolken aus seinem Mund kommen sehen. Abgestorbene Blätter krachten wie bei einem kräftigen Nachtfrost hörbar unter seinen Händen. Das Wasser in den Bächen wurde zu kalt zum Trinken, zwischen den Pflanzen bildete sich Eis.

Auf einmal fiel Bo auf, daß der Rabe verschwunden war. Das machte ihm etwas Mut. Er kroch weiter. Trotz der Krämpfe, trotz des pochenden Schmerzes in seinen Rippen, trotz der Müdigkeit. Immer wieder ruhte er kurz aus, bis die Kälte ihn zum Weiterkriechen zwang. Er verwünschte das Land und den Traum, der ihn hierhergeführt hatte. Er keuchte und zitterte. Und kroch weiter. Er wußte, daß es nur noch einen oder eineinhalb Kilometer weit sein konnte. Dort, auf der anderen Seite des birkenbewachsenen Hügels war das Lager. Wenn er erst auf der Hügelkuppe war, konnte er die Hirten durch Schreie auf sich aufmerksam machen. Bo kletterte auf Händen und Knien nach oben. Er ruhte sich fast nicht mehr aus. Noch ein bißchen! Zweimal versuchte er sogar, ein oder zwei Schritte zu gehen, aber das war unmöglich.

Wie ein schwerfälliger Vierfüßler brach er durch die Sträucher, streifte an Stämmen entlang, achtete nicht mehr auf den Schmerz. Über seinem Kopf hörte er ein lautes, triumphierendes »Kroonk«, aber er nahm sich keine Zeit zum Hochschauen. Er kroch über den kahlen, felsigen Grund der Hügel hoch und streckte seinen Kopf über die Kuppe.

Das Lager war verschwunden.

19

Bo lag mit dem Gesicht auf dem nackten Felsen. Über sich hörte er den Wind und das laute Krächzen des Raben. Einmal hob er gegen besseres Wissen hoffnungsvoll den Kopf. Vielleicht hatte er sich geirrt, vielleicht war das Lager einen Hügel weiter. Aber nein, er konnte die Aschenreste der Feuer sehen, die in den Zelten gebrannt hatten. Die Aschenhaufen rauchten noch. Vielleicht waren die Hirten noch keine zwei Stunden weg.

Wieder ließ er sein Gesicht auf den Felsen fallen. Dumpfe Verzweiflung überkam ihn. Er hatte nicht mehr die Kraft, zu fluchen oder zu weinen. Das teuflische Krähen des Raben weckte ihn. Er öffnete haßerfüllt die Augen. Der Rabe flog tief über dem verlassenen Zeltplatz herum. Seine Schwanzfedern sahen aus wie schwarze Finger, mit denen er fast den Boden berührte. Hoffte der Aasfresser etwa, Essensreste zu finden? Bo richtete sich plötzlich auf. Essensreste! Auf Händen und Knien rutschte er den Hügel hinunter. Zweimal fiel er um, er schabte sich das Kinn auf, aber das machte ihm nichts. Vielleicht hatten die Lappen nach dem großen Schlachten etwas zurückgelassen, das er essen konnte. Er dachte an den Topf voller Markknochen, und das Wasser lief ihm im Mund zusammen. Aber er fand nichts. Die Hunde waren ihm natürlich zuvorgekommen. Bo kroch zwischen den Aschenhaufen herum und suchte verzweifelt, während sein Magen immer lauter knurrte. Auf einmal sah er, daß der Rabe wütend zwischen den Sträuchern herumpickte und an irgend etwas zerrte. Bo kroch hinüber.

Der Rabe krächzte empört, flog aber weg.

Schnuppernd und mit der Nase fast auf dem Boden, drängte sich Bo in die Sträucher.

Da lag ein Brocken Fleisch, grau und voller Fliegen. Von einem übermüdeten Lappen aus dem Zelt geworfen? Von einem Hund gestohlen, der dachte, daß er ihn gleich holen könne? Ein schöner Irrtum. Bo griff nach dem Fleisch und wischte Staub und Fliegen ab. Dann roch er daran. Es stank etwas, sah aber innen noch rot genug aus. Jetzt brauchte er nur noch Feuer. Er kroch mit seiner Beute zu einem der grauen Aschenhaufen. Ganz verdeckt fand er noch ein paar Kohlen unter der Asche. Er legte sie in ein Nest aus trockenem Gras und begann vorsichtig zu blasen. Die Kohlen wurden lebendig, sie glühten wie rote, funkelnde Edelsteine.

Bo raffte trockene Blätter und Zweige zusammen. Die Funken wurden zu Flammen. Behutsam baute er das Feuer auf. Die warme Glut tröstete ihn. Er spießte den Brocken auf einen Zweig und drehte ihn langsam über den Flammen. Der Geruch des gerösteten Fleischs machte ihn ganz verrückt. Aber er zwang sich zu warten, jedenfalls bis es außen gar war. Dann schnitt er sich dicke Scheiben davon ab und begann zu schlingen. Später lag er am Feuer und überlegte, was er tun könne. Er konnte sich auf den Weg zum nächsten Lager machen. Aber wenn die Hirten inzwischen ihre Zelte wieder abgebrochen hatten ... Er mußte sofort weiter. Aber er brachte es nicht fertig, dem Feuer einfach den Rücken zuzukehren und in die kalten, feindlichen Hügel zu kriechen. In seinen Eingeweiden tat es weh. Hatte er zu lange nichts gegessen und jetzt zuviel auf einmal? Er mußte versuchen, auszuruhen und das halbgare Fleisch zu verdauen, das er so gierig verschlungen hatte. Mit geschlossenen Augen saß Bo am Feuer. In seinem Bauch tobte es immer schlimmer. Er schlief ein, wurde aber sehr schnell von regelrechten Bauchkrämpfen wieder wach.

Durchfall. Die halbverfaulten Blaubeeren und das verdächtige Fleisch – wie konnte es anders sein. Er fühlte sich elend. Immer wieder überfielen ihn die Bauchkrämpfe, bis er das letzte bißchen Kraft verloren hatte. Zitternd vor Schwäche lag er da und starrte zu den fernen Hügeln, wo die Sonne schon wieder unterging.

Er würde sterben. Das war ganz sicher. In diesem Augenblick ließ es Bo völlig gleichgültig. Aber als später die Kälte bis in seine Knochen drang, dachte er anders darüber. Das Sterben würde lange dauern, und die Kälte würde immer schlimmer werden. Er machte sich doch wieder auf und kroch weiter, in Richtung auf das Abendrot. Die Nacht kam schnell, mit viel Wind und tintenschwarzer Dunkelheit. Und die Krämpfe kamen zurück, bis seine Därme völlig leer waren. Er trank Wasser, um den Geschmack im Mund loszuwerden. Er zitterte. Was für ein armseliger Haufen Mensch war er doch, wie er sich da auf Händen und Knien durch das kalte, weite Land schob. Blind und mit vor Kälte gefühllosen Fingern. Mit schmerzendem Körper und schwach, so schwach. Trotzdem kroch er weiter, ohne jedes Gefühl für Zeit und Ort. Eigentlich war er nicht ganz bei Bewußtsein. Neue Krämpfe weckten ihn, obwohl er nicht geschlafen hatte. Die Kälte machte das Schlafen unmöglich, also kroch er weiter. Es konnte passieren, daß er eine halbe Stunde lang bewegungslos stillhielt, ohne daß er es überhaupt merkte. Aber es konnte auch passieren, daß er eine halbe Stunde weiterkroch, ohne es zu merken. Die Sonne ging hinter schweren Wolkenbänken auf, die kaum Licht durchließen. Manchmal fielen Strahlenbündel über die Landschaft, als ob sich irgendwo in dem grauen Dach eine Luke öffnete. Bo merkte die Ankunft des Tageslichts nicht, weil es keine Wärme brachte. Er legte einen Meter nach dem anderen zurück.

Es begann zu schneien. Nicht heftig, aber unaufhörlich. Die Flocken bedeckten allmählich alles, Moos und Steine sahen gleich aus. Die Welt wurde auf einmal so weit durch die Monotonie der weißen Hügel unter einem weißen Himmel. Er konnte nicht sehen, ob er vorankam. Nur wenn er sich umschaute, sah er die seltsame Spur, die er zurückließ.

Der Schnee nahm ihm die Sicht. Er kroch weiter. Nicht weil er hoffte, das nächste Lager zu erreichen, sondern weil ihm auf diese Art etwas wärmer war.

Später fand er ein paar überhängende Sträucher, aus denen der Schnee ein Wetterdach geformt hatte. Er kroch darunter, weg von dem Wind, und lag zähneklappernd und zitternd da.

Plötzlich schreckte ihn ein Geflatter dicht neben ihm auf. Natürlich, der Rabe. Dessen Warten würde belohnt werden. Bo versuchte, wieder in die gnädige Bewußtlosigkeit zu gleiten. Aber das Geflatter kam immer näher. Bo öffnete ein Auge.

Der Vogel sprang mit halb ausgebreiteten Flügeln herum, Kopf und Körper hielt er waagerecht, den Schwanz nach oben gespreizt. Er sah eher neugierig als hungrig aus. Sein starker, schwarzer Schnabel ging geräuschlos auf und zu. Bo konnte sehen, wie die borstigen kleinen Federn an seinen Nasenlöchern zitterten. Er blieb unbeweglich liegen und dachte: Warum sollen wir die Rollen nicht vertauschen?

Der Gedanke überraschte ihn und brachte ihn zum Lachen. Warum nicht? Sein Magen knurrte wieder unaufhörlich, und die Krämpfe waren vorbei. Einen Happen Rabe könnte er gut vertragen. Was aßen Raben hauptsächlich? Aas natürlich, aber auch Eier, Schnecken und Insekten. Und alle Arten Nüsse und Getreide. Ein Rabe mußte eigentlich gut schmecken. Und dieser Vogel war mehr als einen halben Meter lang. Eine komplette Mahlzeit. Bo fühlte, daß ihm sein Magen zustimmte. Der hatte Appetit auf Rabe.

Bo belauerte den hüpfenden Vogel. Der Schnabel sah gefährlich aus. Aber war der Rabe stark genug, sich aus seinem Griff zu befreien? Bestimmt nicht. Wenn er ihn erst einmal richtig festhielt ... Zentimeter um Zentimeter zog Bo seine Knie unter den Körper. Schmerzen oder nicht, er würde seine Füße zum Absprung benützen müssen. Mit einem halbgeschlossenen Auge belauerte er ständig den Vogel. Auf einmal verstand er, wie sich ein Fuchs fühlen mußte, wenn er ein Schneehuhn belauerte. Ein Sprung nur, und er würde seinen leeren Magen füllen können. Das Fleisch würde ihm Kraft geben. Der Durchfall hatte ihn so geschwächt, daß er, ohne zu essen, keinen Tag mehr aushalten könnte. Der Rabe bedeutete eine neue Chance. Bo fühlte, wie seine Muskeln vor Anspannung anfingen zu zittern. Aber noch war der neugierige Vogel nicht nahe genug. Der Rabe pickte ein Zweiglein auf, ließ es wieder fallen, drehte seinen runden Kopf. Erst schaute er mit dem einen Auge zu Bo hin, der vollkommen bewegungslos und wie tot dalag, dann mit dem anderen Auge. Danach tat der Rabe etwas, das Bo überraschte. Vielleicht war er noch nicht ganz sicher und wollte sehen, wie Bo reagierte. Auf jeden Fall warf der Rabe den Kopf zurück, drückte seinen keilförmigen Schwanz gegen den Boden, und aus seinem weit geöffneten Schnabel drang ein lautes Krächzen.

Bo verhielt sich still. Ein paarmal ließ der Vogel das verhaßte Geräusch hören, immer triumphierender. Inzwischen drehte er den Kopf, um Bo mit beiden Augen anzuschauen. Nun wagte Bo nicht einmal mehr zu atmen. Und endlich, endlich hüpfte der Rabe auf ihn zu.

Mit einem Schrei kam Bo auf die Füße und warf sich mit gestrecktem Körper nach vorn. So unerwartet, so überrumpelnd, daß der Rabe zu spät reagierte. Eine Sekunde lang saß der Vogel steif vor Schreck, während Bo seinen schweren Körper abstieß, wie ein riesiger, flatternder Habicht, die Hände wie Klauen gestreckt, schreiend.

Als der Rabe mit den Flügeln schlug, hatte Bo ihn schon gepackt, blindlings und fanatisch, wie ein Torwart einen unhaltbaren Ball. Rasende Flügel schlugen gegen seinen Kopf, als Bo beide Hände um den Hals des Raben legte. Der gefangene Vogel kämpfte, um freizukommen, versuchte, nach Bos Gesicht zu hacken, kratzte mit seinen schwarzen Krallen. Aber Bo hielt den zappelnden Raben fest und drückte ihn mit den Knien zu Boden. Zugleich griff er mit der freien Hand nach seinem Messer. Ebenso wütend wie der Vogel hackte er los und merkte nicht, daß er immer noch schrie.

»Du mieser Aasfresser! Du hast gedacht, du hättest mich schon, was? Jetzt ist es umgekehrt, daß du's nur weißt! Jetzt esse ich dich!«

Und Bo aß den Raben. Er gönnte sich keine Zeit, um zu Atem zu kommen. Seine Muskeln krachten, und seine Rippen schienen zu brennen. Aber er rupfte den Vogel und kaute auf dem rohen Fleisch, bis ihm die Zähne weh taten. Vor vier Tagen hatte er wohlschmeckende gekochte Rentierhappen verschmäht, aber diesen alten Brocken verschlang er. Grimmig überlegte er, daß sein Feingefühl folglich nichts anderes als Getue gewesen war. Sogar der Blutgeschmack des rohen Fleisches war ihm nicht zuwider. Er aß, bis er nicht mehr konnte. Und danach richtete er sich wieder auf Händen und Knien auf und kroch hartnäckig weiter. Die Erregung über den Kampf mit dem Raben ließ bald wieder nach und machte düsteren Gedanken Platz. Mit hängendem Kopf schleppte er sich über den unebenen Boden. Nur selten schaute er hoch. Der Schnee fiel dicht und leise.

Als er an einem großen Felsbrocken vorbeikroch, glaubte er, etwas zu hören. Er schaute hoch und sah auf dem Felsen einen Mann sitzen, der ihn erstaunt betrachtete. Ein magerer, hohläugiger, trübsinniger Zwerg von einem Mann. Einen Augenblick vorher war der Felsen noch leer gewesen, und plötzlich saß dieser Mann dort. Wo er auf einmal hergekommen war, war ein Rätsel.

Bo starrte, und der Beatnik starrte zurück. Auf seiner Mütze lag Schnee, und auch in den Falten seiner Felljacke blieb der Schnee liegen. Gegen all das Weiß sah sein Gesicht dunkel aus, braun wie eine Walnuß. Die kleinen schwarzen Augen glitzerten bösartig. Aber Bo war ganz außer sich vor Freude, daß er in dieser riesigen, weißen Landschaft endlich einen Menschen sah, einen Mitmenschen. Das bedeutete Rettung. Hilfe. Er kauerte da auf Händen und Knien, schaute hoch und suchte nach Worten.

Der Beatnik sprang vom Felsen herunter. Gegen den Felsrand lehnten seine Skier. Im nächsten Augenblick hatte er sie angelegt, während er weiter über die Schulter zu Bo hinschaute. Die Haut seines Gesichts schien ihm zu weit zu sein, sie sah unglaublich faltig aus. Und dann bekam das Gesicht Risse. Der Beatnik lachte. Er betrachtete Bo noch einmal, schüttelte den Kopf und fuhr mit einem gellenden Gelächter davon.

Bo starrte ihm sprachlos und verwirrt nach. Er konnte es nicht glauben, daß er einfach seinem Schicksal überlassen wurde. Aber der kleine Mann verschwand schon über einen Hügel, schnell und unhörbar wie ein niedrigfliegender Vogel. Mit Tränen in den Augen sah Bo immer noch zu der Stelle hin, wo er verschwunden war. Das konnte doch nicht wahr sein! So etwas tat doch kein Mensch? Selbst ein

Sonderling wie dieser Beatnik mußte gesehen haben, daß er dringend Hilfe brauchte. Bo starrte auf die Spuren, die die Skier im Schnee zurückgelassen hatten . . . Wollte der Beatnik vielleicht Hilfe holen? Nein, das konnte er vergessen. Dieses Lachen hatte so falsch geklungen, so voll teuflischer Schadenfreude. Bei dem Gedanken, daß diese seltsame Begegnung für ihn keinerlei Änderung seiner Situation brachte, ließ sich Bo fallen. Wenn es nach dem Beatnik ging, konnte Bo immer und ewig im Schnee herumkriechen. Sein Haß gegen Touristen mußte wirklich enorm sein. Bo versuchte, nicht mehr an den verrückten Lappen zu denken. Er raffte all seinen Mut zusammen und setzte sich wieder in Bewegung. Langsam kroch er den Hügel hinauf.

Und oben auf dem Hügel erwartete ihn die zweite Überraschung. Dort in der Tiefe sah er aus drei Zelten Rauch aufsteigen. Und zwischen den Birken bewegten sich kleine Gestalten in bunter Kleidung. Das Lager. Iljas und Per Laimos *siida*. Das mußte der Beatnik natürlich gewußt haben.

Bo hätte am liebsten gleichzeitig geweint und gelacht. Statt dessen handelte er zielstrebig. Er suchte und fand zwei kräftige Äste und versuchte, ob er sich auf sie stützen und so ein bißchen gehen konnte. Es tat sehr weh, aber ein kurzes Stück würde er es wohl aushalten können. Dann kroch er durch den Schnee hinunter und schleppte die Äste mit. Die Flocken fielen so dicht, daß keiner ihn sah, bis er nahe herangekommen war. Das letzte Stück wollte er nicht auf Händen und Knien kriechen. Niemand im Lager brauchte jemals zu erfahren, wie elend es ihm ergangen war. Niemand sollte erraten können, daß er die ganze Strecke auf Händen und Füßen zurückgelegt hatte. Außer dem Beatnik. Aber der zählte nicht.

20

Während sich Bo in Iljas *siida* von seinem unglücklichen Abenteuer erholte und mehr frischgeschlachtetes Rentierfleisch aß, als er es je für möglich gehalten hätte, wurde der *akja*, der bootförmige Schlitten, vorgeholt. Bo hatte gehört, daß die Lappen während des Wintermarktes in Jokkmokk Rentierrennen abhielten.

»Das geht schneller als mit Pferden«, erzählte Ilja stolz. »Ein Reitklub ist mal gegen uns angetreten, aber nichts war. Die Pferde hatten nichts zu melden.«

Bo glaubte es ihm. Es sah großartig aus. Das Rentier lief an einem einzigen Zügel und zog den Schlitten an einem Riemen, der zwischen seinen Hinterbeinen durchlief. Die Lappen lenkten, indem sie den Zügel von der einen Seite auf die andere warfen, und benutzten einen Stock, um den *akja* zu bremsen, sobald das Rentier anhielt. Es ging unwahrscheinlich schnell, und es sah sehr schön und ein bißchen märchenhaft aus.

Der Spätherbst kam mit Dunkelheit und Sturm, manchmal mit einem funkelnden Sternenhimmel. Die Nächte waren selten wirklich dunkel, denn die Sterne und der Mond leuchteten, und ihr Licht wurde vom Schnee zurückgeworfen. Aber wenn es dunkel war, blieb Menschen und Tieren nichts anderes übrig, als abzuwarten. Die Rentiere hielten sich dicht beieinander und traten auf der Stelle, um warm zu bleiben. Zum erstenmal hörte Bo, daß das klikkende Geräusch, das die Herde immer begleitete, nicht von den Hufen kam, sondern von einer Sehne verursacht wurde, die bei jedem Schritt gegen ein Gelenk knackte.

Ilja wollte, daß Bo mit ihnen zum Winterlager kommen sollte, erst recht jetzt, wo er sich nur mit Mühe und Schmerzen durch die Kote bewegen konnte. Aber Bo lehnte es freundlich ab. Er fühlte, daß seine Rippen heilten, und er konnte wieder auf den Füßen stehen. Und seine Stimmung wurde immer trübsinniger. Wie sollte er Ilja erklären, daß er genug hatte von der Gesellschaft der Lappen? Er war mürrisch und schlecht gelaunt und wußte selbst nicht warum. Am liebsten wollte er allein sein.

Im Lager hörte man jetzt ständig, wie auf dem *smakks-muorror*, dem Hackklotz vor dem Zelt, Holz gehackt wurde. Die Feuer mußten in Gang gehalten werden, sowohl zum Kochen als auch wegen der Wärme, und die Frauen hatten damit viel Arbeit. Stina sorgte außerdem noch für ihre Jüngste und für Viri und stickte und nähte.

Wenn Ilja nach Hause kam, war er müde und hungrig. Er aß, machte ein paar Witze und ging dann schnell schlafen. Bo ärgerte sich zuweilen über seinen Gleichmut, erkannte aber, daß dies Iljas Alltag war, und nahm sich zusammen. Wovon träumte Ilja? Vom großen Winterschlachten? Von Käufern aus Jokkmokk mit dicken Brieftaschen? Vom Feilschen bei einer Flasche Branntwein? Nein, damit tat er Ilja unrecht. Wie er dalag und schlief, das dunkle Gesicht ganz und gar friedlich, träumte er bestimmt vom Wiedersehen mit seinen Kindern, die zur Schule gingen, von den bevorstehenden kirchlichen Festen. Bo schämte sich, weil er Ilja seine Ruhe nicht gönnte, nur weil er selbst keine Ruhe finden konnte.

In der letzten Nacht in Iljas Kote merkte Bo, daß der Hirte unruhig schlief. Es war niemals ganz still im Zelt, auch nachts nicht. Das Baby weinte, Ilja schnarchte, und Stina atmete schwer und hörbar. Oder es war Viri, die im Schlaf fiepte. Aber nun hörte Bo, wie Ilja sich unruhig hin und her warf und vor sich hin murmelte. Am Morgen stand Ilja früher als sonst auf. Er entrollte das Fell, in dem er sein Gewehr aufbewahrte, und ging hinaus. Dort hörte Bo ihn leise pfeifen. Sofort richtete sich der alte, kahl gewordene Hund auf und trottete hinaus.

Neugierig hinkte Bo hinterher. Er bewegte sich noch etwas steif, und weh tat es ihm auch noch, aber er hatte beschlossen, sich heute auf den Weg zu machen zu seiner Tundra. Nun schaute er fragend zu Ilja hin. Der Lappe sah düster und gequält aus.

»Warum bist du so finster, Ilja?«

Ilja betrachtete die Hündin, die ihn mit aufmerksamen Augen ansah und mit dem Schwanz wedelte. Vielleicht wäre sie lieber in der Kote geblieben, aber das Pfeifen ihres Herrn konnte sie unmöglich mißachten.

»Ich gebe ihr jetzt den Gnadenschuß«, sagte Ilja.

Bo glaubte seinen Ohren nicht. »Was machst du?«

»Ich bringe sie um«, sagte Ilja. »Sie wird zu alt. Sie kann nicht mehr mit ins Winterlager.«

»Das meinst du doch nicht im Ernst?«

»Doch«, sagte Ilja. Er schaute den Hund an. Sein breites Gesicht war ausdruckslos. »Hunde sterben immer zu früh«, sagte er.

»Auf diese Art schon«, sagte Bo böse.

Der Lappe verstand seine Empörung nicht. »Was willst du?« fragte er. »Soll ich warten, bis sie ganz und gar fertig ist? Sie ist fast blind.«

Bo betrachtete die schwarze Hündin, die sich schläfrig in den Schnee gesetzt hatte und mit verlangendem Blick zur warmen Kote schaute. Leise fing Bo an zu reden, und ganz bewußt ahmte er dabei Iljas Art zu erzählen nach. All die weisen Geschichten waren also nur blödes Geschwätz gewesen, das wollte er Ilja fühlen lassen.

»Als die Menschen noch neu waren, konnten die Tiere sprechen. Und weil die Lappen Hilfe zum Bewachen ihrer Herden brauchten, baten sie alle Tiere, ihnen zu helfen. Die weigerten sich, außer dem Hund. Ich werde euch helfen, sagte der Hund, aber dann müßt ihr mir zu essen geben und gut für mich sorgen. Und so ist es seither immer gewesen ...«

Er warf Ilja einen wütenden Blick zu.

»Nicht wahr, Ilja? Mir hat die Geschichte gut gefallen.«

Der Hirte schwieg. Er war nicht beleidigt, er dachte nach. Dann sagte er: »Habe ich Viri nicht immer wie ein Familienmitglied behandelt?«

»Bis jetzt schon, aber jetzt wird sie dir wohl lästig.«

Der Lappe lächelte unbestimmt. »Früher«, sagte er, »wurden alte Leute, die nicht mehr auf Wanderungen gehen konnten, auf einen hohen Berg gebracht und dort auf einen Schlitten gesetzt. Man gestattete ihnen, in einen Abgrund zu gleiten. *Säälekeskoute* wurde das genannt, die selige Reise.«

Bo starrte ihn an. »Das ist unmenschlich«, sagte er endlich.

Ilja zuckte mit den Schultern. »Alt und unfähig in einem Heim zurückzubleiben, während die anderen mit der Herde weiterziehen ... Nicht mehr für sich selbst sorgen zu können und langsam dahinzusiechen ... Ist das so menschlich? Ich möchte lieber eine kurze und schnelle *säälekeskoute*.« Er nickte Viri beruhigend zu. Die spitzte die Ohren, fing an zu wedeln, vergaß es aber gleich wieder und schaute zum Zelt hinüber.

»Für Hunde gibt es übrigens kein Heim«, sagte Ilja.

»Ich will gut für sie sorgen«, sagte Bo böse.

»Du?«

»Einen Hund totschießen, das tust du doch nur, wenn er sich selbst zur Last wird«, sagte Bo. »Wenn Viri nicht mit euch kann, laß sie doch bei mir. Sie soll es gut bei mir haben.«

»Ja, das glaube ich«, sagte Ilja.

Er war sichtlich verwirrt. Sein Zögern wirkte befremdend. Er war ein Mann, der für gewöhnlich genau wußte, was er zu tun hatte. Endlich sagte er: »Es ist nicht so, wie es sein sollte.«

Aber inzwischen hatte ihn wohl der Mut verlassen. Kopfschüttelnd ging er zurück in die Kote und rollte sein Gewehr wieder in das gegerbte Rentierfell ein. Viri lief schwerfällig hinterher und legte sich auf ihren Platz neben dem Feuer. Sie gähnte und schloß die Augen.

Am selben Tag band Bo einen Strick um ihren struppigen Hals, sobald Stina den letzten Schlitten beladen hatte. Die Schellen bimmelten, die Karawane von Rentieren und Schlitten setzte sich in Bewegung, und Bo ließ sie, nach Art der Lappen, ohne zu grüßen vorbeiziehen. Da verschwand die kleine Elsa in ihrem weichen, warmen Kalbsfell, die kostbarste Last, die ein Rentier ziehen konnte. Da verschwanden Ilja und Per Laimo und alle anderen. Sie glitten in die Winterlandschaft hinein, und vor ihnen bewegte sich die Herde wie eine dunkle Wolke zwischen dem Weiß des Himmels und dem Weiß des Schnees.

Bo redete unaufhörlich mit dem Hund zu seinen Füßen, aber Viri schien keinen Trost nötig zu haben. Hatte sie sich ohne weiteres mit dem Schicksal abgefunden? Bo band sich die Skier unter die Füße und machte sich steifbeinig und vorsichtig auf den Weg. Den Hund führte er an einer langen Leine mit sich. Aber sobald Viri begriff, daß es in die falsche Richtung ging, fing sie an, traurig und langgezogen zu jaulen. Sie stemmte sich gegen die Leine und entblößte die Zähne.

Nachdem Bo eine Zeitlang vergeblich auf sie eingeredet hatte, beschloß er, nicht viel Federlesens mit ihr zu machen. Sobald die Leine gespannt war, zog er mit einem scharfen Ruck daran, so daß sie wohl oder übel mitlaufen mußte. Er war fest entschlossen, sie notfalls zu schlagen, wenn sie es wagen würde, ihn zu beißen.

Ilja hatte Bo eine Rentierschulter mitgegeben, die seinen Rucksack sehr schwer machte. Von einer Bezahlung hatte der Lappe nichts hören wollen. Bo hatte in den letzten Wochen bei anderen Lappen Kaffee, Zucker und Salz gekauft, um seine Vorräte aufzufüllen. Er wußte, daß er bei dem Fährmann eine größere Menge Fisch kaufen konnte, hoffte aber, ihm auch noch ein bißchen Tee und Mehl abschwatzen zu können.

Der alte Hund zwang ihn dazu, langsam zu fahren. Aber Bo hatte keine Eile. Er hielt immer beizeiten an, um genug Holz für ein großes Feuer zu sammeln. Dann saß er davor und redete mit Viri. Er zwang sich, Geduld mit ihr zu haben. Aber Viri folgte ihm weiterhin nur unwillig. Manchmal wimmerte sie und hielt die Nase in den Wind, als ob sie ferne vertraute Gerüche wahrnähme. Sie wollte sich von Bo nicht anfassen lassen und rührte das Essen, das er für sie machte, kaum an. Zusehends wurde sie magerer und farbloser. Bo fürchtete allmählich, daß sie die Hütte nicht erreichen würde.

Manchmal wurde Viri von einer Unruhe befallen, die Bo nur schwer mit anschauen konnte. Dann begann sie sich zu drehen und jämmerlich zu jaulen. Das alles förderte Bos Stimmung nicht gerade, die ohnehin schon ziemlich bedrückt war. Seine Rippen heilten, seine Knöchel waren wieder in Ordnung. Aber die depressive Stimmung, die ihn befallen hatte, schien unheilbar.

21

Während der letzten Herbsttage schien die Sonne kaum mehr über den Horizont zu kommen. Jeden Tag beobachtete Bo das Schauspiel vom Dach der Hütte aus. Unter ihm rollten Wellen von Licht zögernd über die Tundra, und nach kurzer Zeit erlosch die Glut schon wieder. Ihm war, als müßte er seine Hände ausstrecken, um sie wie an einem Feuer zu wärmen. Das machte ihm angst. War er schon zu lange allein gewesen? Konnte er Traum und Wirklichkeit nicht mehr auseinanderhalten? Er konnte die Erregung, die er fühlte, nicht logisch begründen. Es war, als wäre tief in seinem Innern eine Sehnsucht nach Sonne erwacht, so groß, so heftig – als wäre dieses ferne Licht der Widerschein eines glücklicheren Lebens. Immer wenn sich die Dunkelheit über die Tundra senkte und das letzte Licht auf der Ebene verblaßte, war Bo traurig und irgendwie verzweifelt.

Das muß an dieser Leere liegen, dachte er, an dieser großen, nackten Leere und der Unveränderlichkeit der winterlichen Tundra. Die Landschaft erstreckte sich nach allen Seiten ins Unendliche, und wenn einem das zuviel wurde, wenn man schreien oder weinen oder sich umbringen wollte, war niemand da, der das sah. Die Landschaft brauchte einen nicht, sie war sich selbst genug. Millionen von Jahren war es Sommer und Winter über der Tundra geworden, ohne daß es jemand gesehen hätte. Menschen waren hier nicht nötig. Bo hatte das Gefühl, die Tundra wolle ihm das immer deutlicher machen. Was für eine haßerfüllte, selbstgenügsame Landschaft. Viri war schuld, daß Bo nicht weiterziehen konnte. Vielleicht war es auch nur Lustlosigkeit, die Bo zu dem Entschluß brachte zu bleiben. Es war auch eigentlich kein Entschluß, er schob sein Weggehen nur jeden Tag etwas weiter hinaus. Und auf einmal war es Winter. Soweit das Auge reichte, und noch viel weiter, gab es nur Schnee und Eis. Ein lebloses, zugefrorenes Land, über das unaufhörlich Stürme rasten. Er konnte nirgends hingehen. Der Winter hielt ihn gefangen, so wie ihn im Frühjahr jener späte Sturm gefangengehalten hatte. Länger als ein paar Stunden konnte er die Kälte einfach nicht ertragen. Sobald er sich hinauswagte, war ihm, als führe der Wind mitten durch ihn hindurch und entrisse ihm auf einen Schlag alle Wärme.

Bo, der in die letzte Wildnis Europas gekommen war, weil er in der unberührten Natur leben wollte, entdeckte jetzt, daß seine Vorstellungen doch sehr romantisch gewesen waren. Er hatte sich das Leben in der Tundra nüchtern genug ausgemalt, ohne Träume von Mitternachtssonne und Nordlicht. Trotzdem hatte er aus der Tundra ein romantisches Bühnenbild gemacht. Nun bekam er es mit einer Tundra zu tun, die ihm feindlich gegenüberstand, ein unsteter, lebensgefährlicher Feind, der mit zahllosen Tükken versuchte, ihn unterzukriegen. Die Tundra war nackt und böse, melancholisch, unvorstellbar weit und unvorstellbar kalt. Wenn gerade kein Sturm tobte, herrschte sogar zwischen den Zwergbirken eine tödliche Stille. So würde es bleiben, solange der Winter dauerte, und der Winter dauerte lang.

Ganz auf sich gestellt, mußte er irgend etwas finden, das ihm half, die monotonen Tage seiner Gefangenschaft zu überstehen. Das war noch nichts im Vergleich zu den bitteren Bedingungen, unter denen die Rentierhirten jetzt leben mußten. Bo versuchte sich vorzustellen, wie es war, den Winter in einem Zelt zu verbringen und bei Wind und Wetter hinaus zu müssen, um die Herde zu bewachen. Es war unvorstellbar. Tagelang auf Skiern in dieser mörderischen Kälte, in dieser Wüste aus Schnee und Eis. Selbst wenn er nur Brennholz vom Stapel holte oder Fisch von seinem Vorrat, fühlte Bo sich völlig erledigt. Und wie brachten sie es fertig, in dieser ewigen Nacht und in den schweren Schneestürmen ihren Weg zu finden?

Viri schien sich endlich mit der Situation abgefunden zu haben. Sie aß und trank ein bißchen und lag manchmal, wenn er sie dazu aufforderte, zu seinen Füßen und schlief. Bo war zufrieden. So hatte er sich das Leben mit ihr vorgestellt. Aber sie wurde mit jedem Tag träger und stiller. Wenn er sich zu ihr beugte und sie streichelte, reagierte sie kaum noch. Aber sie ließ es zu, und das war schon etwas. Bo fing an zu glauben, der Hund hätte ihn als seinen neuen Herrn anerkannt. Aber er täuschte sich. Viri nutzte einen Augenblick der Nachlässigkeit und entwischte durch die halboffene Tür. Im Nu war sie in der erstarrten Winterlandschaft verschwunden. Bo verlor keine Minute. Er zog alle Kleidungsstücke übereinander, die er nur finden konnte, band sich die Skier unter und nahm die Verfolgung auf. Viris Spur im Schnee führte, wie er erwartet hatte, zur Schlucht. Es waren dreißig Grad Kälte, der Schnee war steinhart, und der Wind biß durch alle Kleider hindurch. Die alte Hündin schien über unvermutete Kräfte zu verfügen. Zielsicher ging sie in eine bestimmte Richtung, sie folgte der Winterroute der Lappen.

Zugefrorene Seen und verschneite Ebenen, und immer diese hartnäckige Spur im abnehmenden Licht. Es wurde nicht wirklich dunkel. Zum erstenmal sah Bo das Nordlicht am Horizont aufflammen. Aber dafür hatte er jetzt keine Augen. Er beschloß, der Spur noch eine Stunde zu folgen und dann zurückzugehen. Er hatte Angst vor dem Unvorhersehbaren, das ihm in der nächtlichen Wildnis passieren könnte.

Erst war er verblüfft gewesen, dann wütend auf sich

selbst, und nun empfand er nichts anderes mehr als kühle Gleichgültigkeit. Er versuchte nur noch, den alten Hund zu finden, weil er wußte, daß er sich sonst später schuldig fühlen würde, wenn er nicht etwas länger gesucht hatte.

Bo fand Viri auf einem Hügel. Das struppige Fell war schon kalt. Sie hatte sich auf dem harten Schnee die Pfoten blutig gelaufen. Erschöpft mußte sie zu Boden gefallen sein, nicht mal mehr imstande, sich einzugraben, um dem eisigen Wind zu entkommen. Viri war tot, und Bo, dem es zu kalt geworden war, um sie lange zu betrachten, war am Anfang nur wütend auf sie. Blödes Tier. Und er war auch böse auf sich selbst. Wahrscheinlich wäre es gnädiger gewesen, wenn er Ilja hätte gewähren lassen. Dann wäre Viri bis zuletzt bei ihrem Herrn geblieben und hätte sich nicht abgeschoben gefühlt, als alle anderen weiterzogen. In seiner sogenannten »zivilisierten« Tierliebe war Bo kurzsichtig gewesen. Ilja hatte mit seiner scheinbar barbarischen Herzlosigkeit mehr Herz für die alte Hündin gezeigt als er.

Aber Ilja hatte sich überreden lassen, weil auch er nicht mehr so sicher in allem war. Die Zeiten änderten sich, und *säälekeskoute* war nicht mehr üblich. Ilja hatte für Viri das Beste gewollt, wußte aber nicht mehr genau, was das Beste war. Nicht für den Hund, nicht für sich selbst, und nicht für die Lappen im allgemeinen.

Bo begrub Viri unter einem Haufen Steine, damit die Füchse sie nicht ausgraben konnten. Entmutigt, müde und halberfroren kehrte er in seine Hütte zurück.

Dann kamen die einsamen Tage und Nächte, in denen er wach lag und auf das Ächzen der Holzbalken und das Rascheln des trockenen, harten Schnees lauschte, der durch die ständigen Windböen über das Dach geweht wurde. Das scheuernde Geräusch schien die ganze Welt zu füllen, bis er endlich in einen unruhigen Schlaf fiel, aus dem er immer viel zu früh wieder aufwachte.

Eines Morgens entdeckte er, daß sein Fischvorrat, der draußen am Pfahl hing, geplündert war. Er hatte es nicht für möglich gehalten, daß ein Raubtier überhaupt heranreichen könnte, so hoch hatte er den Fisch gehängt. Aber ein launischer Wind hatte Schnee gegen den Pfahl geweht, und in der Nacht war dieser lockere Schneehügel überfroren. Einem umsichtigen Tier mit breiten Pfoten war es gelungen, hoch genug hinaufzukommen. Mehr als die Hälfte seines Vorrats war verschwunden. Fluchend betrachtete Bo die Spuren im Schnee. Am meisten ähnelten sie denen eines Hundes, aber eines Hundes mit viel zu großen Pfoten. Ein Wolf.

Es gab fast keine Wölfe mehr in Lappland. Ein einziges Exemplar streift noch durch die Tundra und war schlau genug, den Jägern aus dem Weg zu gehen. Bo hätte den Räuber gern sofort verfolgt, aber bei dem Wetter war das unmöglich. Tagelang spukte es um seine Hütte, und er saß drinnen mit dem bangen Gefühl, in Kürze hungern zu müssen.

Am ersten windstillen Tag ging er zum nächsten See. Es dauerte Stunden, bis er ein Loch ins Eis gehackt hatte, und danach fing er absolut nichts, nicht einmal einen Weißfisch. Enttäuscht kehrte er in die Hütte zurück, gejagt von den ersten Windböen und steifgefroren bis auf die Knochen.

Eines Tages, er hackte gerade Holz, tauchte plötzlich der Beatnik auf. Der alte Mann war für diese Kälte unzureichend gekleidet, und es war ein Schock für Bo, ihn so plötzlich durch die starre, gleichgültige Landschaft laufen zu sehen. Der Lappe wirkte kleiner und magerer denn je. Sein Gesicht sah erbärmlich aus, eingefallen und hohläugig. Bo verstand, daß er seit Tagen nichts gegessen hatte. Auf einen Schlag vergaß er alle Bitterkeit und rief: »Vasko! Willst du Kaffee? Willst du etwas essen? Ich habe genug.«

Der Beatnik lachte schrill, schüttelte den Kopf und fuhr auf seinen Skiern an Bo vorbei. Der schaute ihm fassungslos nach.

Wohin wollte er? Woher kam er? Er verschwand in Richtung der Schlucht. Der Lappe hatte einen elenden

Eindruck auf ihn gemacht. Ein wenig gruselig war es auch. Vielleicht streunte der Beatnik schon den ganzen Winter über die Tundra, ohne daß Bo ihn je gesehen hatte.

Manchmal fuhr Bo auf seinen Skiern zum Rand der Schlucht und suchte mit den Augen die Bergwand ab, alle Hänge und Ausläufer. Aber nirgends entdeckte er den Beatnik. Er beschäftigte Bo. Bei all den Stürmen und der Kälte hatte sich dieses Männchen einfach in der Tundra aufgehalten, nur geschützt durch seine verschlissene Pelzjacke und ein kleines Feuer. Er war ein echter Lappe, ein Veteran, der die schlimmsten Wetterbedingungen überstehen konnte. Und doch hatte er etwas Geheimnisvolles an sich, als wäre er drauf und dran, ein Geist zu werden.

Wo war er? Und die Spuren des Wolfs sah Bo auch nirgends mehr. Der müßte doch in der Nähe herumstreunen. Wahrscheinlich wußten das nur die Krähen. Die kamen manchmal und führten über seinem Kopf Schauflüge vor. Bo schaute ihnen stundenlang zu. Diese Krähen waren viel größer als die Krähen weiter südlich in Schweden, beinahe so groß wie Raben. Sie stiegen auf und strichen über den Hügelkamm, ohne dabei ihre Flügel zu bewegen, genau wie Möwen. Sie verschwanden und tauchten einen Kilometer weiter oben wieder auf, noch immer im Gleitflug, und kamen mit lautem, triumphierendem Gekrächz zurückgesegelt.

An einem ziemlich windstillen Mittag, als er wieder einmal am Fenster saß, unschlüssig, ob er weggehen oder bleiben und das Frühjahr abwarten wollte, hörte Bo ein seltsames, blökendes Jammern hinter dem Hügel. Er warf sich seine Jacke über und legte hastig die Skier an. Ein Blick zum Himmel sagte ihm, daß es in der nächsten Stunde keinen Schnee geben würde. Zur Sicherheit steckte er Karte und Kompaß ein, und dann folgte er den geheimnisvollen Lauten über die Hügel. Sie entfernten sich immer weiter und hörten sich auch immer wieder anders an. Manchmal klang es wie Gemecker, manchmal wie ohnmächtiges Husten. Auf einmal fand er Blut im Schnee und Fellreste. Das war ein Schneehase gewesen. Hatte eine dieser großen, geisterhaften weißen Eulen das Tier erwischt und in seinen Klauen fortgetragen, während es noch nicht ganz tot war und jammerte? Bo erinnerte sich an die Nächte, die er zusammen mit Ilja bei der Herde verbracht hatte. Damals hatte ihn einmal ein zu Boden stoßender Raubvogel erschreckt. Aber es war anders. Große Hundepfoten hatten deutliche Spuren im Schnee hinterlassen.

»Jetzt krieg ich dich«, sagte Bo.

22

Die Art, wie die alten Lappen früher Wölfe gejagt hatten, erwies sich zwar als einfach, aber auch als sehr ermüdend. Man mußte das fliehende Tier immer in Bewegung halten und aus den Wäldern aufscheuchen, wo es sich verbergen wollte. Dadurch, daß man ihn so oft wie möglich ins offene Feld trieb, wo der Schnee hoch aufgeweht war und jeder Schritt große Anstrengung kostete, konnte man den Wolf erschöpfen. Aber die Jagd durfte nicht zu lange dauern, sonst würde der Jäger schließlich selbst keine Kraft mehr haben.

Bo stieß sich wieder ab und fuhr im Zickzack bergab. Selbst bei diesem schwachen Licht war die Spur, die sich tief eingegraben hatte, leicht zu verfolgen. Manchmal führte sie ihn in einen kleinen Wald hinein. Dann glitt er im wechselnden Licht zwischen den Stämmen hindurch, während ein Hagel aus gefrorenem Schnee auf ihn niederging. Aber meistens führte sie über weiße Hügel, vorbei an einsamen Birken, die vom Wind plattgedrückt waren. Der Wolf erwies sich als ausdauernder Läufer. Manchmal beschlich Bo das lähmende Gefühl, kaum vorwärts zu kommen, weil die Landschaft so unverändert war. Aber er wollte nicht aufgeben. Seine Muskeln krachten, und er schwitzte durch alle Kleider. Was war das für ein zähes Biest! Der Wolf mußte doch immer wieder mit seinen Pfoten im Schnee versinken, während Bo auf seinen Skiern schnell vorankam. Mußte der Wolf nicht völlig erschöpft sein? Bo zog seinen Parka aus und hängte ihn in eine hohe Birke, wo er leicht wiederzufinden war. Noch einmal wollte er alles auf eine Karte setzen. Er hatte jetzt Gegenwind und kam immer schlechter voran. Regelmäßig mußte er anhalten, damit er wieder zu Atem kam. Von seinem erhitzten Gesicht schlug Dampf nieder, der auf dem Kragen seines Pullovers sofort gefror. Bo wußte, daß er eigentlich zurückgehen müßte. Das Licht nahm schnell ab, und außerdem war es jetzt abzusehen, daß der Wolf die Schlucht erreichen würde. Dort würde er ihn wahrscheinlich nicht erwischen. Bo fuhr gegen besseres Wissen weiter. Und dann, ganz unerwartet, sah er vor sich einen Punkt, der sich bewegte.

Das mußte der Wolf sein! Auf einen Schlag fühlte Bo die Müdigkeit nicht mehr. Er dachte nicht mehr ans Zurückgehen. Er sollte und mußte den Wolf haben. Nicht weil der seinen Fischvorrat geplündert hatte, das war nicht der Grund. Er mußte den Wolf haben, weil der Wolf erfahren sollte, daß hier in der Tundra jemand lebte, der kein Gewehr, keinen Schneescooter und keinen Hubschrauber brauchte, um ihn zu fangen.

»Ich komme, Wolf!« schrie er. Aber der Wind riß ihm den Schrei aus dem Mund, er konnte sich nicht einmal selbst hören.

Es würde schwierig werden, im Dunkeln den Hügel hinunterzufahren. Schnee lag genug, aber er bedeckte auch die gefährlichen Spalten. Und außerdem ging Bo das Risiko ein, daß er seinen Parka nicht mehr finden würde.

Aber in der zunehmenden Dämmerung erschien der Wolf plötzlich auf einem hohen Plateau und schaute sich um, wie es nur ein alter, schlauer Wolf tun konnte. Und Bo dachte nicht mehr an die Folgen . . . Er wollte den »Teufelshund« einholen um jeden Preis. Nun erreichte er den Wasserfall, der erstarrt an der Felswand hing. Bo brauchte nicht länger auf die Spur zu achten, die Schlucht bestimmte jetzt den Weg. Ab und zu hörte Bo einen dumpfen Aufprall, wenn sich irgendwo eine kleine Lawine gelöst hatte und in die Schlucht gestürzt war. Das spielte für ihn keine Rolle. Er sah, wie der Wolf weit vor ihm in einen Teil der Schlucht hineinlief, an dessen Ende ein zweiter Wasserfall wie eine Säule an der schwarzen Felswand stand. Die zu erklimmen war unmöglich, ausweichen ging auch nicht.

»Jetzt sitzt du fest«, sagte Bo. »Jetzt hab ich dich.«

Langsam und auf alles gefaßt fuhr er weiter. Der Wolf kam ihm mit großen, gleitenden Sprüngen entgegen. Als er Bo sah, drehte er sich um und rannte wieder in die Dämmerung hinein. Bo hatte seinen Skistock nicht geworfen. Bewegungslos stand er da. Von den hohen Felswänden herunter kam ein Geräusch, das wie Reiben klang. Er schaute hoch und meinte zuerst, die überhängenden Eismassen seien in Bewegung gekommen. Aber es blieb bei einem warnenden Knirschen. Erst als es wieder still war, wagte er sich zu bewegen. Ein Schatten glitt an ihm vorbei. Bos hastig geworfener Skistock verfehlte das Ziel und klirrte auf Stein. Wie ein Metallhagel hörte sich das Echo an. Über seinem Kopf antwortete das Eis mit einem erneuten Knirschen, das endlos lange anhielt . . .

Bei der Abfahrt irrte sich Bo bei einem Sprung und versank sofort bis zu den Schultern im Schnee. Einen Augenblick lang blieb er so stehen – mit einer plötzlichen Einsicht. Er hatte alle möglichen Fehler gemacht, und die Chance war groß, daß er dafür büßen mußte.

Er hätte niemals weitergehen dürfen, als es dunkel wurde. Er hätte seinen Parka nicht ausziehen dürfen. Er hätte beim ersten Geräusch einer noch so kleinen Lawine die Schlucht nicht betreten dürfen. Und das schlimmste, sein Kompaß und die Karte und seine Streichhölzer waren in den Taschen seines Parka . . .

Wütend arbeitete er sich aus dem Schnee heraus. Und sah in einiger Entfernung den Wolf stehen, der keuchend zu ihm herschaute. Die Zunge hing ihm aus dem Maul. Seine Augen hatten einen trüben Blick. Bo zielte mit der scharfen

Spitze seines Skistocks, aber da war das Tier auch schon mit einem Satz verschwunden.

Und Bo folgte ihm. Auf der Spur des Wolfs ging er in die Polarnacht. Schnee klebte an seinen Wimpern und fror zu Eis. Schnee wurde vom Boden aufgewirbelt und verdeckte die Spur, bis sie flach und verschwommen wurde und dann ganz verschwand. Verbittert mußte Bo die Verfolgung aufgeben.

Mit der Spur war auch seine Kampflust verschwunden. Die Kälte der Polarnacht fing an ihn zu lähmen. Dicht neben ihm explodierte ein Baum mit einem lauten Knirschen, das aus dem Boden zu kommen schien. Danach hörte er von allen Seiten lautes Knallen. Diese Gewalt der Kräfte, die Bäume zerspringen ließ, ergriff auch ihn und preßte ihm den Atem aus dem Körper.

Er erreichte das Ende der Schlucht und mußte nun den Hügel hinunterfahren. Die Nacht war durch die Sterne, den glitzernden Schnee und das launisch aufschießende Nordlicht nicht wirklich dunkel. Aber eine schnelle Abfahrt wäre trotzdem riskant, dafür war die Sicht zu begrenzt. Langsam hinunterzufahren war dagegen auch anstrengend. Bo mußte sich ständig schräg zum Hang stellen. Was war es nur, das ihn immer wieder zwang, sich umzuschauen, als ob er auf etwas wartete? Schneenebel bewegten sich über dem Boden, aber manchmal meinte er, in einiger Entfernung einen grauen Schatten zu sehen.

Die Rollen sind vertauscht, dachte er bitter. Nun folgt der Wolf dem Jäger. Vielleicht hat er mehr Glück.

Bo versuchte, seine eigene Spur zu finden. Aber die war auch verschwunden. Im Nachtlicht sahen Bäume, Felsbrokken und Mooshügel gleich aus. Ilja und die anderen Hirten fanden ihren Weg durch die Tundra mit Hilfe der Sterne. Aber für Bo war der Sternenhimmel nur ein Gewirr von leuchtenden Punkten, die noch dazu manchmal verschwanden. Er war ratlos. Als er auf halber Höhe des Hügels war und das Abbremsen der Geschwindigkeit immer mühsamer wurde, sah er auf einmal weiter unten den Wolf.

»Wenn du ihm jetzt nachfährst«, sagte Bo zu sich selbst, »dann erreichst du die Hütte im Leben nicht mehr.«

Aber der andere Mann in ihm, der Mann, der er so oft in seinen Träumen wurde, der draufgängerischer und wilder war als er, hatte sich schon entschieden.

Durch die Geschwindigkeit, mit der er nach unten sauste, schlug ihm der Wind wie ein Brett ins Gesicht. Der Wolf floh mit großen, verzweifelten Sprüngen vor ihm her. Immer wieder versank das keuchende Tier im Schnee. Sein Atem ging laut und stöhnend.

Bo wurde plötzlich immer schneller. Er konnte nicht glauben, daß er die Gewalt über die Skier verloren hatte. Er stürzte schon, als er beschloß zu bremsen. Hunderte von Metern schoß er durch den Schnee. Danach lag er still. Die Skier und den Stock hatte er verloren, und das bedeutete, daß auch er verloren war. Aber daran dachte er keinen Augenblick. Etwas tiefer am steilen Hang arbeitete sich der Wolf durch den lockeren Schnee. Fünfzig Meter höher zog Bo sein langes Lappenmesser. Er rollte dem Wolf wie eine weiße Kugel entgegen. In halber Höhe erreichte er ihn und packte ihn. Ein Biß, und Bos Arm wurde bis zum Knochen aufgerissen.

Schreiend vor Schmerz und Wut drückte Bo sein Gesicht gegen den zappelnden, struppigen Körper, damit seine Kehle geschützt war. Immer wieder stach er zu.

Sterbend, mit Bos vollem Gewicht auf dem Rücken, gelang es dem alten Wolf, sich aufzurichten. Seine Pfoten warfen den fremden Körper noch einmal ab. Während Bo blind und atemlos im Schnee liegenblieb, gelang es seinem Opfer, den Hügel hinunterzugleiten, immer schneller, und in der Dämmerung zu verschwinden.

Minutenlang blieb Bo im Schnee liegen, frierend und ohne irgend etwas zu denken. Sein Gesicht war bald mit einer dünnen Eisschicht bedeckt. Sein Blut floß langsamer, und Wellen einer wohltätigen Müdigkeit überschwemmten ihn. Dann wurde er sich der Gefahr bewußt, in der er sich befand. Er würde erfrieren. Mühsam richtete er sich auf und versuchte zu gehen. Aber immer wieder fiel er hin, und jedesmal wurde sein Verlangen größer, einfach liegen zu bleiben.

Rückenwind und Schnee stießen ihn den Hügel hinunter. Langsam verschwand die Steifheit in seinen Beinen. Wenn er auch strauchelnd ging, gelang es ihm, sich aufrecht zu halten. Nebelhaft still schwebte der Schnee an ihm vorbei, und langsam wurde sein Kopf immer klarer.

»Ich habe ihn getötet«, sagte er laut. »Er hat gedacht, er könnte den Spieß umdrehen. Wie gut, daß er sich geirrt hat.«

Seine Stimme klang seltsam dünn in der Nacht. Ein riesiges Polarlicht tanzte am Horizont, als liefen Riesen mit Laternen herum. Stalo und seine Brüder, dachte Bo. Ab und zu betrachtete er seinen verletzten Arm, der überhaupt nicht weh tat. Das kam natürlich von der Kälte.

Die eisbedeckte Tundra begann in der Halbdunkelheit zu glitzern. Und nach einiger Zeit kam es Bo vor, als senke sich das Polarlicht über ihn.

23

Bo lag auf dem Bauch. Er fror nicht mehr, und er dachte an nichts. Er lag bequem, so wollte er immer liegen bleiben. Aber irgend etwas war nicht in Ordnung. Irgend etwas störte ihn. Es war, als hätte er es vergessen oder verloren, etwas sehr Wichtiges.

Auf einmal wußte er es wieder. Er durfte nicht liegen, er mußte sich bewegen. Das war's.

Wenn er so liegen bliebe, würde er erfrieren. Er mußte auf den Beinen bleiben, koste es, was es wolle.

Bo stöhnte. Widerwillig richtete er sich auf. Seine Hosenbeine krachten. Als er zu gehen versuchte, fiel er hin. Das erstaunte ihn ein wenig. War der Wind daran schuld? Seine Beine fühlten sich fremd an, als gehörten sie nicht zu ihm. Schließlich blieb er einfach im Schnee sitzen. Nur einen Augenblick ausruhen. So, kniend, konnte er nicht einschlafen. Denn einzuschlafen wäre verhängnisvoll, er würde nicht mehr aufwachen. Aber auf den Knien ging es ihm gut. Und der Wind machte ihm auch nichts. Der wehte mit unvermuteten Stößen und Böen über ihn hinweg. Man wurde schläfrig davon, wenn man hinhörte.

Er durfte nicht schlafen. Aber er schlief ja gar nicht. Er ruhte sich nur ein wenig aus. Bald würde er weitergehen, nur noch einen kleinen Augenblick.

Das Pfeifen des Windes war mal lauter, dann wieder leise. Wie Gesang hörte es sich an. Wenn man gut hinhörte, erkannte man einen *joik*. Einen *joik*, wie Ilja ihn zuweilen sang. Aber es gab keine Worte für dieses Lied. Die Melodie war so alt, daß Worte nicht dazu paßten. Es gab niemanden mehr, der sich an die Worte erinnerte. »Mein Lied«, sagte Bo zu sich.

Es war die Melodie, die er den Flammen im Ofen vorsang und der Tundra, wenn ihm die Einsamkeit zu groß wurde. Was er immer nur im Geist gesummt hatte, sang der Wind jetzt mit mächtiger Stimme. Seinen *joik*.

Bo horchte. Er merkte nicht, daß er langsam auf die Seite glitt, bis er zusammengekauert im Schnee lag. Nur noch einen Augenblick! Aufrecht sitzend konnte er doch niemals einschlafen.

Er schlief. Und er träumte, daß er durch eine leuchtendgrüne Landschaft ging. Die Sonne schien, und der Himmel war erstaunlich blau. Ein Sommerland war das, der Traum des Wintervolkes. Ein grünes Tal, das Mensch und Tier mit offenen Armen empfing. Padjelanta, dachte Bo. Aber er war nie in Padjelanta gewesen. Und wenn man es genau nahm, auch nie in einem Tal, das so grün und friedlich aussah. Und doch wußte er, daß hinter dem Hügel ein breiter Fluß sein mußte. Dort würde er ausruhen. Dort würde er genüßlich mit nackten Füßen durch das nasse Gras laufen . . .

Bo versank immer tiefer in seinen Schlaf. Die weiße und feindliche Außenwelt kümmerte ihn nicht mehr. Die warnenden Flammen des Polarlichts sah er nicht mehr. Aber es dauerte lange, bis er zum Fluß kam . . .

Erschrocken wachte er auf, auch wenn es kein richtiges Erschrecken war. Die Kälte biß nicht länger in sein Gesicht, sein Gesicht war jetzt kälter als der Wind.

Verwundert spuckte Bo den Puderschnee aus, der ihm in den Mund gedrungen war.

In der nebligen Stille rieselte Schnee an ihm vorbei. Seine Lippen fühlten sich steif an, als würden sie brechen, wenn er sie bewegte. Gläserne Lippen. Was geschah mit ihm? Bo wollte nachdenken, aber in seinem Kopf schneite es auch.

Er blieb lieber sitzen. Er fühlte sich so schwer und schläfrig. Die Tundra war kalt und gefährlich, aber hier saß er gut. Tief in seiner gefrorenen Kleidung, in seiner kalten Haut, saß er warm und träge. Nur noch einen Augenblick. Gleich würde er weitergehen. Gleich . . .

Kniete er? Oder lag er auf der Seite, die Beine an den Bauch gezogen? Saß er aufrecht? Der Gedanke kam immer wieder zurück und störte ihn. Er saß doch aufrecht. Das fühlte er doch. Er bewegte einen Fuß, eine Hand. Und erschrak. Er fühlte nichts. Er fühlte nicht, was er tat.

Auf einmal wußte er es. Er lag. Er lag im Schnee. Wie lange lag er schon da? Die seltsame Leichtigkeit in seinem Kopf störte ihn. So konnte er nicht denken. Er schüttelte den Kopf, aber das wattige, flaumige Gefühl ging nicht weg.

Was hörte er da? Ein Geräusch kam näher, lauter als der Wind. Und verschwand wieder. Natürlich war es Einbildung gewesen. Dieses Geräusch konnte es gar nicht geben.

Das Stapfen von Füßen. Er hörte Fußstapfen auf dem hartgefrorenen Schnee. Lief er denn immer noch? Bo versuchte nachzudenken. Erst war er gelaufen. Dann hatte er sich hingesetzt. Und dann . . . Träumte er jetzt nur, daß er im Schnee lag? Oder träumte er auch, daß er sich hingesetzt hatte? Lief er vielleicht immer noch?

Das wäre gut. Er versuchte sich das vorzustellen. In Gedanken rückte er von sich weg und wollte wissen, was er nun eigentlich wirklich tat. Wie aus großer Höhe schaute er hinunter und sah sich in der verschneiten Tundra. In der Tiefe lag eine Gestalt, und diese Gestalt war er selbst. Aber liegen durfte er auf keinen Fall, noch nicht einmal sitzen. Er mußte in Bewegung bleiben, sonst . . . Bewußt fing Bo an, sich zu bewegen. Seine gefühllosen Arme und Beine, seinen Kopf. Und sofort fühlte es sich an, als würde er von tausend Nadeln gestochen. Es war der schlimmste Schmerz, den er je gefühlt hatte. Der Schmerz war so heftig, daß er schrie. Aber von seinen gläsernen Lippen kam kein einziger Ton. Das Schreien passierte innen in seinem Kopf und riß dort den Nebel auseinander.

Solche Schmerzen konnte es doch nicht geben! Das kam nur, weil sein Blut wieder anfing zu strömen, das wußte er. Wenn er sich nicht mehr bewegte, ebbte der Schmerz ab. Herrlich war das. Trotzdem würde er sich wieder bewegen müssen. Bo raffte seinen Mut zusammen. Das Leben kehrte in seinen Körper zurück. Mit dem Leben kam der Schmerz. Nur der Tod war schmerzfrei.

Bo wartete. Und während er wartete, hörte er wieder das Geräusch. Fußstapfen. Er versuchte, die Augen zu öffnen, aber es gelang ihm nicht. Tränen hatten seine Augen zugefroren.

Und die Fußstapfen auf dem hartgefrorenen Boden kamen immer näher. Wütend versuchte er es wieder, und nun brach die dünne Eisschicht. Er konnte sehen.

Eine schattenhafte Gestalt tauchte aus der Nacht auf. Bo zwinkerte ein paarmal. Nun konnte er besser sehen. Der Schatten war nichts anderes als eine Zwergtanne, die knarzte und sich im Wind bewegte.

Was hatte er denn gehofft? Daß in dieser verlassenen Wildnis Hilfe für ihn auftauchte? Tränen sprangen ihm in die Augen. Dadurch verformte sich die Tanne wieder. Die Tränen gefroren sofort, und Bo mußte wieder heftig zwinkern. Als er endlich wieder richtig sehen konnte, war die Tanne näher gekommen. Starr vor Schreck erkannte Bo das braune, struppige Fell.

Wie hätte er den dicken Pelz nicht wiedererkennen können? Der Bär. Es mußte der Bär sein. Sein Pelz war voller funkelnder Eiszapfen, er sah aus wie ein geschmückter Weihnachtsbaum. Auf einmal sah Bo das halb abgenagte Gerippe des verunglückten Rentiers wieder vor sich. Ihm war, als könnte er die Klauen und Zähne des Bären schon fühlen. Mit einem Schrei kam er hoch – und rollte, gekrümmt vor Schmerz, in den Schnee zurück.

Er war verloren. Sollte der Bär kommen. Er wollte sich nicht mehr bewegen, es hatte doch keinen Sinn. Nicht einmal die Erinnerung an seine vom Rentier gebrochenen Rippen konnten ihn auf andere Gedanken bringen. Er kniff die Augen fest zu.

Was tat der Bär eigentlich hier draußen? Der sollte doch seinen Winterschlaf halten ...

Plötzlich fühlte er eine erste, neugierige Berührung an seinem halberfrorenen Gesicht. Er vergaß zu atmen und hielt sich vollkommen still. Dann hörte er ein Klatschen. Jemand schlug die bloßen Hände zusammen, so klang es jedenfalls. Und dann hörte er eine Stimme.

»He, was machst du da?«

Das war keine Einbildung. Die Stimme hatte er wirklich gehört. Und das klatschende Geräusch kam daher, daß ihn jemand ins Gesicht schlug.

Seine gläsernen Lippen zersprangen. Prickelnde Schmerzen stachen durch seine Backen und seine Augenlider. Er stöhnte. Aber das Klatschen hörte nicht auf. Und die Stimme kommandierte: »Los, aufstehen! Willst du erfrieren?«

Früher hatte das braune Fell tatsächlich einem Bären gehört. Aber jetzt war es die Jacke eines Mannes.

»Mach die Augen auf, Tourist!«

Nun erkannte Bo die Stimme. Es war der Beatnik.

24

Später erinnerte sich Bo daran, daß es wie ein Kampf gewesen war, ein Ringen mit dem Kobold, dem bösen Troll aus dem vergessenen und vergangenen Sommer. Der kleine Lappe schlug ihn, wo er ihn nur traf, rollte ihn durch den Schnee, rieb ihn damit ein, während Bo vor Schmerzen brüllte und endlich, endlich anfing aufzutauen. Der Beatnik zerriß einen Lappen, verband Bos Arm und goß dann eine Flüssigkeit über den Verband. Warum er das tat, war Bo ein Rätsel. Aber das ganze Fläschchen wurde leer, und der Verband gefror nicht.

Vasko fuhr fort, ihn zu schlagen und zu reiben, und endlich kam das Gefühl zurück. Bo dachte, er müßte sterben, aber das Gegenteil war der Fall, ganz allmählich kehrte das Leben in seinen halberfrorenen Körper zurück.

Sobald er wieder genügend bei Bewußtsein war und sich selbst abreiben und herumrennen konnte, brach der Beatnik ein paar trockene Tannenzweige ab. Er zauberte unter seinem Kolt eine Handvoll trockener Birkenrinde hervor und hatte im nächsten Augenblick schon ein Feuer gemacht. Dann holte er eine Flasche hervor und zwang Bo, daraus zu trinken. Der Alkohol war halb gefroren, und Bo mußte jeden Schluck erst im Mund auftauen. Nach dem vierten Schluck riß Vasko ihm die Flasche aus der Hand, verkorkte sie wieder und steckte sie weg. Mit dem Getränk war er nicht sehr freigebig.

Der verwundete Arm tat Bo jetzt gemein weh, aber der Schmerz war ihm willkommen. Er strich über seinen Arm und rückte so dicht wie möglich ans Feuer. Der Beatnik warf ihm etwas zu. Seinen Parka. Auf einmal verstand Bo alles. Der Lappe hatte natürlich seinen Parka in der Birke hängen sehen und war losgezogen, um ihn zu suchen. Der Zufall hatte ihn gerettet und, nicht zu vergessen, die Freundlichkeit des bösen Zwergs, der an der anderen Seite des Feuers saß. Bo schaute durch den Rauch und die aufsteigenden Funken zu ihm hinüber und betrachtete das uralte Gesicht nun mit anderen Augen.

Noch immer konnte er vor Schmerzen nicht richtig still sitzen. Er entdeckte, daß er überall große Blasen bekam. Der alte Lappe kam schweigend zu ihm, holte aus seinem Kolt eine Nadel und hielt sie kurz ins Feuer. Dann stach er die Blasen eine nach der anderen auf, und damit war der ärgste Schmerz vorüber.

Bo fühlte sich auf eine erschreckende Art wach und sah alles überdeutlich. So fand er auf einmal, daß die dicken Runzeln über den Augenbrauen Vasko etwas Affenartiges gaben. Und das kam ihm aus irgendeinem Grund so witzig vor, daß er anfing zu kichern. Dann begriff er, daß er vermutlich ein bißchen betrunken war. Es mußte ein hartes Zeug sein, das der Alte mit sich herumtrug.

Der Beatnik betrachtete ihn mit halbgeschlossenen Augen. Sein Gesicht war ausgehöhlt vom Hunger. Sein Kolt und die Bärenfelljacke, die früher bestimmt einmal mit weißen Pelzstreifen, roten Bändern und Stickereien verziert gewesen war, wirkten heruntergekommen. Die Farben waren verblichen, die Nähte aufgeplatzt und die Verzierungen ausgefranst. Große Flächen seiner Pelzjacke waren völlig abgeschabt. Das übrige Fell hatten Schmutz und Fett zu zottigen Strähnen zusammengeklebt. Der ganze Mann wirkte schmutzig. Bo fragte sich, warum er sich nicht wenigstens die Mühe machte, sich sauberzuhalten.

Aber dann wurde ihm klar, daß er den alten Lappen auf eine typisch »zivilisierte« Art betrachtete. Die Wildnis verlangte wahrscheinlich andere Qualitäten als Reinlichkeit.

»Was willst du hier?« fragte der Beatnik plötzlich. »Was suchst du in der Tundra?«

Seine ganz normale Stimme verblüffte Bo. Er merkte, daß er den Lappen nie anders als mit einer seltsamen, hohen Stimme hatte sprechen hören. Der Alte mußte sich mit Absicht blöd gestellt haben, anders war es nicht möglich.

»Nun? Was willst du hier finden?«

»Nichts.«

»Daß ich nicht lache. Wenn du nichts suchst, willst du wohl irgendwas loswerden.«

Das hatte der Beatnik sehr schlau ausgedrückt. Er schaute Bo mit einem schiefen Lächeln an.

»Was meinst du?« fragte Bo.

»Nun, irgendwas von dir selbst. Genau wie der Fuchs. Der versucht, im kalten Wasser seinen Geruch loszuwerden. Um dann ganz unschuldig zur Lemminghöhle zu gehen ...«

Bo mußte lachen.

»Nein, nein, so ist es nicht. Ich habe nichts angestellt. Ich stinke nicht nach irgendwas, wenn du das meinst.«

»Was machst du dann hier?«

»Leben.«

»Warum gerade hier?«

»Es gefällt mir hier. Wenig Menschen, kein Krach, kein Gestank, keine Mauern.«

Eine ganze Weile schwieg der Mann an der rechten Seite des Feuers. Ab und zu spuckte er in die Flammen. Dann zog er aus irgendeiner Tasche eine schwarzgeräucherte, krumme Pfeife hervor, die er sich leer zwischen die Zähne steckte.

Bo verstand den Wink. »Ich habe keinen Tabak«, sagte er.

Vasko seufzte. Eine seiner Vogelklauen verschwand unter seinem Kolt und zog einen halbvollen Tabakbeutel heraus. Sehr sorgfältig stopfte er seine Pfeife und nahm einen Zweig aus dem Feuer. Seine runzligen Backen blähten sich, als er auf die rotglühende Zweigspitze blies. Ein Flämmchen sprang auf und verschwand in seinem schwarzen Pfeifenkopf. Dann paffte Vasko drauflos und zwinkerte Bo zu.

»Du willst hier leben, was?«

»Ja. Genau wie du.«

»Niemand kann in der Tundra leben«, sagte der Beatnik. »Die Tundra ist ein echtes Niemandsland, wo jeder nur auf der Durchreise ist.«

»Ich nicht.«

»Du auch. Das wirst du schon noch merken.« Und dann, mit einem rätselhaften Lächeln: »Du hast den Wolf gejagt?«

»Ja.«

»Darf der Wolf hier nicht leben?«

Auf einmal beschlich Bo der Verdacht, es handele sich nicht einfach um ein Gespräch. Er wurde verhört. Er wurde einer Art Test unterworfen.

»Der Wolf hat meinen Fisch gestohlen«, sagte er. »Und abgesehen davon, ich wollte ihn haben. Ich wollte ihn auf die alte Art töten.«

Der Beatnik starrte ihn an. Er schob seine Mütze weiter nach hinten und kratzte sich in den grauen Haaren. Dann grinste er. »Auf die alte Art, was? Was weißt du denn davon? Bist du ein Lappe? Wir, die Lappen, wir hassen den Wolf. Und der Wolf haßt uns. Aber das verstehst du nicht, du bist bloß ein Tourist.«

»Ich lebe hier, genau wie du.«

»Du lebst hier nicht. Du bist ein Schwede, ein Tourist.«

»Doch, ich lebe hier. Ich könnte fast ein Lappe sein.«

Vaskos Stimme überschlug sich. »Gut, wunderbar. Du bist ein Lappe. Aber du bleibst ein Tourist.«

»Ich hasse den Wolf auch.«

»Dann hättest du ihn getötet.«

»Ich habe ihn doch getötet, glaube ich.«

»Wenn du ein Lappe wärest, wüßtest du es genau.«

»Ich weiß, daß ich ihn getötet habe.«

»Wo ist sein Fell?«

»Dort«, schrie Bo, der auf einmal sauer war auf diesen verdammten Kobold. »Dort auf dem Hügel ist sein Fell!«

»Dann hast du ihn nicht getötet«, sagte der Beatnik und nuckelte an seinem Pfeifenstiel.

»Zum Teufel mit dir!« sagte Bo.

Der kleine Lappe lachte gackernd. Er schüttelte den Kopf und schlug sich vor Vergnügen auf die Knie. Verärgert schaute Bo von ihm weg. Eine ganze Weile starrte er grollend über die Tundra. Dann merkte er, wie absurd die Situation war. Da saß er und schnauzte den Mann an, der ihn gerettet hatte. Warum eigentlich? Er sollte dankbar sein und das auch zeigen. Beschämt drehte er sich um. Aber an der anderen Seite des Feuers saß niemand mehr. Bo sprang auf. Er schaute nach links, er schaute nach rechts. Der Beatnik war verschwunden. Still mußte er hinter Bos Rükken seine Skier genommen und sie erst in einiger Entfernung untergebunden haben. Bo spähte in die Dämmerung, aber der kleine Mann konnte hinter jedem Felsbrocken, hinter jedem Hügel verschwunden sein. Wieder hatte ihn die Tundra verschluckt.

Bo war wütend auf sich selbst. Aber in diesem Augenblick konnte er nichts machen. Das mußte er später in Ordnung bringen.

Er brach noch mehr dürre Zweige von den Tannen und ließ das Feuer hoch auflodern. Die Hitze tat seinem geschundenen Körper gut.

Seltsamerweise wurde er nicht müde, das erstaunte ihn. Er wußte noch nicht, daß er in den kommenden Nächten wachliegen würde, als liefe ein Wecker in ihm ab. Der Schreck über das, was ihm passiert war, würde erst langsam kommen und lange anhalten. Jetzt genoß er noch das Feuer, ohne daß er Angst haben mußte, einzuschlafen.

Sein Geist war vollkommen klar, er dachte über das seltsame Gespräch mit dem Beatnik nach. Dann nahm er sich vor, diesen Mann in Gedanken nicht mehr Beatnik zu nennen, sondern Vasko Pirtsi. Diese Absicht stimmte ihn sehr zufrieden, als wäre damit schon ein Haufen Probleme gelöst. Der Rückweg ohne Skier war bestimmt nicht angenehm. Bo schob ihn deshalb hinaus. Er sammelte weiter trockenes Holz und schürte das Feuer. Da er dem Tod um Haaresbreite entkommen war, genoß er jetzt die simple Tatsache, daß er lebte. Sein Körper kam ihm einmalig und schön vor. Schon allein die fünf Finger an jeder Hand, wie die gemacht waren! Die Knöchel mit den winzigen blonden Härchen . . . Rührung überfiel ihn, wenn er seine Finger betrachtete. Hart und kalt wie Stein waren sie gewesen, und nun fühlte er wieder alles damit. Das war ein Wunder.

Gegen Mittag flachte das Gefühl der ekstatischen Verzückung ab. Bo wollte sich auf den Weg machen, als er plötzlich Vaskos schrilles Lachen hörte. Der kam auf ihn zu, Bos Skier und den Skistock hatte er sich auf den Rücken gebunden. Und noch etwas – über seiner Schulter hing der Wolf.

»He!« rief er schon von weitem. »Nennst du das einen Wolf? So was Häßliches habe ich noch nie gesehen. Schau dir mal den langen, spitzen Kopf an, der sieht doch aus wie ein Hecht!«

Er warf den Wolf vor Bo auf den Boden und löste lachend seine Skier.

»Schau dir das Fell an! Keinen Pfifferling wert! Das Tier ist ganz und gar kahl. Die Flöhe haben ihm die Haare weggefressen, wenn's nicht irgendeine ekelhafte Krankheit gewesen ist. Und der Schwanz erst! Da kann man ja nur lachen, ein Rattenschwanz ist das!«

Vaskos Zwergenkörper wurde immer wieder von Lachkrämpfen geschüttelt. »Nur noch Haare an der Spitze, Tourist! Ein Rasierpinsel ist das. Hast du einen Rasierpinsel gebraucht?«

Bo betrachtete mürrisch den steifgefrorenen Wolf, der so platt und verschlissen aussah, als hätte man ihn jahrelang als Fußabtreter benutzt.

»Es ist ein Wolf«, sagte er so würdevoll wie möglich.

Vasko lief ein paar Schritte zur Seite und griff sich an den Hals, als müßte er ersticken.

»Es ist ein Wolf«, schrie Bo ihm nach.

Aber Vasko hatte recht. Es war ein armseliger Wolf. Auf einmal schämte sich Bo fast, daß er so etwas getötet hatte. Aber dann erinnerte er sich an die Verfolgung und den Kampf auf dem Hügel, und da wußte er, daß es nicht stimmte. Der Wolf mochte noch so traurig aussehen, er hatte einen guten Kampf geliefert. Er war ein echter »Teufelshund« gewesen, ein gefährlicher Gegner.

Bo drehte sich zu Vasko um. Wenn man nach dem Äußeren ging, konnte man sich auch nicht vorstellen, was alles in dem kleinen Männchen steckte. Wie dieses lumpige Ding da ein Wolf gewesen war, so war der abgerissene Lappe noch immer ein Lappe.

»Ich muß mich noch bei dir bedanken«, sagte Bo.

»Ich habe dir nur geholfen, weil ich dich brauche«, sagte Vasko sofort.

Bo starrte in das geheimnisvolle Gesicht. Er zuckte mit den Schultern. »Dann sag's schon!«

Und Vasko, der vor gar nicht langer Zeit am Verhungern gewesen war, sagte kurz: »In einem der Seen da oben liegt ein Rentier. Es muß schon im Herbst hineingefallen sein. Wahrscheinlich die Beine gebrochen und ertrunken. Es liegt unter dem Eis, und das Eis ist so dick.« Er zeigte mit den Händen einen halben Meter. »Zusammen können wir es herausziehen, und dann haben wir für Monate genug zu essen.«

Bos Mund öffnete sich. Sprachlos starrte er den Zwerg an und schüttelte ungläubig den Kopf. Dann fing er an zu lachen. Der Lappe nickte und legte den Kopf in den Nacken. Bo hörte sich und den Lappen lachen, immer lauter und wahnsinniger. »Gefrorenes Rentier«, sagte Bo.

Vasko stampfte mit den Füßen. Die Adern in seinem Gesicht schwollen an. Seine Augen waren nicht mehr zu sehen.

»Kiloweise Fleisch«, sagte Bo.

Und Vasko riß seine Pelzjacke auf, um besser lachen zu können. Er schlug Bo auf die Schultern und hielt sich an ihm fest, ganz erschöpft vor Lachen. Der Wind wehte Schnee in ihre weit geöffneten Münder und trug ihr schallendes Lachen über die Tundra.

25

»Du bist unruhig«, sagte Vasko.

Er selbst saß schon den ganzen Tag am Ofen. Die Hütte verließ er fast nicht mehr. Stundenlang schaute er zu, wie ein Holzklotz nach dem anderen verbrannte, und dachte offensichtlich an nichts. Bo beneidete ihn um seine Ruhe.

Obwohl es draußen dunkel und kalt war, konnte er es in der Hütte nicht lange aushalten. Immer wenn er hinausging, um ein bißchen herumzulaufen, beobachtete ihn Vasko gleichzeitig abwesend und spöttisch.

»Du bist unruhig. Warum?«

»Ich weiß nicht«, sagte Bo.

»Es gibt genug Essen. Es gibt genug Holz. Was willst du mehr?«

»Ich weiß nicht«, sagte Bo.

Der Frühlingswind hatte eingesetzt, aber das war es nicht allein. Veränderung hing in der Luft. Ein paar graubraune Vögel flogen seit ein paar Tagen um den vollgehängten Vorratspfahl und pickten kleine Fasern gefrorenes Rentierfleisch ab. Und die Meisen zwitscherten mit neuerwachter Lebhaftigkeit in den Tannen. Auch der Bergfink war zu hören.

Zum erstenmal vermißte Bo ein Radio. Manchmal würde er gern Musik hören. Er ertappte sich dabei, daß er an bestimmte Konzerte dachte. Am Tag seiner Abfahrt hatte in einem Stockholmer Kino der Film über ein großes Popfestival Uraufführung gehabt. Den hätte er gern gesehen.

Jeden Tag fuhr er auf seinen Skiern durch die weiße Landschaft und spähte nach Süden, wo die Zwergkiefern wie Geister in einem fernen und flüchtigen Licht kauerten. Er schlief immer schlechter. Oft wurde er mit dem melancholischen Gefühl wach, etwas verloren zu haben. Aber er wußte nicht, was.

Die Sterne über ihm waren stumpf und matt, verschwunden war das strahlende Glitzern des Winters.

Er hatte das alles schon einmal gesehen. Manchmal saß

er auf einem Felsbrocken und ließ die Weite auf sich wirken. Früher hatte er sich nach Weite gesehnt. Jetzt spürte er nur das Nichts, das sich zwischen ihm und den fernen Bergen erstreckte.

Das Morgengrauen wurde von Tag zu Tag heller, und die Sonne, die noch nicht über den Horizont kam, warf ein rotes Licht auf die fernen Hügelkuppen. Schließlich schob sie sich herauf, ein feuriger Streifen, jeden Morgen stieg sie höher und brachte Wärme über das Land und verjagte die ewigen Schatten. Dann erschienen die ersten Zugvögel. Bo verfolgte ihre geheimnisvollen Manöver. In großen Gruppen flogen sie hin und her und schrien unaufhörlich, bis sie sich endlich alle zusammen im Wald niederließen.

Der Winter war vorbei. Bo hatte keine Ahnung vom Datum. War es April? In Stockholm wurden vielleicht die Open-air-Theater geöffnet. Und Gröna Lunds Tivoli mit den Tanzflächen und Schießbuden. Die Fußballspiele konnten wieder im Freien stattfinden. Und auf einmal fiel ihm ein, daß er *Valborgsmässoafton* versäumen würde, die Walpurgisnacht mit den großen Freudenfeuern und den Festen, mit denen die Studenten die Frühlingsankunft feierten. Das bedrückte ihn. Von da an wurde ihm immer bewußter, daß er Heimweh nach der Stadt hatte. Nach dem Leben in der Stadt. Aber er wollte die Schlußfolgerung daraus nicht wahrhaben: daß er zurückgehen mußte.

Eines Tages sagte er zu Vasko: »Du hast gedacht, daß ich das nicht schaffen würde, was? Aber jetzt siehst du, daß ich es kann.«

»Was?«

»Hier leben.«

Vasko schaute ihn an. Sein runzliges Gesicht verzog sich zu einer Grimasse. »Ja«, sagte er. »Und jetzt? Du hast hier immer noch nichts verloren. Oder hältst du etwa Rentiere?«

Bo ärgerte sich. »Und du?« fragte er.

Sofort tat ihm die Frage leid. Vasko zog seine Schultern hoch. »Bei mir ist es was anderes«, sagte er.

Er sah Bo eine ganze Weile an. Seine Augen waren hinter den schweren Falten seiner Lider kaum zu sehen. Leise pfiff er durch seine Zahnlücken.

»Tourist«, sagte er, »ich weiß, daß du denkst, ich wäre auf den Kopf gefallen, und das stimmt auch. Aber nimm diese eine Weisheit von einem verrückten alten Mann an. Wenn etwas aussieht wie ein Hase, läuft wie ein Hase und Töne ausstößt wie ein Hase, dann kannst du ruhig annehmen, daß es ein Hase ist.«

Bo zuckte mit den Schultern. »Was meinst du damit schon wieder?«

»Du siehst aus wie ein Stadtmensch, Tourist, und du ißt wie ein Stadtmensch, und du redest wie ein Stadtmensch ... Du gibst dir alle Mühe, um zu beweisen, daß du in der Tundra leben kannst. Nun gut, das kannst du. Aber was willst du hier machen? Bei mir ist das anders. Meine Eltern lebten hier, und ich bin hier geboren. Ich habe mein ganzes Leben hier gelebt ...«

Er schaute Bo noch immer an. Aber sein Blick war traurig und nach innen gekehrt, es war fraglich, ob er Bo überhaupt sah. Ganz in Gedanken verloren, schwieg er. Dann sagte er auf einmal laut und deutlich: »Übrigens, wo sollte ich sonst hingehen? Ich bin alt. Ich kann mich nirgends mehr eingewöhnen. Ich kann nicht neu anfangen. Und niemand wartet auf mich. Aber du, Tourist, du bist nur hierhergekommen, weil du dir selbst etwas beweisen wolltest. Nun, das ist dir gelungen. Jetzt mußt du weiter. Die ganze Welt steht dir offen.«

Bo wollte seine Überraschung und seine Verlegenheit verbergen, er tat, als müsse er lachen. Noch nie hatte Vasko so klar und direkt mit ihm gesprochen, wie ein normaler Mensch. Ein kluger Mensch obendrein.

»Lach du nur«, sagte Vasko gleichmütig. »Dort in der Welt warten sie auf dich. Weißt du das nicht? Du bist jung, und dort sind viele junge Menschen. Ihr braucht einander. Die Tundra ist nur für Leute, die lieber allein sind. Leute, die man vergessen hat, die alt sind.«

Bo drehte sich um und schaute aus dem Fenster. Es gab nichts mehr zu sagen. Er wußte, daß Vasko recht hatte. Er fühlte, daß die Unruhe in ihm von Tag zu Tag größer wurde. Aber er konnte sich auch nicht vorstellen, daß er diese Hütte einfach hinter sich lassen könnte. Sie hatte ihm so viel bedeutet.

Und die Tundra. Die Tundra hatte ihm viel gegeben, aber auch etwas genommen. Einen Traum, eine Illusion. Er konnte nicht in der Wildnis leben, und er konnte nicht allein leben. Es war eine schöne Idee gewesen, aber sie hatte sich als falsch erwiesen. Auf die Dauer war der Unterschied zwischen der Tundra und Stockholm nicht so groß. Er würde schließlich überall die gleichen Schwierigkeiten haben. Die lagen in ihm, und die nahm er überall mit hin. War es dann nicht besser zurückzugehen? Dort, wo er zum erstenmal vor seinen Schwierigkeiten geflohen war, mußte er sie durchstehen. Mit seinen Eltern und mit der ganzen Welt. Das war bestimmt nicht leicht und angenehm, aber es gab etwas zu gewinnen. Nicht nur die Freiheit, sondern auch die Möglichkeit, etwas mit dieser Freiheit anzufangen. Hier in der Tundra konnte er zwar frei sein, aber das war auch schon alles. Seine Möglichkeiten lagen im Gefrierschrank. Hier konnte er nichts mit ihnen anfangen. Und er wollte etwas aus seinem Leben machen, er wollte es nicht in unveränderlichen Tagen in einem unveränderlichen Land ableben.

Bo starrte aus dem Fenster. Die Sonne war hinter dem staubigen Puderschnee verschwunden, das Mittagslicht war nicht mehr als eine schwache Dämmerung. Die Schneeflokken fielen so dicht, daß es aussah, als bewegte sich der Schnee nicht, sondern als stünde er vor dem Fenster still. Bo wußte, daß er in die Richtung zur Schlucht schaute. Durch die Schlucht konnte er zum Virihaure zurückkehren. Von dort waren es nur ein paar Tagereisen zum südlicheren Tarreluoppal, »Wo-auf-viele-Arten-gefischt-wird«. Und dann konnte er ohne Schwierigkeiten die Autostraße nach Kvikkjokk erreichen.

Bo dachte: Ich bin das Abenteuer leid. Für den Rest meines Lebens habe ich genug Landschaft gesehen.

Er schaute zu dem alten Lappen, der mit offenen Augen neben dem Ofen zu schlafen schien. Er hatte Mitleid mit ihm. Genug Essen und genug Holz. Dabei aß Vasko so wenig. Und wenn er auch noch so dicht ans Feuer rückte, schien es ihm niemals warm genug zu sein. Er schien von Tag zu Tag dürrer zu werden. Wie alt war er eigentlich? Zäh wie kein anderer hatte er seine ganze eigene Generation überlebt. Aber langsam ging es mit ihm bergab. Wie er so beim Ofen saß, wurde er Viri immer ähnlicher. Unter seinem abgeschabten Kolt war nicht mehr viel von ihm übrig, nicht genug, um die Wärme festzuhalten.

Mit was für einem Zorn mußte der Mann auf sein Leben zurückschauen. Oder doch nicht? Bestimmt erinnerte er sich gern an seine Jugend, als alle noch auf die alte Art gelebt hatten. Aber die späteren Jahre ... Und wie sah für ihn die Zukunft aus? Bo dachte an das, was Ilja über alte Menschen in früheren Zeiten erzählt hatte. Die letzte Schlittenfahrt in einen Abgrund – hinein in die Ewigkeit.

Säälekeskoute. Würde Vasko, wenn es soweit war, sein Schicksal in die Hand nehmen? Eines Tages, wenn er zu alt geworden war, hinausgehen und verschwinden?

Bo betrachtete den mageren, hoffnungslosen Mann am Ofen, dessen Gesicht im flackernden Feuer aufleuchtete. So klein er war, warf er doch einen riesigen Schatten auf die Mauer, einen Schatten wie ein Stalo. Wie ein Geist lebte dieses Männchen auf der Tundra, jemand, der aus geheimnisvollen, legendären Zeiten übriggeblieben war. Es machte Bo traurig, Vasko so zu sehen. So ohne Möglichkeiten zu leben, von einem Tag zum anderen, bis das letzte bißchen Kraft verbraucht wäre ... Auf einmal konnte sich Bo leicht vorstellen, daß er nach Stockholm zurückginge. Was hielt ihn davon ab, dort ein Studium anzufangen oder sich eine Arbeit zu suchen, bei der er sich wohl fühlte? Das mußte doch möglich sein. Und ob traurig oder nicht, seine Eltern würden sich mit seinem Entschluß abfinden.

Allmählich lebte Bo auf seine Abreise hin. Noch war er nicht fest entschlossen, aber die schwarze Verzweiflung der letzten Monate fiel von ihm ab.

In Gedanken fuhr er täglich zum großen See. Es fiel ihm schwer, sich damit abzufinden, daß er Ilja nicht mehr sehen würde. Die Rentierhirten waren wieder zu ihrer jährlichen Wanderung aufgebrochen. Er sah die lange Karawane in der noch winterlichen Landschaft förmlich vor sich.

Er dachte an die fernen, blauen Berge. Die Route führte immer weiter bergauf, und über dem Tal würde das Gebimmel der Glocken zu einem sehnsuchtsvollen Klang verschmelzen, dem Symbol des einzigen und ausschließlichen Ziels von Mensch und Tier: Padjelanta, das Sommerland. Bo erinnerte sich daran, wie er in das Tal gekommen war, besessen von der Idee, ein Naturmensch zu werden. Aber die Wirklichkeit hinter diesem schönen Traum hatte sich als wenig verführerisch herausgestellt. Das Zurück-zur-Natur verlangte mehr, als daß man nur in der Tundra lebte. Es verlangte, daß man nicht ruhelos wurde, daß man nicht über Dinge nachgrübelte, die Menschen wie Ilja und Vasko nicht berührten. Ilja hatte eher verstanden als er selbst, was ihn dazu gebracht hatte, in die Tundra zu ziehen. Er war aus seiner *siida* geflohen, weil er dort nicht leben konnte, ohne die Menschen zu verletzen, die es gut mit ihm meinten. Die aber nicht verstanden, was er wirklich wollte. Er mußte einfach zurückgehen und ihnen sagen – freundlich, aber bestimmt –, daß er keine Karriere machen wollte, so wie sie es sich vorstellten. Was er wollte, wußte er selbst noch nicht. Aber er würde schon noch dahinterkommen. Und vielleicht würde er in ihren Augen nichts erreichen, aber wer sollte das beurteilen können außer ihm selbst? Wenn er nur leben konnte, wie er es wollte.

Vasko merkte die Veränderung, die mit ihm vorging.

»Du bist so fröhlich«, sagte er.

»Ich? Wieso?«

»Du summst vor dich hin.«

»Störe ich dich?«

Vasko hob die Schultern. Das war eine der Fragen, auf die er keine Antwort gab.

»Hör mal«, sagte Bo etwas später, »was hältst du davon, wenn wir zusammen nach Kvikkjokk gehen?«

»Was soll ich in Kvikkjokk?«

Bo schaute in die eingefallenen Augen und sagte langsam und deutlich: »Dir deinen Zuschuß abholen.«

Vasko verzog keine Miene, aber Bo hatte den Eindruck, als würde er innerlich ganz starr.

»Du hast seit Jahren Geld gut. Das liegt dort auf deinen Namen, und keiner hat was davon. Es ist dein Geld.«

Vasko antwortete nicht. Er atmete sehr langsam aus, das war alles. Bo wünschte, er wüßte, was in dem alten Mann vorging. Der sah aus wie versteinert.

»Diesen Winter bist du fast verhungert, Vasko. Gib es doch zu.« Er wartete.

Nach kurzer Zeit verzog sich das verwitterte Gesicht zu einer Art schiefem Lächeln. »Fast«, sagte Vasko. Und dann, mit unbewegter Stimme: »Was geht dich das an?«

»Wenn du die Wahrheit sagen darfst, warum soll ich das nicht auch? Wenn du einen Rat geben willst, kannst du auch einen Rat annehmen.«

Vasko sah überrascht aus. Bo konnte sich nicht vorstellen, daß er sich auf sein höheres Alter und folglich auch auf größere Weisheit berufen würde. So war der Beatnik nicht.

Auf einmal fragte Vasko mit seiner gewohnten, sich überschlagenden Stimme: »Gehst du zurück? Gehst du fort von der Tundra?«

»Ja«, sagte Bo.

Der kleine Lappe öffnete den Mund weit und stieß das teuflische Kichern aus, über das sich Bo schon so geärgert hatte.

»Hahaha«, sagte Bo langsam.

Vasko hörte sofort auf zu lachen. Er wandte sein Gesicht zur Seite und zog ein wenig mutlos die Schultern hoch. »Ich soll Geld nehmen, für das ich nichts getan habe«, sagte er.

»Es ist Geld, das dir zusteht. Im Tausch für die Lachse,

die du gefangen hättest. Begreifst du das denn nicht? So mußt du das betrachten.« Bo breitete ohnmächtig die Arme aus. »Im Tausch gegen alles, was wir eurem Land angetan haben«, sagte er pathetisch. »Soll ich noch mehr sagen? Du darfst das Geld nicht zurückweisen, sonst machst du uns zu Dieben.«

Vasko lächelte höhnisch. »Seid ihr das etwa nicht?«

»Gut, gut.« Bo fühlte, daß er rot wurde. »Ich weiß genau, daß es in keinem Verhältnis zu dem steht, was wir euch abgenommen haben.«

»Darum will ich es nicht«, sagte Vasko.

»Schön, dann behalten wir es also. Dann schenkst du es uns.«

»Das ist mir doch egal!«

»Aber Vasko ... Im nächsten Winter mußt du etwas Ordentliches zum Anziehen haben. Und Vorräte. Nicht nur Fisch, sondern auch Fleisch, Kaffee, Zucker, Salz, eben alles. Sonst überstehst du den nächsten Winter nicht.«

»Das werden wir sehen«, sagte Vasko.

»Hast du dir schon mal überlegt, daß du dir von diesem Geld ein Gewehr kaufen könntest?«

»Ein Gewehr?« Auf einmal leuchteten die eingesunkenen Augen auf.

»Ja, natürlich. Du würdest viel leichter an Fleisch kommen. Mann, du kriegst wahrscheinlich eine Nachzahlung.« Er sah, daß Vasko den Ausdruck nicht verstand, und sagte: »Alle die Male, die du es nicht abgeholt hast, ist das Geld auf deinem Namen stehengeblieben. Nun bekommst du alles auf einmal. Du kannst, wenn du willst, mit einem eigenen Schneescooter aus Kvikkjokk zurückkommen.«

»Was du nicht sagst!«

Bo schwieg. Er fühlte, daß der Lappe ihn nicht ernst nahm. Vasko würde nie im Leben einen Schneescooter anfassen. Aber das Gewehr – das Gewehr war ein starker Trumpf. Das Gewehr mußte ihn locken.

»Weißt du noch, damals in der Schlucht? Mit einem Gewehr hättest du das Rentier und den Bären haben können, alle beide. So ein Bärenfell bringt doch bestimmt was ein.«

»Bestimmt tausend Kronen«, sagte Vasko.

Jetzt war er ernst.

»Also dann«, sagte Bo.

»Du meinst, sie würden mir ein Gewehr geben?«

»Sie müssen dir den Zuschuß, der sich in den ganzen Jahren angesammelt hat, ausbezahlen. Dafür kannst du dir bestimmt zehn Gewehre kaufen.«

Vasko schob die Mütze mit den Zipfeln zurück und fing an, sich ausführlich am Kopf zu kratzen. Das tat er nur, wenn er aufgeregt war.

Bo sah seine Chance. Er sprang auf. »Los, komm mit nach Kvikkjokk. Du kannst ja auch einen Teil des Geldes stehenlassen. Nimm nur soviel, daß du dir ein Gewehr und Munition kaufen kannst.«

Sehr langsam fing Vasko an zu grinsen. Er schaute von Bo zur Tür und wieder zurück. Dann stampfte er mit den Füßen und begann, alle möglichen seltsamen Töne auszustoßen. Es war seine Art, sich abzureagieren. Bo war daran schon so gewöhnt, daß es ihn nicht mehr überraschte. Er fing an, seinen Rucksack zu packen.

»Ich gehe«, sagte er. »Du kannst machen, was du willst.«

26

Es hatte aufgehört zu schneien. Trotzdem fuhren Bo und Vasko auf ihren Skiern durch einen endlosen Schneesturm. Das kam von dem eisigen Wind, der über die Tundra raste und den Schnee aufwirbelte.

Bo war froh, als sie endlich die Schlucht erreichten und eine kleine Pause machten, um zu Atem zu kommen. Es war nicht zu glauben, was für ein Tempo der alte Mann stundenlang durchhalten konnte. Und nun hatte er nicht angehalten, um zu verschnaufen, sondern er hatte trotz des Schneegewirbels etwas entdeckt.

Die Spur war leicht zu erkennen. Der Abdruck von breiten Sohlen und fünf Zehen und Nägeln. Der Bär.

Vasko wurde ganz aufgeregt. Er beugte sich über die Spur, die der Bär im Schnee zurückgelassen hatte. Dann richtete er sich auf und spähte in die Kluft. Er sagte etwas, aber der Wind wehte seine Worte davon, bevor Bo sie verstehen konnte. Bo fror, und er dachte an die Winterhöhle unter der umgefallenen Tanne. Sehnsüchtig stellte er sich die behagliche Wärme in der Höhle vor, den Lichtstreifen, der durch ein kleines Loch hereindrang und durch das der Bär atmete. Bären hatten es gut!

Aber irgend etwas stimmte nicht. Vasko zögerte. Auf einmal verstand Bo die Aufregung des kleinen Lappen. Die Spur mußte sehr frisch sein, sonst hätte der Puderschnee sie schon wieder zugedeckt. Der Bär war vom Hunger aufgewacht und hatte sich auf die Suche nach etwas Eßbarem gemacht. Egal, was es auch war. Normalerweise griffen Bären Menschen nicht an, obwohl man nie ganz sicher sein konnte. Und nach seinem langen Winterschlaf mußte er schrecklichen Hunger haben. In diesem Augenblick irrte der Bär vermutlich suchend durch die Schlucht. So früh im Jahr würde er kaum etwas finden. Es gab noch keine Pflanzen, Wurzeln oder Beeren, keine Feldmäuse, Lemminge oder Würmer, die er ausgraben konnte. Es gab noch nicht einmal Rentierkälber, die er überraschen könnte. Wahrscheinlich war er enttäuscht in seine Höhle zurückgekrochen. Dann durften sie ihn auf keinen Fall wecken.

Vasko sah Bo an, daß er den richtigen Schluß gezogen hatte. Er grinste. Was es da zu lachen gab, war Bo ein Rätsel. Dann begriff er, daß er wahrscheinlich sehr ängstlich aussah. Das ärgerte ihn. Natürlich hatte er Angst. Wer würde da keine Angst haben! Vasko bedeutete ihm mit den Händen, daß sie still sein mußten. Und schnell. Bo nickte zum Zeichen, daß er verstanden hatte. Wie Schatten tauchten sie in die Schlucht hinein. Ihre selbstgemachten Skier aus Birkenrinde glitten geräuschlos über den Pulverschnee. Bo fing an, unter seinem Parka zu schwitzen. So dicht es ging, fuhr er im Zickzack hinter Vasko her. Immer wieder kreuzten sie Bärenspuren. Der hatte lange gesucht, das konnte man sehen. Und vielleicht war er kein guter Schläfer. Bo versuchte, nicht an Iljas Geschichten über Bären zu denken. Die Lappen hielten Bären für entfernte Verwandte des Menschen. Und wenn ein Bär einmal einen Menschen getötet hatte, dann hatte er ein schlechtes Gewissen und konnte den ganzen Winter nicht schlafen.

Bo fühlte sich immer unbehaglicher. Was war, wenn der Bär, verrückt vor Hunger, immer noch suchte und auf die beiden Gestalten traf? Langsame, zweibeinige Gestalten, die zu ihrer Verteidigung nicht einmal ein Geweih hatten, mit denen er es leichter haben würde als mit einem Rentier.

Nun kamen sie der Winterhöhle gefährlich nahe. Die Spur des Bären führte plötzlich nach oben zu einem Felsvorsprung. Der war blaugrün von Tannennadeln. In dem diffusen Licht sah der umgefallene Baumstamm wie ein Knochen aus. Dort hatte der Bär seinen juckenden Pelz gescheuert und seine Krallen und Zähne geschärft. Und dort sollte er auch besser liegenbleiben und von Beeren und Lemmingen träumen.

Vasko war jetzt ein ganzes Stück vor Bo. Nur sein Schatten war noch zu sehen. Nun glitt er an der Winterhöhle vorbei. Der Bär hatte jetzt bestimmt einen leichten Schlaf. Bo wußte, wie reizbar er war, wie plötzlich eine phlegmatische Stimmung in Ärger und schnell aufbrausende Wut umschlagen konnte. Bo spannte jeden Muskel an, um auf seinen Skiern so leise wie möglich zu sein.

Dann lag die Höhle hinter ihnen, und es gab keine Spuren mehr. Bo beruhigte sich. Auf einmal fühlte er, wie es in seinen Beinen vor Müdigkeit knackte. Er taumelte. Die Stille in der Schlucht war unwirklich. Vor ihm fuhr Vasko unermüdlich weiter. Bo hatte ein Gefühl, als käme er kaum noch vorwärts. Der Schweiß gefror auf seinem Gesicht, und auf einmal wurde er wütend auf Vasko. Warum hatte der es so eilig? Sie waren jetzt doch weit genug weg. Die Höhle lag bestimmt schon zwei Kilometer hinter ihnen. Es gab keinen Grund mehr für dieses Tempo. Sie konnten sich doch einen Moment ausruhen.

Plötzlich hielt Vasko weit vor ihm bei einem riesigen Felsbrocken an. Als Bo ihn eingeholt hatte, war er schon dabei, im Windschatten ein Feuer aus getrockneter Birkenrinde zu machen, die er unter seinem Kolt gehabt hatte.

»Kaffee«, sagte er nur und grinste, als hätte er Bos Verbitterung über die Entfernung hinweg gespürt.

Der hohe Felsen schützte sie gegen den beißenden Wind, und Bo fing an, sich wieder wohler zu fühlen. Er holte den Kessel und den Beutel mit dem letzten Rest Kaffee aus seinem Rucksack und überließ Vasko die Zubereitung, während er selbst so viel trockenes Holz wie möglich zusammensuchte. Manchmal schaute Vasko zu dem Platz, wo die Winterhöhle lag. Dann grinste er und schüttelte den Kopf. In solchen Augenblicken erinnerte er Bo doch wieder sehr an einen Kobold.

»Worüber freust du dich so?«

»Wegen ihm«, sagte Vasko und deutete zur Schlucht. »Er schläft, und ich hole mir ein Gewehr. Das ist doch ein guter Witz.«

Bo sah es vor sich. Der kleine Teufel mit seinem funkelnagelneuen Gewehr würde so lange Steine in die Höhle werfen, bis der Bär schlaftrunken herausgestolpert käme, Vasko genau vor die Büchse. Sehr stilvoll war das nicht, aber auf diese Art erwischte man noch einen Bären.

Vasko zog ihn am Ärmel. Er deutete auf seine Jacke und dann auf die Winterhöhle. Als ob Bo nicht wüßte, daß seine Jacke aus Bärenfell war! Aber der Lappe wollte ihm offensichtlich noch etwas erzählen. Er öffnete seine Jacke, seinen Gürtel und schob dann seinen verschlissenen Kolt hoch. Bo erschrak. Die magere gelbe Brust war voller häßlicher großer Narben, und das Seltsame war, daß dicke Blutstropfen aus den Narben traten.

»Was ist das?«

Vasko grinste nur.

»Die Narben sind doch schon alt?«

»Ja. Ich weiß nicht mehr, wie alt ich war. Jung. Ein Junge wie du. Damals habe ich den Bären gejagt. Ein einziges Mal. Danach nie wieder. Die Jacke ist aus seinem Fell.«

»Aber die Narben?«

»Die sind auch von ihm. Er hat mich noch erwischt. Bei Bären dauert es lange, bis sie tot sind.«

Bo schauderte. »Aber das Blut ... Ich begreife nicht, daß es blutet.«

Vasko zuckte mit den Achseln und schloß seine Jacke wieder. Im Feuerschein sah sein Gesicht aus wie eine alte Maske. »Ich habe gewaltige Angst vor Bären«, sagte Vasko. »Nach dem einen. Ich nehme an, daß deshalb die Narben wieder anfangen zu bluten, wenn ich die Spur von einem Bären sehe.«

Bo starrte ihn ungläubig an. Aber es mußte wahr sein. Unbegreiflich und geheimnisvoll, und doch ... Er hatte es selbst gesehen. Was für ein seltsamer Kerl war das doch. Narben, die nach all den Jahren anfingen zu bluten! Bo war tief beeindruckt.

»Damals hatte ich noch kein Gewehr«, sagte Vasko. »Mit einem Gewehr bin ich ein großer Bärenjäger.«

»Wie hast du den damals getötet?«

Vasko wollte antworten, schenkte sich aber erst noch eine Tasse Kaffee ein.

Dann grinste er. Dabei wiegte er seinen Oberkörper leicht hin und her. Mit geschlossenen Augen saß er eine Zeitlang so da. Vielleicht taten ihm die Narben weh, und er versuchte, auf diese Weise den Schmerz zu besänftigen. Das würde zu ihm passen.

»Auf die alte Art«, sagte Vasko auf einmal rauh. »Auf die alte Art habe ich ihn getötet. Wie denn sonst?«

Der Feuerschein flackerte unruhig über sein Gesicht. Bo wagte keine weiteren Fragen. Er fühlte sich ungemütlich und betrachtete den alten Mann befremdet. Trotzdem fühlte er sich auch mit ihm verbunden. Es war verwirrend.

»Nun ja«, sagte Vasko mit einer ganz anderen Stimme. Er öffnete die Augen und grinste. »Die echte alte Art habe ich noch nicht ausprobiert.«

»Wie geht die?«

»Mein Vater versuchte, Bären betrunken zu machen.«

»Ach, komm!«

»Er stellte eine Schale Branntwein in den Wald. Wenn ein Bär einmal Branntwein getrunken hat, sagt man, kommt er immer wieder und will mehr. Er wird verrückt nach Branntwein.«

»Und . . . ? Hat dein Vater auf diese Art je einen Bären gefangen?«

»Nein. Aber die Schale war immer leer.«

Bo lachte. »Du hast einen schlauen Vater gehabt. Ein Wunder, daß er nie selbst in den Strick gelaufen ist.«

»Ja«, sagte Vasko und warf noch einmal Holz aufs Feuer.

»Und wie war die andere alte Art?«

Vasko schaute sich um, als ob sie der Bär in seiner Winterhöhle hören konnte. Wieder klang seine Stimme rauh.

»Ganz einfach«, sagte er. »Du kriechst den Hügel hinauf auf den Bär zu und wirfst mit Steinen. Früher oder später wird er wütend. Dann stellt er sich auf die Hinterbeine und kommt auf dich zu. Du läßt ihn den Hügel herunterkommen und steckst am Ende des Wegs einen langen Speer in den Boden. Der Bär rennt dann geradewegs hinein. Du mußt den Speer nur gut festhalten.«

Bo konnte nicht anders, er mußte lachen. Vasko lachte mit, aber auf eine seltsame und rauhe Art. Auf einmal sah sein Gesicht wieder uralt und barbarisch aus.

»Warum muß man dann den Speer festhalten?« fragte Bo schließlich.

»Damit kannst du den Bär von dir wegschieben, sonst erwischt er dich vielleicht doch noch, bevor er ganz tot ist.«

Bo schauderte. »Hast du so deine Narben bekommen?«

»Ja. Und meine Jacke.«

»Dann warst du ein ganzer Kerl, zu deiner Zeit.«

»Zu meiner Zeit«, sagte Vasko leise.

Seine Augen waren hinter den tiefen Falten nicht mehr zu sehen. Und wieder wiegte er seinen Oberkörper hin und her. Er sagte: »Wir hatten alle Angst vor Bären, zu meiner Zeit. Damals war der Bär ein Übel, mit dem man rechnen mußte. Jetzt nicht mehr. Reiche Hirten haben Gewehre, die so weit schießen, daß man ein Fernglas dazu braucht. Das setzen sie auf den Gewehrlauf. Es ist wahr, ich habe es selbst gesehen. Zu meiner Zeit war das anders, damals hast du noch das Tier gefühlt, das du tötest. Und wenn du nicht schnell und nicht gut genug warst, dann hat der Bär die Rollen getauscht. Aber auch das ist jetzt anders. Schade für den Bären. Schade für die Männer, die einmal gelernt haben, wie man so etwas mit einem Speer macht. Alles, was ein Mann heute braucht, ist ein teures Gewehr. Nicht einmal Mut ist mehr nötig.«

Bo saß sehr still. Er hatte Angst vor der Trauer des alten Mannes. Sie hatte etwas Grimmiges und Düsteres. Er stellte sich vor, wie Vasko mit solchen Gedanken jahrelang durch die Tundra gewandert war. Kein Wunder, daß er manchmal so seltsame Dinge machte. Und daß er trank.

»Nun bekommst du selbst ein Gewehr«, sagte er, um Vasko aufzuheitern.

»Ja«, sagte Vasko. Aber es klang nicht fröhlicher. Mit steinernem Gesicht starrte er in die Flammen.

Als Bo etwas später aufstand, um Wasser zu lassen, sah er den Mond und die Sterne heller am Himmel stehen. Er spähte über den Boden und entdeckte im Schnee flache Kuhlen, immer zwei und zwei, über die ganze Länge des Hügels. Der Schreck kam sehr langsam, wie ein Stein, der träge ins Rollen kommt und dann immer schneller wird.

Der Bär. Es war die Spur des Bären. Der Schnee hatte sie noch nicht zugedeckt. Das bedeutete, daß sie ganz frisch sein mußte.

Der Bär schlief keineswegs, er war wieder auf der Suche nach etwas zu essen. Der Bär war ganz in der Nähe.

Und der Feuerschein hatte ihn interessiert. Vielleicht lag er etwas weiter oben im Hinterhalt.

Bo schrie, und der Wind riß ihm den Schrei aus dem Mund. Er drehte sich zum Feuer um. Vasko richtete sich auf.

»Was ist los?«

»Der Bär!«

Vasko schaute in die Richtung, aus der Bo gekommen war.

»Wo denn?«

»Seine Spuren.«

Der alte Lappe lief hin und bückte sich. Und dann hörte Bo zu seiner Überraschung wieder das gackernde Lachen. Im Mondlicht klang es gespenstisch. Vasko kam zurück.

»Noch keine Viertelstunde alt«, sagte er. »Das ist eine schöne Geschichte!«

»Was sollen wir machen?«

»Zurückgehen. Er liegt dort hinter einem Felsen und wartet, nehme ich an. In dieser Richtung können wir nicht weiter.«

Bo war schon dabei, seine Skier unterzubinden. Ruhig packte Vasko den Kessel und die anderen Sachen in den Rucksack. Er machte das so systematisch wie immer, knöpfte den Rucksack ordentlich zu und gab ihn Bo. Dann band er sich die Skier unter die Füße. »Wir haben jetzt Gegenwind«, sagte er. »Das ist nicht besonders gut.«

Bo sagte nichts. Er mußte die Lippen aufeinanderpressen, um nicht laut mit den Zähnen zu klappern.

»Wenn ich er wäre«, sagte Vasko mit einem Nicken zu dem Felsbrocken hinüber, »dann würde ich uns nicht entkommen lassen.«

Bo versuchte auch zu grinsen. Es war seltsam, aber Vasko wirkte auf einmal fast glücklich. Ein komischer Kerl war das. Er grinste immer, wenn etwas Schlimmes los war.

»Der Bär ist schlau«, sagte Vasko. »Der will nicht, daß ich meine Zulage abhole. Er will lieber, daß zwischen uns alles so bleibt, wie es war.«

»Gehen wir?« fragte Bo.

Soweit das Auge reichte, war die Welt auf eine verträumte und stille Art in Bewegung. Nur die Felsbrocken nicht. Die sah er durch den wirbelnden Schnee ganz deutlich. Sie bildeten die einzigen festen Punkte in der Schlucht. »Wir haben gegessen, denk dran«, sagte Vasko. »Er nicht.« Und wieder fing er an zu gackern. »Wenn ich er wäre, würde ich etwas unternehmen. Wenn ich so einen Hunger hätte . . .«

»Ja, ja«, sagte Bo.

Er wollte weg. Er stand die ganze Zeit schon bereit, sich abzustoßen. Aber Vasko war offenbar noch nicht soweit. Er schaute zu den Felsen und lachte. Anscheinend fand er die Situation immer komischer, denn auf einmal lachte er schallend. Er schlug sich auf die Knie und lachte. Bo starrte voller Abscheu von den Felsen wieder zu Vasko hinüber.

Bo hielt es nicht mehr aus. Er stieß sich mit dem Skistock ab und setzte sich in Bewegung. Vasko mochte ihm nachkommen, wenn er sich aus gelacht hatte.

27

Vasko holte ihn ein, bevor Bo die Hälfte der Schlucht durchquert hatte. Er rief etwas, doch Bo wollte nicht anhalten. Der Gegenwind war schrecklich, aber die Angst gab ihm die Kraft, weiterzufahren. Er hielt erst an, als er den Schatten sah, der sich weiter unten am Hang zockelnd parallel zu ihnen bewegte. Keuchend blieb Bo stehen und starrte hinunter. Vasko brachte seinen Mund dicht an Bos Ohr und schrie: »Was hast du denn gedacht?«

Der Bär konnte offensichtlich gemütlich mit ihnen Schritt halten. Jetzt stand er auch still und hustete. Das Geräusch klang so schwer und tief, daß Bo sofort nervös wurde und weiter wollte. Vasko hielt ihn zurück. Er schüttelte den Kopf, winkte und ging vor Bo her wieder in die andere Richtung.

Die beiden Männer glitten auf ihren Skiern über den

Hang. Sie konnten den Bären im Mondlicht sehen, wie er mit ihnen rannte und beim Laufen seinen enormen, struppigen Kopf schüttelte. Bo schwitzte und stöhnte vor Müdigkeit. Er begann zu begreifen, daß der Bär sie in der Schlucht gefangenhalten wollte. Den Hang, auf dem sie sich befanden, konnte er so schnell nicht hochkommen. Aber wenn sie die Schlucht verlassen wollten, mußten sie wieder hinunter. An beiden Seiten wurden die Wände immer steiler. Sie würden hinunter müssen in die Mitte, da, wo die Schlucht am tiefsten war. Und dort wartete der Bär.

Vasko gab ein Zeichen, und sie drehten sich gleichzeitig um und fuhren wieder in die andere Richtung. Der Bär schüttelte den Kopf und hatte sie im nächsten Augenblick wieder eingeholt. Er konnte schneller laufen, als Bo es für möglich gehalten hätte.

Und wieder blieben sie stehen. Der Bär setzte sich gemütlich in den Schnee. Bo schaute zu Vasko hin. Der grinste. Er steckte seine Hände unter die Jacke, als ob er fröre. Aber als er sie wieder vorholte, sah Bo Blut an seinen Fingern.

Die Narben.

Bo zitterte. Schwer atmend schaute er nach unten. Und der Bär, der sich hingelegt hatte, schaute nach oben.

»Verstehst du, was ich meine?« sagte Vasko.

Bo nickte. Der Schweiß fror auf seinem Gesicht. Er bekam wieder dieses starre Gefühl auf den Augenlidern. Noch nie war er so verwirrt gewesen, noch nie hatte er solche Angst gehabt.

Vasko wirkte völlig unbekümmert. Er sagte: »Paß auf! Gleich wirst du was erleben.«

Er fuhr ein Stück weiter und stellte sich dann hinter einen großen Felsbrocken, so daß der Bär ihn nicht mehr sehen konnte. Sofort richtete sich der Bär auf und rannte ein Stück nach oben, um zu sehen, wo er geblieben war. Wahrscheinlich, um ihn notfalls abzufangen. Vasko schien es nicht anders erwartet zu haben, denn er zeigte sich schnell wieder auf dem Hügel. Und der Bär rutschte hinunter und nahm beruhigt die Wache wieder auf.

Vasko kam zurück.

»Solange wir kein Eile haben«, sagte er, »hat er auch keine. Er hat auch Angst. Aber er hat Hunger.«

Bo verstand jetzt, warum nicht einmal ein Rentier auf kurze Entfernung eine Chance hatte, einem Bären zu entkommen. So wie der rennen konnte! Er sah Vasko zu, der sich etwas Neues ausgedacht hatte. Dreimal tat er so, als lege er ein Gewehr an. Und immer wieder, wenn er das tat, stand der Bär nervös auf und fing an zu winseln, als fühlte er die Kugel schon.

»Der hat seine Erfahrung mit Menschen«, sagte Vasko.

Aber der Hunger war stärker als die Angst. Winselnd blieb der Bär, wo er war. Sobald Vasko die Arme sinken ließ, setzte er sich beruhigt wieder hin. Er rollte sich sogar auf die Seite und legte seinen großen Kopf auf eine Pfote.

»Er will uns nicht entkommen lassen, aber er traut sich auch nicht, uns anzugreifen«, sagte Vasko. »Er wartet einfach ab.«

»Was können wir machen?«

»Nicht viel. Auch warten. Vielleicht überlegt er es sich, wenn es hell wird. Vielleicht nimmt er dann allen Mut zusammen.«

»Und dann?«

Vasko zuckte mit den Schultern.

»Manchmal hilft laut schreien.«

Wie einfach und lakonisch Vasko das sagte. Bo fror auf einmal ganz furchtbar. Er suchte sich einen Platz im Windschatten und Vasko folgte ihm. Er schaute Bo aufmerksam an und zauberte dann unter seinem Kolt die Flasche hervor.

»Trink«, sagte er.

Bo mußte jeden Schluck im Mund auftauen, aber er schmeckte absolut nichts. In seiner Kehle fing es an zu brennen. Aber das war alles. Mit einem seiner Skier grub Vasko eine Kuhle in den Schnee. »Kriech in deinen Schlafsack«, sagte er kurz.

Bo konnte das Zähneklappern nicht mehr unterdrücken. Seine Hände waren so kalt, daß er den Rucksack nicht aufbekam. Vasko half ihm und warf den Schlafsack in die Kuhle.

»Los«, sagte er barsch.

Bo starrte ihn geistesabwesend an. Mit einer rauhen Bewegung stieß der Lappe ihn zu der Kuhle hin.

»Kriech rein.«

Zitternd schob sich Bo in den Schlafsack, und als er den Kopf in die Kapuze gelegt hatte, sah er Vaskos strenges Gesicht über sich. Der alte Mann zog den Reißverschluß des Schlafsacks hoch und schaufelte dann mit den Händen Schnee auf Bo. Erst fühlte Bo die dicke Lage überhaupt nicht. Er zitterte so sehr, daß der pulvrige Schnee immer wieder von ihm abglitt. Aber schließlich waren alle Öffnungen und Spalten verstopft, und dann war er ganz und gar eingeschlossen. Überrascht fühlte Bo das Gewicht des Schnees. Wellen von Wärme zogen über ihn, und das Zittern hörte auf.

»So ist es besser«, sagte Vasko.

Bo fragte sich, warum ihm dieses Gesicht jemals teuflisch vorgekommen war. Er wollte etwas sagen, sich bei dem alten Mann bedanken. Aber das Zähneklappern war noch nicht vorbei. Vasko schaufelte immer mehr Schnee auf ihn. Seine grauen Haare wehten im Wind.

»Schlaf«, sagte Vasko.

»Und was ist mit dir?«

»Ich halte Wache. Wenn unser Freund heraufkommt, wecke ich dich.«

Bei diesen Worten schaute er den Hügel hinunter, und auf einmal verzog sich sein sanftes Gesicht und wurde wieder von diesem wilden Lachen verzerrt.

»Hunger, was?« schrie Vasko hinunter.

Der Bär winselte, er hatte Angst vor diesen menschlichen Tönen. Vasko schüttelte den Kopf und lachte noch lauter. Nun stieß der Bär hohe, aufgeregte Töne aus.

Bo wurde es angenehm warm. Immer wieder gähnte er. Nach jedem Gähnen fühlte sich sein Kopf verschwommener an. Verrückt, daß er erst jetzt deutlich den Alkohol spürte, den er vor einer Viertelstunde getrunken hatte. Er konnte Vasko nicht mehr sehen, aber er hörte Beilschläge. Sicher machte er ein Feuer. Das war gut, das würde den Bär auf Abstand halten.

Noch einmal machte Bo die Augen auf. Er sah, wie Vasko auf seinen krummen Beinen angelaufen kam. Bis zu den Knien versackte er im Schnee. Er trug einen kleinen Baumstamm. Es war ein junger Baum, der noch rote Blätter hatte. So grünes Holz würde doch nur rauchen. Bo sah, wie Vasko sein großes Messer zog und die Äste und Zweige abschnitt. Komisch war das. Dann fühlte Bo, wie er wegsank. Er träumte. In seinem Traum führte Vasko etwas Geheimnisvolles aus. Etwas mit einer magischen Trommel. Es war alles so verschwommen und unzusammenhängend. Er erschien auch immer wieder mit diesem jungen Baum über der Schulter und zog sein Messer. Das Bild kam so oft zurück, daß Bo sich im Traum dagegen wehrte. Das wollte er nicht träumen. Dann hatte er das Gefühl, wach zu sein. Aber das war unmöglich, er mußte es träumen. Ganz deutlich sah er den Bär den Hang hochkommen. Das konnte nicht wirklich sein, Vasko hätte ihn gewarnt. Vasko hielt Wache, der war bestimmt nicht eingeschlafen. Auf einmal fing der Bär an zu rennen und kam schnell immer näher. Sein lockerer und viel zu großer Pelz schlotterte ihm um den Körper. Das sah fast possierlich aus. Bo schloß die Augen.

Plötzlich war Vasko wieder da. Er hatte eine magische Trommel unterm Arm. Er schlug rhythmisch darauf, während er mit langgezogenen Tönen einen *joik* sang. Sicher rief er die Hilfe der alten Götter an. Aber durch das Singen hindurch konnte Bo noch immer das Knurren des Bären hören. Und das kam näher. Bo öffnete die Augen und sah den Bären. Er sprang über den letzten Felsvorsprung, ohne daß er dabei langsamer wurde. Grrrrr! Ein tiefer, langer Rülpser kam aus seinem Maul. Mit einem großartigen Schwung, wie ein Akrobat, hob er sich auf die Hinterbeine. So wankte er schwerfällig und massiv über den Hang. Sein riesiger, struppiger Körper endete in einem langen, gebogenen Nacken, einem vorgereckten Kopf und einer Hundeschnauze mit gelben Zähnen. Seine langen Klauen glänzten schwarz und feucht. Bo schüttelte den Kopf, aber dieser Angsttraum wollte nicht verschwinden. Er war betrunken von Vaskos Feuerwasser. Eine schöne Bescherung!

»Verschwinde«, sagte Bo lallend zu dem Bär.

Auf einmal kam Vasko ihm ins Blickfeld. Der sang immer noch.

Bo kämpfte gegen diesen schrecklichen Traum, aber es war, als könnte er nicht aufwachen.

Plötzlich hielt Vasko das junge Bäumchen in den Händen. Aber das Bäumchen war kein Bäumchen mehr. Die Zweige waren abgeschnitten. Es war eine lange runde Stange mit einer scharfen Spitze. Die alte Art, dachte Bo.

Er hatte es aufgegeben, aufwachen und den lähmenden Schlaf abschütteln zu wollen. Der Traum ließ sich nicht mehr aufhalten. In einem roten Licht, das nirgendwo herzukommen schien, sah er ein ganzes Stück von sich entfernt den Bären und Vasko ineinanderfließen zu einer Gestalt. Jetzt sah Vasko wie der Bär aus und der Bär wie Vasko. Ein Bär-Mann. Der Bär-Mann stieß ein schreckliches Gebrüll aus und stürzte vornüber in den Schnee. Durch sein Gewicht und die Geschwindigkeit drang der Speer in seiner ganzen Länge quer durch den Körper des Bär-Manns. Bo hörte, daß der Bär-Mann eine menschliche Stimme hatte. Er schrie sehr wild und sehr rauh.

Bo schüttelte den Kopf. Irgendwie mußte er diesen Traum abschalten, wie man es mit einem Film machte. Er wußte wohl, daß das alles nicht wirklich war, aber beängstigend war es doch. Daß er von ein paar Schlucken Alkohol so benebelt sein konnte! Er war außerstande, sich zu bewegen.

Zum Glück verblaßte der Traum. Erst die Geräusche. Das Knurren, das einem das Blut gerinnen lassen konnte, hörte sich jetzt eher an wie Husten. Das war natürlich Vasko. Grünes Holz qualmte doch nur. Bo fühlte, wie ihm der Traum entglitt, und das war gut so. Er wollte nicht träumen, er wollte schlafen und ausruhen. Der Alkohol und die

Erschöpfung waren schuld an diesem Alptraum. Aber der Alkohol verlor seine Wirkung, und Bo fühlte sich warm und schwer werden. Langsam sank er in einen echten, tiefen Schlaf.

28

Bo machte die Augen auf. Die Stille hallte in seinen Ohren. Das Gewicht des Schnees auf seinem Körper gab ihm das Gefühl, als sei etwas Schweres auf ihn gefallen. Seinen Traum hatte er vergessen. Aber die Aufregung zitterte noch in ihm nach. Er war erregt, als ob etwas ganz Besonderes passieren würde.

Auf einmal wußte er es wieder. Er war auf dem Weg nach Hause. Er würde nach Kvikkjokk gehen und dort in den Bus nach Jokkmokk steigen und dann in den Zug nach Stockholm. Aber da war doch etwas gewesen, bevor er eingeschlafen war, das ihn davon abgehalten hatte.

Er fühlte Schnee im Gesicht und schüttelte den Kopf. Es raschelte und knirschte überall um ihn herum. Erstaunt richtete er sich auf und blies den pulvrigen Schnee aus seinen Nasenlöchern.

Seine Kapuze war fest zugezogen, geistesabwesend öffnete er die Schnüre. Soweit er im Sitzen sehen konnte, war der Hang vollkommen verlassen.

Ganz langsam kehrte die Erinnerung an den letzten Tag zurück. Er zog den Reißverschluß seines Schlafsacks auf und stieg aus der Kuhle. Jetzt stand er und konnte bis zum tiefsten Punkt der Schlucht hinunterschauen. Kein Bär war zu sehen. Und Vasko war auch weg. Bo verstand das nicht. Automatisch rollte er seinen Schlafsack zusammen und stopfte ihn in den Rucksack. Der Wind hatte sich gelegt, und die Sonnenstrahlen auf dem Schnee blendeten ihn. Er setzte die Schneebrille auf. Wo war Vasko?

Auch Vaskos Skier waren verschwunden. Alles, was Bo

fand, waren ein paar Späne und Zweige mit kleinen, roten Blättern. Das Bäumchen . . .

Die Erinnerung wurde immer klarer. Er sah Vasko wieder mit dem Bäumchen ankommen und sein Messer nehmen.

Aber er sah keine Spur von einem Feuer, keine Aschenreste, nichts. Bo spähte in die Schlucht hinunter. Ihre Spuren von gestern waren so gut wie verschwunden. Aber ein Stück weiter oben sah er doch frische Spuren, sowohl von Vasko als auch von dem Bären.

Die Spur führte den Hang hinauf. Erst auf ihn zu, dann in einem Bogen von ihm weg. Er versuchte zu begreifen, was Vasko im Schild führte. Er hatte Wache gehalten. Das hatte er gut gemacht, er hatte den Bären offenbar fortgelockt. Er hatte Bo nicht allein gelassen mit dem Tier. Aber was hatte Vasko mit dem Bäumchen gemacht?

Der Schnee wurde in der warmen Sonne so klebrig, daß Bo nur mit Mühe den Hang hochsteigen konnte. Er folgte wohlweislich nicht der Spur des Bären, sondern den Skispuren weiter unten am Hang. Was hatte Vasko getan?

Auf einmal sah Bo den Bären. Es sah aus, als läge er schlafend im Schnee. Aber mit dem Schnee war etwas nicht in Ordnung, der Schnee um den Bären herum war rot.

Auf einmal wußte Bo, was Vasko mit dem Bäumchen gemacht hatte. Sein Traum war plötzlich wieder da.

Schnell stieg er den Hügel hinauf. Der Bär sah unwahrscheinlich groß aus, wie er so flach auf dem Boden lag. Ein weißglänzender, mit Rot beschmierter Stock ragte ein Stück weit aus seinem Rücken heraus. Der Bär lag da, als wäre er von einem hohen Felsen gefallen, mit gespreizten Beinen, den Kopf fast unter dem struppigen Nacken. Das Fell war borstig aufgerichtet. Sein Maul war nicht zu sehen, aber seine kleinen, blutunterlaufenen Augen glänzten starr und dumm in der Sonne.

Unter dem zur Seite gedrehten Kopf sah Bo das blaue Gesicht von Vasko. Bo merkte nicht, daß er laut und wahnsinnig schrie, gegen den leeren Hang und die endlose

Wildnis, gegen den toten Bären und den toten Mann unter dem Bären. Die Stille dröhnte in seinen Ohren. Er zerrte wild an dem Bär, schreiend und weinend, aber ohne Tränen.

Er war so geschockt und außer sich, daß er noch lange keine Trauer empfinden konnte. Er zog an dem plumpen, steif gewordenen Bärenkörper, aber der ließ sich nicht bewegen. Nur den blutigen Kopf konnte er anheben. Jetzt sah er die Reißzähne in dem offenen Maul und den gefrorenen Geifer.

Als er den Bär endlich losließ, fiel der schwere Kopf zurück in den Schnee, neben Vaskos Gesicht. Lange Zeit starrte Bo vor sich hin. Er erinnerte sich, wie Vaskos Gesicht früher für ihn das Gesicht des Beatnik gewesen war.

Er schüttelte den Kopf und sagte ein paarmal laut vor sich hin: »Vasko Pirtsi.«

Er würde nie mehr das seltsame, schrille Lachen hören. Jede Falte in dieser runzligen Haut sah nun aus, als wäre sie tausend Jahre alt, wie von einer Mumie. Die erstarrten Augenlider ließen sich nicht ganz schließen, aber die kleinen Pupillen, die oft so bösartig und manchmal so sanft geglitzert hatten, waren jetzt stumpf. Nur der Mund sah noch ein bißchen lebendig aus, verzogen zu einem wilden Lachen. Vasko mußte mit einem Gefühl des Triumphs gestorben sein. Er hatte den Bären getötet. Auf die alte Art.

Zum erstenmal sah Bo den kleinen Lappen so, wie er gewesen sein mußte: ein barbarischer Mann, der seine Zeit überlebt hatte. Nun hatte er endlich eine Aufgabe gefunden, die zu ihm paßte, die er mit Leib und Seele übernommen hatte. Seine alten, heidnischen Götter hätten ihn sonst im Stich gelassen.

Erst dachte Bo noch daran, einen Baumstamm als Hebel zu benutzen und so den Bären von Vasko herunterzuschaffen. Aber er ahnte, wie übel der Zwergenkörper zugerichtet war. Er wollte ihn nicht mehr sehen. Schließlich tat er das, was ihm unter diesen Umständen und beim Charakter des Toten richtig erschien. Es kostete ihn einen ganzen Tag, genügend Steine zu suchen und aufeinanderzustapeln. Er bedeckte den großen Bärenkörper und den Mann darunter und gab ihnen ein gemeinsames Grab.

Als Bo endlich fertig war mit dieser Arbeit, mußte er ein Feuer machen. Er brauchte ein paar Stunden Ruhe. Er saß neben dem Grabhügel und konnte immer noch nicht glauben, daß Vasko tot war. Von der Erde verschwunden.

Er mußte sich zwingen, wie an einen Toten an Vasko zu denken. Jemand, den er nie wiedersehen würde.

Bo betrachtete sein Werk. Kein Raubtier würde dieses Grab aufbrechen können. Dann warf er Schnee aufs Feuer und band seine Skier unter. Der Schnee war hart und trocken. Noch einmal schaute Bo sich um und sah die weißblinkende Speerspitze, die aus dem Grabhügel ragte. Aus irgendeinem Grund mußte er darüber lachen.

Erstaunt hörte er sein eigenes Lachen. Es war, als hörte er Vasko. Er schüttelte den Kopf und fuhr los, immer am Hang entlang und so schnell wie möglich. Er wollte aus dieser Schlucht heraus.

Zuerst war es nur die Eile, diesen Ort zu verlassen, später kam noch die Ungeduld hinzu, den großen See wiederzusehen – jedenfalls gönnte sich Bo wenig Ruhe. Unermüdlich fuhr er die weißen Hänge hinunter. Er erreichte die Birkenwälder und fuhr mit einer Geschicklichkeit zwischen den Stämmen hindurch, die ihn selbst überraschte.

Die Sonne ging auf. Hier in diesem Tal war der Frühling angekommen, überall sah er junge Blätter im Licht zittern. Ein neuer Frühling.

Mit viel Glück hatte er alle Jahreszeiten überlebt. Nun würde in der Tundra alles wieder von vorn anfangen. Ohne ihn. Überleben allein war nicht genug. Wie schön die Tundra auch war, wie gern er später auch zurückkommen würde, sein *Padjelanta* war nicht hier. Das verstand Bo jetzt. Er war auf der Suche nach seinem *Padjelanta.* Wie und wo er es finden würde, wußte er noch nicht. Aber da er sich jetzt auf den Weg gemacht hatte, würde sich das schon herausstellen. Da war er ganz sicher.

Bo ruhte nicht, bevor er in der Ferne das Eis des Virihaure

aufblitzen sah. Dann stand er keuchend oben auf dem Hang. Die umliegenden Berge spiegelten sich im Eis, ohne daß der See deshalb kleiner zu werden schien. Bo betrachtete ihn lange. Hier hatte sein Lappland-Abenteuer angefangen. Hier hatte er Ilja, Per Laimo, Stina und alle anderen getroffen. Außer Vasko natürlich, dem war er in Tarreluoppal begegnet, als er die beiden Hechte verkaufte. Und sich von dem »Tourist« fotografieren lassen wollte.

Bo fühlte, wie sich sein Gesicht zu einem Lachen verzog. Gleichzeitig wurden seine Augen naß. Er schüttelte den Kopf und stieß sich mit einem Ruck ab. Leichtsinnig glitt er das letzte Stück zwischen den Birken hinunter, als könnte er sich nie, aber auch wirklich nie, den Hals brechen. Jetzt wünschte er, er hätte Vasko doch fotografiert.

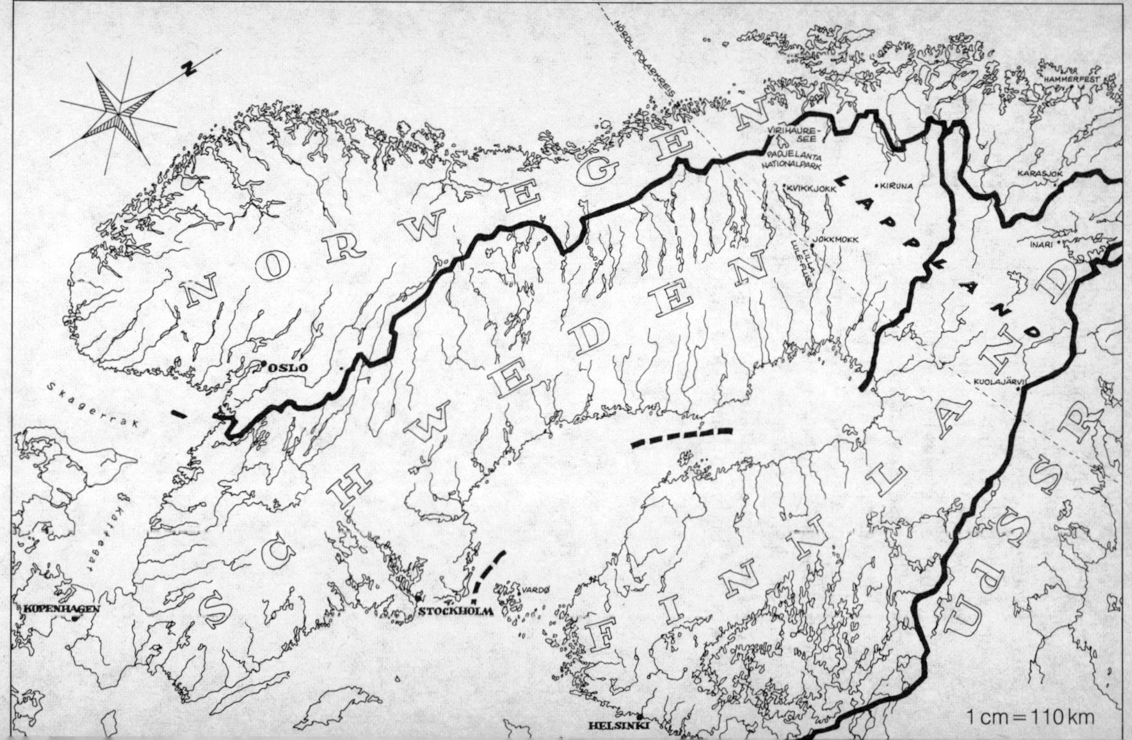

N
NÖRDL. POLARKREIS
HAMMERFEST
KARASJOK
VIRIHAURE-SEE
PADJELANTA NATIONALPARK
KVIKKJOKK
KIRUNA
JOKKMOKK
LILLA-LULE-FLUSS
INARI
KUOLAJÄRVI
LAPPLAND
NORWEGEN
SCHWEDEN
FINNLAND
RUSSLAND
OSLO
STOCKHOLM
VARDØ
HELSINKI
KOPENHAGEN
Skagerrak
Kattegat
1 cm = 110 km

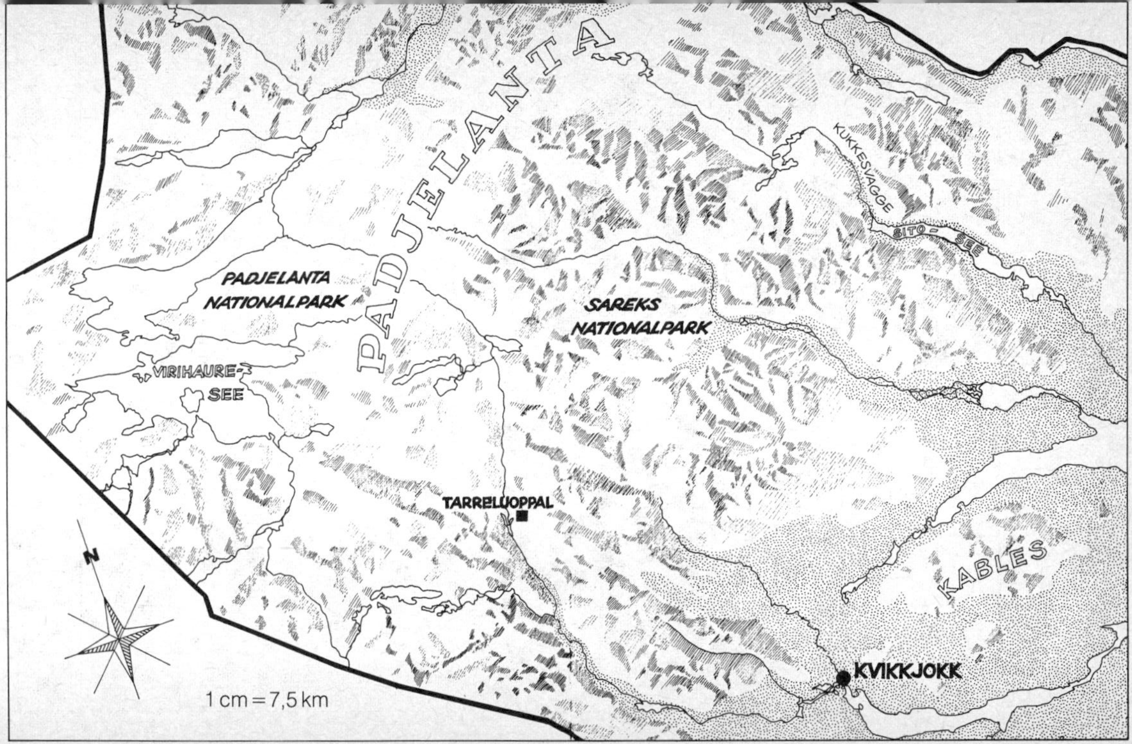
PADJELANTA
KUKKESVAGGE
SITO-SEE
PADJELANTA NATIONALPARK
SAREKS NATIONALPARK
VIRIHAURE-SEE
TARRELUOPPAL
KABLES
KVIKKJOKK
N
1 cm = 7,5 km